魅丽文化 飞言情工作室

招惹

Zhao Re

夏夜微凉 \ 著

江苏凤凰文艺出版社
JIANGSU PHOENIX LITERATURE AND ART PUBLISHING

图书在版编目（CIP）数据

招惹 / 夏夜微凉著 . -- 南京 : 江苏凤凰文艺出版社 , 2021.7
ISBN 978-7-5594-5963-3

Ⅰ . ①招… Ⅱ . ①夏… Ⅲ . ①长篇小说 – 中国 – 当代
Ⅳ . ① I247.5

中国版本图书馆 CIP 数据核字 (2021) 第 100939 号

招惹

夏夜微凉 著

责任编辑 张 倩
特约编辑 何 进
装帧设计 苏 茶
出版发行 江苏凤凰文艺出版社
南京市中央路 165 号，邮编： 210009
网 址 http://www.jswenyi.con
印 刷 湖南天闻新华印务有限公司
开 本 880mm × 1230mm 1/32
印 张 10
字 数 240 千字
版 次 2021 年 7 月第 1 版，2021 年 7 月第 1 次印刷
书 号 ISBN 978-7-5594-5963-3
定 价 45.00 元

目录 CONTENETS

目录 CONTENETS

第一章
别有用心的接近

南城。

凯悦酒店，一场觥筹交错的晚宴正在进行中。

陆南城接完电话转身进酒店大厅的时候，在拐角处不小心撞到一个人，出于礼貌，他抬手扶了一下对方摇晃的身体，淡淡地说了句："抱歉啊……"

然而手上如绸缎般丝滑的肌肤触感让他微微蹙眉，低眉垂眼的时候才发现，自己扶着的是一个性感而妖娆的女人。

那女人穿了一件黑色的露背礼服，从他的角度看过去，满眼皆是女人光滑白皙的美背，以及迷人紧致的腰部线条。

视线落到女人脸上的时候，对上一双顾盼生辉的美目，那美目的主人巧笑嫣然地后退了一步，稳住自己的身子，又柔又软地说："该说抱歉的人是我呀，喝多了大脑就指挥不动双腿了。"

陆南城不动声色收回来的手随即插入自己的西装裤袋，表情疏离地说道："乔小姐没事就好。"

陆南城认识面前的女人，换句话说，南城上流社会的人士没有不认识她的。

南城乔家的幺女乔妤，一个月前，在哥哥入狱、姐姐车祸昏迷不醒后，成为乔家的现任掌权者。

传闻此女性格刁钻、诡计多端，虽美艳无方，却私生活混乱、放荡不堪。

“我倒是没事。”女人娇滴滴地道，“不过，陆总你也没事吗？”

女人说着，一双美目肆无忌惮地扫向了陆南城的某个部位，似在揶揄他刚刚扶了她的香肩会有某些反应。

她这样明目张胆而不知检点的行径，瞬间成功让陆南城沉下了脸。他不悦地说道：“乔小姐今天很漂亮，也很性感，没事的话我先走了。”

话外之音：你乔妤再漂亮再性感，我陆南城对你丝毫不感兴趣。

女人却摇曳着身姿拦住了他，明艳又暧昧地笑着说：“陆总，你这样撩我，是对我有意思？”

陆南城黑眸危险地眯了眯，她哪只眼看到他对她有意思了？

见他不说话，乔妤抬手撩了撩自己长长的卷发，忽而义正词严地说道：“如果不是的话，拜托陆总以后不要随便说人很漂亮、很性感，万一撩得我动心了怎么办？”

说完这番话，乔妤回了他一个礼貌又正经的笑容，转身踩着高跟鞋扬长而去。

剩下陆南城站在那儿，双手插在自己的西装裤袋里，怒极反笑。

他撩她？

要不是她先心思不纯地往他身上瞟，他会说她漂亮、性感？

再说了，他说她漂亮、性感是暗讽她没魅力，这女人竟然还当成赞美话了，反倒将了他一军。

向来沉稳内敛的陆南城，平生第一次有种要被气昏的感觉。

再次回到晚宴大厅的时候，陆南城一眼就看到刚刚惹了自己的那个女人正被一群男人围着，那群男人的视线一个劲儿地往女人的腰背臀瞄。陆南城冷冷地别开眼，迈步去找自己的朋友纪杭。

纪杭懒洋洋地靠在椅背上，边摇晃着杯中的果汁，边对陆南城说："看到那个乔妤了吗？我在想啊，这个女孩子到底是怎么在短短一个月的时间里成为这么八面玲珑的交际花的。"

纪杭是医生，待会儿还要回医院值班，所以只能喝果汁。

陆南城抿了一口酒，语带嘲弄地说："本性就那样，有什么好奇怪的。"

今晚她在他面前的一举一动，都坐实了她放荡不堪的传闻。

所以她现在这副八面玲珑、混迹在男人圈里的模样，不是她的本性又是什么？

纪杭好奇地将视线转向他说："你以前不爱谈论这些女人的，今天怎么了这是？"

陆南城是出了名的生性凉薄、不近女色，现在竟然明显带着个人情绪来评价乔妤，纪杭不能不好奇。

陆南城便将刚刚乔妤的所作所为简单说了一下。纪杭听完笑了起来，说："倒是她的风格。"

不按常理出牌，但目标极其明确。

陆南城听到纪杭语气熟稔的一句评价，忍不住蹙眉问道："你跟她很熟？"

纪杭耸了耸肩说："很不巧，我是她姐姐的主治医生。"

乔妤的姐姐乔荞，一个月前车祸昏迷后，就一直在纪杭所在的医院接受治疗。

纪杭又凑了过来小声说："我有个关于乔妤的料，你要不要听？"

陆南城面不改色，拒绝得很是彻底："不听。"

那种女人的任何事，他都没兴趣知道。

陆南城说完这话，就拿了自己的外套起身，问纪杭："走不走？"

纪杭随即起身，说道："走吧，没意思极了。"

两个英俊出色的男人跟宴会主人打过招呼，就离开了会场，惹得席间一众女人芳心黯然。

陆南城凉薄、矜贵，身后是南城拥有百年基业的陆氏商业王国；纪杭温文儒雅，出身医生世家，两人无论哪一方面都值得成为南城名媛们追逐向往的对象。

酒店门口。

纪杭刚要去取车，就听身后传来熟悉的一声娇呼："纪医生。"

纪杭回头，只见乔妤嫣然笑着朝自己走了过来。

纪杭明显感受到身旁陆南城的不耐烦，然而他身为医生，对待病人家属只能除了温和还是温和。

他笑着对乔妤说："乔小姐，有事？"

乔妤在两人面前站定，落落大方地跟纪杭道谢："这段时间我姐姐的情况大有好转，真的非常感谢您。"

纪杭客气地回道："不用这么客气，治病救人是医生的本职。"

纪杭说完，上下打量了一番面前的这个女孩，夜色中的乔妤身着一袭清凉的晚礼服，微微发抖，他好心地问道："乔小姐是准备离场了吗？"

乔妤如实相告道："嗯，我打算待会儿去医院看看我姐姐。"

纪杭一时间不知道要不要接这话，他待会儿也要回医院，大可以捎她一程，但是在回医院之前他要先将陆南城这尊大佛送回家……

很显然，这尊大佛跟乔妤完全不对付。

幸好乔妤在这个时候主动开了口，礼貌而客气地笑着说："不打扰您了，纪医生。”

她说完，便后退一步走到旁边，拿出手机给代驾打电话。

纪杭对陆南城说：“我去取车。”

陆南城刚刚始终以后背对着他跟乔妤，清冷凉薄，此时闻言也只是淡漠地应了一声。

纪杭离开后，乔妤的电话也打完了。

酒店大堂廊檐下一时间无比静谧，空气中有浓郁的烟草味道传来，是一旁身姿挺拔的陆南城在吞云吐雾。

男人指尖轻弹烟灰，偶尔习惯性地抬起手腕看时间。看起来漫不经心的姿态，可实际上举手投足间都给人一种无形的压力。

半晌，身后女人略带无辜的娇柔嗓音传入陆南城的耳中：“陆总，您是不是生我的气了啊？”

陆南城嘴角勾起，嗤笑了一声，没回头。

不想理会，也懒得理会这种女人。

陆南城是什么人啊？乔妤两次主动出现在他面前，她的意图他已然一清二楚。

接近他、攀上他，从而利用他？

谁不知道乔氏现在一派水深火热，他陆南城看起来是那种人傻钱多的男人？

钱多是不假，但他绝对不会是乔妤这种女人能招惹得起的。

身后的女人还在继续说：“陆总，如果我刚刚的话有唐突冒犯的地方，还请您大人大量，不跟我计较……”

陆南城闻言忽然转身，冷笑着嘲弄道：“现在跟你说话，不会被你认为我是在撩你？”

眉眼夺目的女人先是一顿，随即粲然笑了起来，说：“陆总，你未免也太开不起玩笑了吧？我之前那样说，还不是为了缓解我们当时生疏的氛围吗？”

“呵呵。”陆南城现在除了回复她这么两个字，完全不想再理她。

“陆总，您这样完美优秀，怎么可能是您撩我呢，要撩也是我撩您啊。”女人的话音落下，陆南城毫不犹豫地转过身去，给她一个漠然无情的背影，用行动将他对她的嫌弃表现得淋漓尽致。

陆南城身后，在他视线看不到的地方，被他嫌弃的乔妤抱紧自己的胳膊搓了搓，外加一点儿都不优雅地翻了个白眼。

之前他的手都扶到她肩上了，她故意穿了尺度这么大的礼服，他竟然一点儿反应都没有。

还有，她都冻成这样了，纪杭都迟疑了，有心要载她，他却无动于衷。

陆南城果真如传说中的那般寡情凉薄啊！

纪杭驾车过来，载上陆南城驶离。

然而刚驶出去没多远，纪杭就接到了医院的电话。护士焦急万分地说：“纪医生，乔荞突然出现呼吸困难的症状，您现在能赶紧过来吗？”

纪杭的表情瞬间就凝重起来，挂掉电话之后也顾不上考虑陆南城的感受了，倒车重新回到乔妤面前，冲她喊：“乔妤，上车！”

乔妤满脸不解。纪杭又补充一句：“你姐姐情况不太妙。”

“什么？”乔妤那张原本明艳的面孔瞬间泛白，整个人更是慌乱到两腿发软的地步。

后来她都不知道自己是怎么爬上车子的，依稀记得是男人的大手拉了她一把。

载上乔妤，纪杭边驱车朝医院疾驰，边对后座上的陆南城解释：“南城，病人的命大过天，抱歉，你要先跟我到医院了。”

陆南城淡淡地回道：“无妨。”

虽然看不上乔妤，但陆南城也不是那种不体谅朋友的人，更不是那种不顾别人性命安危的人。

更何况乔妤上车后就跟变了个人似的，一直抿唇沉默着，再不复之前的明艳张扬。

纪杭边开车，边跟乔妤简单说明了一下乔荞的情况："值班护士说，林清远晚上去看了你姐姐，他走后你姐姐就开始情况不稳定。"

正如乔妤在南城臭名昭著一样，乔家大女儿乔荞在南城也是人尽皆知的。

只不过乔荞因温婉贤淑、大方美丽而知名。

理所当然，乔荞是南城众多青年才俊爱慕求娶的对象。乔荞一年前跟南城林家长子林清远订婚，两人可谓郎才女貌，珠联璧合。

原本这几天是他们的婚期，但一个月前，乔荞亲历小三挺着大肚子闹上门的狗血剧情。乔荞一怒之下驱车离开，因为情绪严重失控而遭遇车祸，成了现在这副模样。

纪杭说完，后座上的乔妤继续沉默了半晌。随后，她从手包里摸出自己的手机来，拨通一个电话，语气无比恶毒地说道："渣男，如果你想让那个女人胎死腹中的话，你就继续出现在我姐姐的病房里。"

那端的人不知道说了什么，就见她勾起嘴角，冷笑了一声，嘲弄地说道："现在还有什么事是我乔妤做不出来的吗？反正我已经一无所有了，惹恼了我，我跟你们所有人同归于尽！"

她说完这番话就干脆利落地挂了电话，然后转头看向车窗外，怆然发怔。

始终冷眼旁观的陆南城，看着女孩子冷艳而凄怆的侧脸，微微眯了眯眼。

之前在酒店，她刻意接近他、撩拨他时，看起来完全是一副不知廉耻的样子；刚刚听到乔荞情况不妙时，她一瞬间满脸慌乱，像是个无助的小姑娘；给林清远打电话恶狠狠警告时，又像是一个拼尽全力护着至亲的小母鸡。

这样多面的她，到底哪一面才是真实的？

纪杭安慰乔妤道："你也不必过于担心，之前你做了很多努力，但你姐姐一直没有意识，林清远的刺激导致她有了反应，说不定还是一件好事。无论是温情还是伤害，只要能刺激到她，说不定能促使她醒过来。"

到了医院，纪杭跳下车就朝急救室狂奔，乔妤也紧跟其后，因为参加宴会穿了高跟鞋很是碍事，她索性踢掉了鞋子，两只手拎着裙子光着脚跟在纪杭后面跑，压根儿不顾一路上众人投来的异样眼光。

陆南城站在夜色里，看着那两人消失在自己的视线里，转身离开。

凌晨三点。

乔荞的情况终于稳定下来，虽然依旧在昏迷中，但纪杭说有醒来的希望了，这对乔妤来说已经是这些天来最好的消息了。

纪杭开车送乔妤回家，也不是纪杭好心，实在是乔妤的状况太糟糕。

身穿那样一身过于暴露的礼服，高跟鞋也丢了，光着脚踩在冰凉的地板上，怎么看都像失足少女，大晚上的，她要是就这样打车回去，路上指不定遭遇什么。

回去的路上，乔妤自嘲地开口说道："纪医生，你真是个好人，我还以为这个世界上好人都绝迹了呢。"

纪杭知晓她最近一个月来所遭遇的一切，淡淡地笑了笑，说："这个世界上还是好人居多。"

"怎么我身边就一个好人都没有呢？"乔妤轻声感慨道，忽然转头看向开车的纪杭，笑容狡黠，"纪医生你这么好，要不然我以身相许吧？"

纪杭笑着说道：“得了吧，你还是把心思用在陆南城身上吧。乔氏那个烂摊子，我一当医生的可替你收拾不来。”

忽而被猜中心思，乔好倒也没有多尴尬，反而虚心跟纪杭请教道：“那你作为他的朋友，帮我分析一下，我能不能成功撩到他？”

“你想听实话？”纪杭反问乔好。乔好给了他一个肯定的微笑。

纪杭毫不留情地打击她说：“如果难度系数最高是 10，那你这个难度系数 9.8。”

乔好咯咯笑了起来，说：“看来是没戏了……”

纪杭笑了笑，没再说什么，算是默认了乔好的话。

其实纪杭觉得自己说得有些保守了，真正想要撩动陆南城，并且让陆南城出手帮她，难度系数 10。

隔天早上八点半，补充了几个小时睡眠的乔好准时出现在乔氏。

时值初春，她穿一身张扬的明黄色西装，化着精致完美的妆容，踩着高跟鞋走在公司里的时候，气场全开。

乔好身后跟着她的小鲜肉助理白泽。白泽无论颜值还是身材，在男人中都是一等一的，据说就是因为这样，他才会被乔好从一堆刚入职公司的新人中选中当助理。

当时公司所有高层都反对他们这对组合，说她没有管理公司的经验，白泽也没有任何工作经验，简直是胡闹。

乔好只是淡淡地笑着说，看着赏心悦目就好。

乔氏上上下下都传言白泽是因为在某些方面取悦了乔好，所以才有这样的待遇。不过两个当事人好像都对这些流言蜚语不在乎，乔好依旧我行我素，白泽依旧兢兢业业地为乔好服务。

此时，白泽边随着乔好走着，边低声跟她汇报：“王总、孙总已经等在会议室了，乔二爷陪着。”

说是等在会议室，其实是堵在那儿，一大早他们还没上班呢，那几个人就来了。

白泽口中的王总、孙总，是来追债的，乔氏之前因为乔妤的哥哥乔沐锒铛入狱而大乱了一场，欠下一堆债务，乔妤接手后，那些追债的人几乎每周都要来闹上一次。

至于白泽口中的那个乔二爷，则是乔妤的二叔乔仁生，一个毕生致力于跟自己的哥哥乔仁民夺权，跟自己的侄子乔沐夺权，现在又不遗余力地要将乔妤踢出乔氏的人。

乔妤推开会议室的门进去的时候，在场的几个男人都被惊艳到了。

要不是因为她还欠着钱，真是没人忍心为难这样的美人儿。

孙总当场就软了口气说：“小乔，你看贵公司欠我们的钱什么时候还呀？”

这位孙总还算有点素质。那位王总直接垂涎三尺地盯着乔妤说道：“小乔，其实这笔钱还不还的，能商量，有种办法……不知你意下如何？”

即便他没说什么办法，但那猥琐、色眯眯的神情已经出卖了他的不良用心。

陪他们玩一玩，这笔债务他们自然可以一笔勾销，反正她的名声都那么不好了，应该不介意陪他们吧。

其实，在这之前，乔妤被各路人马追债，也曾很多次被那些人用这样的话羞辱调戏过，她都一笑而过，不予理会。

然而今天她忽然就不想忍他们了，那两人面前放着之前秘书给他们泡的茶，乔妤走过去端起那杯热茶，手起茶落，毫不客气地泼在了那两人身上。

那两人被泼后先是一愣，随后恼怒地跳了起来，冲上前骂骂咧咧，想对乔妤动手。

乔妤淡定地后退一步，她身旁的白泽及时上前抬手拦住了那两人。

白泽年轻力壮，即便是两人同时攻过来，也动不了乔妤一根汗毛。

其实没有人知道，乔妤之所以选择白泽当助理，是因为他是跆拳道黑带，而且精通各种防身术。

乔妤知道自己身处这样一个烂摊子中，人身安全是最重要的。

现在她哥哥乔沐入狱，姐姐乔荞昏迷不醒，父亲乔仁民因为打击太大而卧病在床，她不能再出一丝一毫的意外了。

有白泽在前面护着自己，乔妤平静地宣告：“欠债还钱天经地义，但没有用人来还的道理，麻烦二位嘴巴放干净点儿。欠你们的钱我很快就还，最晚……明天。”

乔妤咬了咬牙，给了这样一个时间。

一旁的乔仁生气急败坏道：“乔妤，你……”

乔妤直接打断他，说道：“二叔如果是来帮着他们刁难我的话，那也请闭嘴吧。本是同根生，相煎何太急，二叔这样的品质，也难怪爷爷当初无论如何都不把公司交给你。”

乔妤毫不留情地说完，对着白泽轻抬一下下巴，冷冷地道：“白泽，送客。”然后转身扬长而去。

白泽客气地下了逐客令。乔仁生三人被气得跳脚，却又拿她一点儿办法都没有。

十分钟后，白泽敲门进入乔妤的办公室。

白泽帅气的眉毛微微蹙起，满是担心地说：“乔总，您刚刚承诺明天还钱……”

“不这样说，我不能狠下心来逼自己豁出去这张脸。”乔妤轻轻地叹口气，无奈地回道，又紧接着问他，“今天陆南城那儿有什么私人行程吗？”

白泽如实相告：“有，相亲。”

“噗——”乔好一口咖啡喷出来，“他那样的男人还需要相亲？”

白泽说道：“据说是陆夫人安排的。”

乔好煞有介事地点了点头说：“也是，一把年纪了也不结婚，当父母的肯定都着急了。”

白泽有些无言以对，二十二岁的他很羡慕陆南城，也并不认为陆南城老，那难道不是一个男人的黄金年龄？

“小白，”乔好白皙的手指在办公桌上轻轻敲着，漫不经心地问，“我问你一个问题，同样作为男人，你觉得陆南城为什么一把年纪了还不交女朋友、不结婚？”

白泽思索后认真回答：“应该是没遇到自己真正喜欢的女人吧。”

乔好摇了摇头，否定了他的答案，说：“我在想，是不是他某方面功能有问题？”

“乔总，我刚刚忘了说，陆总相亲的对象是您堂姐乔玥。”为了打断自家老板离谱的思绪，白泽只好又爆了一个猛料。

闻言，乔好惊得差点儿从办公椅上跳起来，不可置信地盯着白泽问：“什么？乔玥？”

“你怎么不早说？他们的相亲约的是几点？”乔好边说着边拿出自己的化妆镜来补妆，“原本我还在犹豫要不要去搞破坏，现在我必须去啊。”

乔玥是乔仁生的女儿，比乔荞还要年长一岁。

乔好跟乔玥水火不容，就算乔玥今天相亲的对象不是陆南城，乔好知道了的话也会想办法给乔玥搞砸，更别提对方还是陆南城了。

下午三点，乔好准时出现在乔玥跟陆南城相亲的咖啡厅。

跟上午在公司的干练形象不同，她穿了一件宽松的白色连帽卫衣，下身搭配牛仔短裤，脚上踩着一双纯色帆布鞋，在春寒料峭的初春里，毫不吝啬地秀出一双笔直的长腿来。

原本年纪也不大，这样一打扮，看起来就像象牙塔里的学生。

容颜明媚，娇俏动人。

看过她前一晚的宴会浓妆，此时再看着她干净的脸庞，陆南城脑海中不由自主地就想到了一句诗：欲把西湖比西子，淡妆浓抹总相宜。

有些人就爱这样——仗着一副好皮囊，四处嚣张。

所谓的“仗着美色行凶”，说的就是她这副样子。

乔妤自然是主动晃到角落里他们这一桌这儿的。站在那儿，她双手插在卫衣口袋里，噘着嘴巴，一脸不满的表情，委屈巴巴地看着端坐在那里的陆南城，语气娇嗔又亲昵地说：“陆总，昨晚才摸了我的肩，今天就坐在这儿相亲，有些不太厚道吧？”

陆南城低眉垂眼，慢条斯理地搅拌着自己面前的咖啡，就当没听到她胡说八道，连一个余光都不曾给她。

男人今天穿了一件黑色衬衣，在黑色这个冷到极致的颜色衬托下，他看起来越发无情无义了。

坐在陆南城对面，着一身端庄淑女裙的乔玥愤愤地瞪着乔妤，说：“乔妤，你还要不要脸了？”

乔妤抬手摸了摸自己的脸，盈盈笑着说：“我自然是要脸的，不过堂姐，你这张脸不知道动了多少次刀子，难道不要脸的不是你？”

她这番回怼，不仅仅骂了乔玥，还毫不客气地在陆南城面前揭露乔玥整容的真相，生生将乔玥气得浑身都颤抖，可是又一时想不出合适的话语来应对她的伶牙俐齿。

再加上对面还坐着自己心仪的陆南城，乔玥也不能不顾形象，不好再像以前那样用难听的话骂乔妤，只能咬牙死死瞪着乔妤。

乔妤自然是不惧乔玥的，她仰着漂亮的下巴跟乔玥对峙着。

从小到大乔玥什么事都想压着她跟乔荞，可是她跟乔荞轻轻松松地就比乔玥优秀。乔玥想模仿乔荞的端庄温柔，又想模仿乔妤的率性潇洒，到最后她成了毫无自己特色的人。

两人刚对峙了没一会儿，乔玥忽然变了变脸色，狠狠瞪了乔妤一眼，柔声对陆南城说："抱歉，我去下洗手间。"

然后人就匆匆离开了，离开的时候还难受得双手捂着自己的肚子。

乔玥人一走，乔妤就毫不客气地坐在了乔玥的位子上，同时一把扯下自己卫衣的下摆，将自己的双腿艰难地罩了起来。

好冷啊。

要不是为了在陆南城面前展示这双长腿，她至于这样折磨自己吗？

都说男人喜欢肤白、貌美、大长腿的女人，她为了撩到陆南城也是拼了好吗？

对面的陆南城挑眉看了一眼她的动作，淡淡地问道："很冷？"

乔妤恨不得将自己整个人都缩在宽大的卫衣里，闻言牙齿颤抖地应道："是啊，腿要冻掉了……"

乔妤是想着自己说得这样可怜，对面的男人或许能把外套借给她盖一下腿，谁知他却幸灾乐祸地丢给她两个字："活该。"

乔妤翻了个白眼，心道：嘴巴这么毒，怪不得一把年纪了还没女朋友。

男人噎完她又问道："不怕你那位堂姐回来？"

乔妤拢了拢自己耳边的碎发，笑得有些小得意，说："估计她一时半会儿回不来。"

男人优雅地抿了一口咖啡，问道："对她做了什么？"

他都已经认定她做手脚了，乔妤也没什么不能承认的。她坦白相告：

"就给她下了点儿泻药呗。"

乔玥也在乔氏上班，乔好拜托白泽想办法给乔玥喝的水里加了点儿东西，然后就这样了。

陆南城往后靠了靠，将自己整个人都丢进沙发里，长腿交叠、姿态慵懒，一双黑眸讳莫如深地看着她说："就这么想跟我在一起？一次次地主动送上门？"

他这话太直白露骨，又这么猝不及防，乔好的耳根忍不住微微红了。

手指在下面死死地揪着卫衣下摆，这才让自己堪堪接住了他的话："我想让你帮我，帮乔氏，但总不能让你做赔本的买卖白帮我吧，所以只好把我自己送上门了。"

陆南城听了她的话，嘴角紧接着就勾出嘲弄的弧度来，冷冷地道："谁给你的自信，让你觉得自己那么值钱的？"

陆南城这话近乎羞辱了，夹枪带炮地讽刺乔好。饶是乔好脸皮再厚，也一时间做不到心无芥蒂地继续上前倒贴他。

一张原本张扬着的俏脸一阵白一阵红的，她就那样死死地咬着自己的唇不说话。

陆南城拿了自己的外套起身，低眉垂眼，凉凉地瞥了她一眼，说道："借用一句你的话，有些人不是你随便就能招惹的，你负不起这个责任。"

男人带着警告的话语一字一句地在乔好耳畔响着，然后，陆南城漠然迈步离开了。

乔好整个人就像被抽了气的气球一样，瞬间颓然下来。

又失败了。

陆南城这人怎么回事啊？她的好身材一再展现在他眼前，他怎么就一点儿都不为所动呢？

乔玥从洗手间返回的时候，让她厌恶到骨子里的乔妤已经不在了，一同消失的还有陆南城。鉴于之前乔妤话语间跟陆南城的暧昧，乔玥当场就慌了。

她心仪陆南城很久了，要是陆南城真的成了乔妤的裙下之臣……

想到这里，乔玥掐死乔妤的心都有了。

她喝的那杯咖啡下面压了一张纸，乔玥拿出来一看，当场气得眼冒金星。那上面是乔妤恣意飞扬的字体："堂姐，我跟陆南城共度春宵去了，你自己慢慢喝咖啡吧，不过我向来不喜欢喝咖啡，因为苦苦的哦。"

苦咖啡这个比喻，狠狠地讽刺了乔玥现在的处境，还有那个共度春宵……更让乔玥愤怒的是，那纸上还画了一幅画，身材高大的男人拥着女人忘情地吻着，虽然没有详细勾勒出两人的相貌来，但男人和女人那穿着一看就是今天的陆南城跟乔妤。

乔玥怒火攻心之下直接拨了陆南城的电话，一方面是想确认乔妤纸上所写是不是真的，另外一方面是想在陆南城面前抹黑乔妤。

陆南城的电话很快就被接通，男人先于乔玥开了口："抱歉，乔小姐，公司有点儿事急着赶回来处理，所以就先离开了。"

乔玥为男人的绅士风度着迷的同时，又惊喜无比，她急急地问道："这么说……你没跟乔妤在一起？"

男人回得很是干脆："当然。"

这下乔玥真的不能忍了，尽数吐槽着乔妤："乔妤给我留了张纸，上面写着跟你共度春宵去了，她、她还……"

男人若无其事地反问道："还怎么？"

乔妤气愤不已地说："她还画了画，画里面的你俩在接吻呢！"

"画画？接吻？"男人的语气听起来似乎也挺惊讶。

乔玥趁机说："陆先生，不是我抹黑她，你知道的，她那样的女人根本就配不上你！”

一个月前，原本在国外念书的乔妤被紧急召回接管乔氏，她回国之后第一件事就是去了医院，后来被知情人爆料，说是去做某项修复手术了。

也因为这个，乔家幺女乔妤瞬间成了放荡不堪的代名词，一夜之间声名狼藉。

“乔小姐，”陆南城在那端礼貌地说，“能麻烦你把那张画拍一下发给我吗？我想看看她到底是有多过分，竟然这样诋毁我。”

乔玥痛快地答应下来，她要让陆南城看看乔妤有多无耻，陆南城明明都没跟她在一起，她竟然说自己跟陆南城共度春宵去了，还画那样的画。

几分钟后，陆南城收到了一张图片，是拍的那张画。

陆南城眯着眼盯着看，画风娴熟，人物比例恰当，线条自然流畅，一看就是专业级别的。

她还会画画？而且似乎还画得挺好。

他还以为，她除了长得好看，一无是处呢。

不过，画工确实挺厉害的。

那接吻的画面放大，男人和女人迷离投入的表情让人身体发热，喉咙发干。

第二章
为她失控

因为被乔妤泼了一身茶，偷鸡不成反蚀把米，所以隔天那位孙总和王总一大早就来了乔氏等着，并且还带足了保镖。

乔妤答应他们今天会还钱，如果这次她还不上的话，他们丝毫不会对她客气，先将她拎走陪他们玩玩，然后将她丢给那些觊觎她的男人。

然而，他们的美梦破碎得很是彻底。

乔妤连面都没露，直接派了白泽过来丢给他们一人一张支票，上面清清楚楚地写着欠他们的金额，从此他们再也没有上门刁难乔妤的资本。

因为乔妤兑现承诺，还上了这笔钱，关于她的风言风语再次漫天飞。

传闻她是一天的时间密会了好几位富商，做了一些交易，这才凑够了这笔钱。

“荒唐。”纪杭看到这些传闻的时候正跟陆南城一起吃饭，“如果她真的这样做了的话，那些男人还能连五十万都不给她？”

陆南城挑眉问他道：“什么意思？”

纪杭摊了摊手说：“她说凑来凑去钱还是不够，最后又找我借了五十万补齐……”

陆南城嫌弃地说道：“你什么时候这么好心了？”

纪杭摇了摇头，笑了下说：“也不是好心，就是觉得她其实也挺可怜的……”

陆南城对纪杭的话毫不赞同，她可怜？他怎么没看出她哪里可怜？

她能耐得很不是吗？欠款都还上了。

不过，既然她不是靠出卖自己得到的钱，那是怎么来的钱？

当天晚上乔妤有应酬，临出发的时候她对白泽交代道：“你老板我最近心情不好，晚上打算喝个酩酊大醉，你可千万给我守好了，不要让任何男人把我带走。”

白泽信誓旦旦地说道：“乔总，您放心，您尽管喝就是。”

白泽说完又问：“如果是陆南城要带走你呢？”

据他所知，陆南城今晚也会出席那个宴会。

乔妤笑了起来，美丽的面容上全是自嘲：“陆南城？那人对我厌恶得很，没戏，我都不打算去招惹他了。”

她也曾经是被老父亲和哥哥、姐姐捧在手心里呵护宠爱的乔家小公主啊，陆南城三番五次地冷落她、羞辱她，她再厚的脸皮也豁不出去了。

晚上，乔妤穿了一身湖蓝色的礼服去参加宴会，香肩微露，妆容干净清透，仿若盈盈碧水中那清丽脱俗的仙子，却又带着致命的诱惑。

那些男人和女人不是都说她放荡不堪吗？她偏偏要仙儿给他们看。

因为有白泽跟在自己身旁，所以宴会上乔妤放心地逢人就喝，颇有几分千杯不醉的架势，直到来到了陆南城面前。

此时乔妤已经醉眼迷离了，碰完杯她才看清面前的男人是陆南城，当下弯着眉眼笑了起来，说：“陆总，好久不见呀！”

陆南城能察觉出来，虽然她笑得粲然，但眼神和语气里已经没有了之前对他的别样企图。

这个认知让他心底有那么一瞬间的不舒服，她倒是抽身抽得快，撩完了就跑。

因为心情不痛快，所以陆南城凉凉地瞥了乔妤一眼，连回应她的寒暄都没有，转身走了。

乔妤仰头喝了一口酒，瞥了一眼男人挺拔的脊背，心里好一番咬牙切齿。

他这是什么态度？

都说伸手不打笑脸人，她都冲他笑得那么甜了，他还爱搭不理的。

乔妤心里也窝了一肚子的火，很想挠花陆南城那张英俊的脸。

因为他的见死不救，她不得不卖掉了自己在国外跟朋友悄悄经营的设计公司。那个公司虽然小到只有她跟朋友还有两个小员工，但那是她自己一点一点经营起来的，从最初籍籍无名到现在小有名气，就像她的孩子一样，承载了她所有的心血，然而现在……

乔妤不敢再想这件事，她心疼啊。

所谓酒壮人胆，此言果然不假。

酒过三巡，心情奇差且对陆南城一肚子怨气的乔妤在走廊的角落里堵住了陆南城。

这一次，她不为撩陆南城，而是为了——出气！

乔妤脚上踩着高跟鞋，双手环在胸前，仰着漂亮的下巴，雄赳赳气昂昂地瞪着陆南城。陆南城刚抽完烟回来，身上还带着淡淡的烟草味道。

抬起眼皮来瞧了一眼她的架势，绝非善意，他绕开她往旁边走去。乔妤就往旁边堵他。

这样来来回回几次，陆南城挑眉问："什么意思？"

乔妤愤愤地骂道："陆南城！你这个没良心的男人！"

陆南城笑得凉薄，说道："不任你宰割，就没良心？"

乔妤才不理他的冷嘲热讽呢，跺脚控诉道："都怪你，害得我孩子没了，呜呜——"

她说着说着忽然就落下泪来，陆南城只觉得头疼。

这女人什么德行啊这是，莫名其妙骂人，莫名其妙掉眼泪。

他没好气地瞪着她，说道："我碰都没碰你，你就有了我的孩子？"

乔妤此时酒意上头，加上真心心疼被卖掉的公司，抹了把眼泪，歪着身子靠在走廊上，醉醺醺地喃喃控诉起他来："陆南城，你是不是男人啊？不然你怎么都一点儿不为所动呢？"

陆南城的脸色要多难看就有多难看，没有一个正常男人能忍受一个女人质疑自己不是男人，更何况她此时哭得梨花带雨，看起来温软又无害。

陆南城也不知道哪根筋不对了，心头一热，上前一把拽过她来拎着就往外走。

乔妤挣扎着，不解地问道："你干什么？"

陆南城冷笑道："我干什么？我能干什么？当然是如你所愿！"

乔妤觉得陆南城可能不是想如她所愿，他是想掐死她。

她转身喊："小白！"

"白泽！"

"救命啊——"

她声音太大，陆南城直接将她按在走廊墙上，俯身过去吻住了她香软的红唇，将她所有的声音都封在了两人的唇齿间。

凌晨一点。

某私人诊所的检查室，纪杭跟陆南城等在外面。

纪杭满脸促狭地对对面的陆南城说："你们到底是有多激烈，而你又是有多饥渴，都把人弄进医院了？”

陆南城一脸的阴郁，瞪了纪杭半天却一句话都说不出来，谁能想到会出这种事。

之前在酒店走廊，他吻上乔妤后一发不可收拾，两人纠缠着就到了酒店的房间里，女孩子的身段柔美可口得让人食髓知味。

折腾了半宿，他身体舒爽了，被乔妤挑衅的郁气也消散了，她却窝在被子里喊疼，问她到底哪儿疼，她蒙着脸支支吾吾，不肯说。

后来联系纪杭过来，纪杭带着这二位去找一个开私人诊所的女医生。对方听了他们的简单描述后，平静地开口说道：“初步判断是夫妻生活过于激烈造成了撕裂。”

陆南城满脸的一言难尽和不可思议，然后乔妤就被带着进去做详细检查了。

陆南城现在很想抽支烟，然而这种地方又不允许抽烟，于是他只能忍着。

纪杭在一旁继续幸灾乐祸地说：“我之前说有个关于乔妤的料要爆给你，当时你不感兴趣，那个料就是，她所有的坏名声都是假象，她其实很干净。你要是早知道了，今晚也许会悠着点儿吧？”

纪杭又说：“现在在里面给她做检查的医生，就是当时她跑去做什么修复手术找的那个医生，人家检查过后，就直接把她赶出来了。”

陆南城沉默了半晌后，恨恨地说：“所以她是故意跑到医院折腾一趟，故意抹黑自己？她是不是有病？”

纪杭摇了摇头，说道：“谁知道她怎么想的呢？”

陆南城都不知道自己该说什么了，作为一个女孩子，名声难道不是很重要吗？哪有这样自己把自己弄得声名狼藉的？

陆南城想起两人一开始的时候她嘤嘤喊疼，他还说她装什么清纯。

整个过程中，他也没有一丝怜香惜玉，因为之前实在是被她气得不轻，就想着在床上好好惩罚她，她越疼，他就越解气。

而且某些时候，女人在床上越是喊疼，越是让男人轻一点儿，男人越是斗志昂扬。

检查室的门被打开，一脸正气的女医生率先迈步走了出来，边走边说医嘱："确诊是轻度撕裂，半个月之内禁止房事，以后再行房的时候也要注意力道。"

女医生说到这里的时候，凉凉地瞥了一眼陆南城，说："年纪也不小了，怎么这种事这么不知轻重？"

陆南城平生第一次，脸上火辣辣的发烫。

女医生说完就走人了，因为场面太尴尬，纪杭也溜了。

后来，裹着陆南城西装外套的乔妤满脸的垂头丧气，走过来在陆南城面前站定，无比懊恼地说道："因为这种事进医院的人，我是不是第一个？"

陆南城刚刚被那女医生数落的时候很想掐死乔妤来着，然而现在看着她这副可怜兮兮的模样，他竟然一点儿火都发不出来。

从诊所离开，陆南城驱车送乔妤回家，她都这样了，两人也没法继续共度春宵了。

一路上两人都没说话，车子在乔家目前仅剩的一栋老旧别墅前停下。

据陆南城所知，在乔妤回国被第一批债主上门追债的时候，她就一股脑儿地变卖了乔家所有的房产，包括乔沐、乔荞，还有她自己在外面的住处。

昏黄的路灯下，陆南城坐在车里转头看向乔妤，直截了当地说道："乔氏外债你自己还了，现在我又碰了你，总要给你点儿报酬，想要什么？"

陆南城这话分寸拿捏得很好，一句"碰了你得给你报酬"，清清楚楚地划清了他跟乔妤之间的界限。

乔妤挺不爱听他这话，但是也不得不承认，陆南城对他们之间关系的定位很准确且现实，难不成她还能要求陆南城娶她？

不过既然陆南城都这样说了，她也没什么好矫情的，扬起娇俏的小脸看着陆南城，朗声说："陆氏最近那个旧城改造项目，乔氏也来分一杯羹。"

陆南城毫不犹豫地就给了她一个冷冷的眼神，嗤笑道："你好大的胃口。"

他那表情里是明晃晃的嫌弃，乔妤不为所动，依旧表情坚定地跟陆南城对视着，颇有一副不达目的不罢休的架势。

陆南城怒极反笑，修长的手指用力敲了敲面前的方向盘，借用外界的声音来提醒着乔妤："你自己来说说吧，你们乔氏还有什么人能用？你们乔氏参与进去了又能做什么？"

整个南城的人都知道，这段时间因为乔氏突遭巨变，公司里的员工跑了很多，上到高层，下到普通小职员，可以用的人几乎没有。

唯一有能力的现任副总庄湛又是乔妤二叔的亲信，站在乔妤的对立面，怎么可能出手帮她？

乔妤歪着脑袋回他道："我就是现成的、可以用的人啊。"

陆南城眯着眼，将她上下打量了一番，忍不住笑了一声，说道："就你？金玉其外，败絮其内。"

这下乔妤不能忍了，抬手戳了戳男人结实的手臂，抗议道："哎哎哎，我们谈交易呢，你上升到人身攻击可就不对了。"

乔妤觉得自己才华横溢，才不接受陆南城这样的诋毁。

陆南城冷冷扫了她一眼，掏出烟来给自己点燃了一支，即便烟雾缭绕，也遮不住他脸上的烦躁。

冲动真是魔鬼。

要不是他一时冲动碰了她，他现在何必将自己的处境弄得这样被动。

在他陆南城的管辖治理下，是从来不允许靠裙带关系上位这种事情发生的。

可现在，这种事正活生生在他自己身上上演。

“不管做什么都可以，我不怕吃苦！”乔好的声音里多了几分认真，“我现在迫切需要拿到一个项目来打压我二叔，不然，他整天试图用我一点儿作为都没有这个借口，把我踢出去。”

这一点，乔好真的没撒谎。

乔好的二叔乔仁生跟乔好的父亲乔仁民斗了一辈子，后来乔氏交到乔沐手上，乔仁生又跟乔沐继续斗，好不容易把乔沐斗到监狱里，乔荞又出了车祸，结果半路却杀出个乔好。

乔仁生铆足了劲儿要把乔好踢出局，这样他们兄妹三人就彻底出局了，而大权也就自然而然地落到乔仁生一家手里。

乔好说完，静静地看着陆南城。陆南城不疾不徐地把一支烟抽完。他一边垂着眼摁灭烟蒂，一边淡淡地说道：“我会让人把乔氏加入合作队伍，但你给我记住，在我陆南城手下做事，一点儿差错都不准出，不然我随时可以把你踢出去。”

男人的嗓音因为刚抽完烟而带着些许的沙哑，在夜色中听起来越发迷人。

乔好心里已经欢呼雀跃了，但面上还是认真严肃地回答道：“知道了，我会努力的。”

得到了自己想要的而现在时间又这么晚了，乔好觉得他们之间也没什么好说的了，转身打算潇洒下车。结果陆南城拦住了她，问：“还外债的钱哪儿来的？”

乔妤握住门把手的动作顿了一下，回头有些惊讶地看着陆南城，说：“这个就不用跟你汇报了吧？”

虽说他们之间有了实质性的纠缠，但乔妤不认为自己有必要跟陆南城交代全部秘密。

然而下一秒，陆南城就径自说出了她的秘密：“卖了自己的公司？”

他要不要这么犀利啊？

他都猜中了，乔妤也没再掩饰什么，哼了一声，说道：“既然你都猜出来了，还问我干什么？”

陆南城眯眼看着她，说：“我只是想象不出来，你顶着这么张脸怎么还会开公司。”

猜出乔妤的这个秘密对陆南城来说并不是什么难事，之前传言是她密会男人得来的钱，而今晚他亲自验证了那些流言的荒唐。

他是她的第一个男人，她怎么可能跟别的男人有什么不堪的关系？

再想到她说他害得她没了孩子，那就差不多是她的事业了。

只有自己一点点经营起来的事业，才会被当成孩子一样珍惜。

乔妤被陆南城这番话气得咬牙切齿，因为他分明是在说她空有美貌，没有脑子。他一方面夸着她的美艳，一方面又诋毁着她的能力，她到底该谢他，还是该挠他？

陆南城忽而转移了话题：“画画挺好？”

“嗯哼。”乔妤没好气地哼了声。

“过来一下。”陆南城这样低声命令了一句。

乔妤满脸警惕外加不解地问：“干什么？”

陆南城说：“给你看样东西。”

乔妤慢吞吞地挪了过去，就见陆南城滑开他的手机，翻出一张照片来给她看。乔妤看完后表情要多尴尬就有多尴尬。

陆南城给她看的是上次她画的那幅男女接吻的图，背后怎么画怎么自我想象都无所谓，被人当面戳穿，她不尴尬才怪。

当时她是为了气乔玥的，谁能想到乔玥能把这东西给陆南城本尊看。

“那个我……”乔妤尴尬地搜寻词语，试图解释一下自己的行为。

陆南城却是心情愉悦地收起了手机，说：“你可以下车了。”

那副表情，分明是在故意捉弄她。

看她出糗了、尴尬了，他就爽了。

乔妤心里愤愤，这人怎么这么恶趣味？

幼稚！

因为从陆南城那里拿到了项目，所以隔天，乔妤再次出现在会议室的时候，一脸的春风得意。

真丝白衬衣、黑西裤勾勒出她窈窕的身段，迷人夺目。

今天的会议桌上多了一个人，乔氏现任副总庄湛，一个英俊儒雅而又能力卓越的男人。

他出差在外大半个月，昨天夜里才回来。

庄湛是乔仁生的小舅子之子，因为父母在他很小的时候就去世了，所以这些年一直住在乔仁生家里。

乔仁生没有儿子，因此将庄湛当成自己的亲生儿子来培养。

会上，乔妤正式宣布她拿到了陆氏旧城改造项目的合作，原本对她一肚子意见的几个高管顿时鸦雀无声，坐在一旁的庄湛黑眸沉沉看了一眼乔妤。

半晌，其中一个高管不可置信地开口问：“乔妤，你不是在哄我们开心吧？”

乔妤笑容坦荡地说道：“您放心，我还没有那么不懂分寸，要拿这种事来开玩笑。”

将身子往椅背上懒洋洋一靠，乔妤继续弯着眼睛，好脾气地笑着说：“希望以后各位不要再跟我对着干了，毕竟这个项目也够你们吃大半年的，没有人跟钱过不去，不是吗？”

乔妤这番话可谓威逼利诱，用利益来威胁几个高管对她的各种质疑和刁难，语气里的凌厉跟她那满脸无害的笑容一点儿都不符，典型的笑里藏刀。

几个高管有些尴尬地互相对视了一眼，没再说什么。

谁都知道，这个旧城改造项目是南城市政府今年最大的市政工程，陆氏拿到了开发投资的资格，参与合作的公司都能分一杯羹，而且还是很大一杯。

会议结束，乔妤刚回到自己的办公室，办公室的门就被人很大力地推开了。庄湛一脸阴沉地走了进来，问她：“怎么拿到这个项目的？”

乔妤笑得轻松道：“庄副总，我怎么拿到这个项目的，不需要向你汇报吧？”

庄湛绷紧了下巴，死死地盯了她半晌，然后失控地上前一把扯开了乔妤衬衣的领口，女孩子锁骨处点点的吻痕让他红了眼。下一秒，庄湛松开她，一股脑儿扫落了她办公桌上所有的东西。

在庄湛发疯的时候，乔妤就那样平静地抬手拢好自己的衣襟，双手环臂淡淡地站在一旁看着。

“乔总，发生什么事了？”

白泽听到里面的动静匆忙跑进来，结果就被气头上的庄湛吼了一声：“滚出去！”

白泽下意识地看向乔妤，乔妤以眼神示意白泽先出去。

庄湛扫落掉办公桌上的东西，就那样双手撑在乔妤空荡荡的办公桌上，垂着眼，大口呼吸着，平复着自己的情绪。

半晌，他抬起眼来，咬牙瞪着乔好说："乔好，我把你捧在手心这么多年，你转眼就轻易地跟了别的男人？"

乔好有些无奈地说："庄副总，请注意你的用词，我一直把你当哥哥的。"

这些年庄湛住在乔仁生家里，等于乔仁生的半个儿子，所以乔好跟乔玥一样，称呼庄湛为哥哥。

"谁说你是我妹妹！"庄湛不受控制地吼了一句又咬牙说，"你在日记里说欣赏我的时候，是把我当哥哥的？"

对于庄湛的这点指控，乔好很是无奈。

俗话说得好，哪个少女不怀春？

青春期的女孩子很容易对一个人有好感，这种好感并无任何旖旎心思，就只是一种单纯的对美好事物的欣赏。

十八岁的乔好觉得庄湛风度翩翩、优雅迷人，偷偷在日记本里写下了自己对庄湛的这种欣赏，原本以为这会是她自己的小秘密，谁知道乔玥却偷看了她的日记，还将内容在两家长辈间公开。

乔好当时尴尬得想死的心都有了，乔仁生夫妇轮流对她父母进行羞辱，说他们教女无方，说她小小年纪就知道暗恋男人……各种尖酸刻薄。

乔好被乔仁生夫妇骂得一度真的觉得自己十恶不赦了，还好有乔母，乔母温柔宽慰她，说欣赏一个人没有罪，也没有错，她用不着觉得见不得人。

乔好也觉得郁闷，明明只是一种单纯的欣赏，她也根本没想过要跟庄湛怎样，结果硬生生地被他们说成了暗恋，味道全变了。

更可怕的是庄湛，乔好一度以为自己的日记被庄湛知道了，庄湛肯定会厌恶她，结果庄湛却找到她，说他也同样欣赏她，还问她要不要跟他交往。

乔妤差点儿吓死，隔年高考完就直接飞到国外读书了。

关于自己对庄湛的欣赏，乔妤在此后的这么多年里不知道跟庄湛解释了多少遍，然而庄湛不为所动，执迷不悟到现在。

乔妤都不知道自己该怎么做才能让庄湛放弃她。此时面对庄湛这般失控，她也只能故意说："我是射手座，你知道吧？射手座的人总是喜欢不喜欢自己的人，所以从你说你也欣赏我的那一刻起，你就出局了，因为对我来说一点儿意思都没有了。"

庄湛狠狠地扯了扯自己的领带，冷笑一声，说："所以，陆南城对你不理不睬，你就死活非得投怀送抱？"

乔妤点了点头，回答道："如果你非要这样想的话，那就当是这样好了。"

庄湛简直要被她这副态度气晕，一脚踢开散落在自己脚旁的东西，转身走人。

不离开的话，庄湛不知道自己会对乔妤做出什么事情来。

下午两点。

陆氏多媒体会议室。

乔妤跟白泽随着参加会议的人一起走了进去，在属于他们的位置上坐下后，乔妤就收到了来自四面八方的注视。

在以男性居多的项目组里，女人的存在本来就挺惹眼的，尤其还是她这样年轻貌美，打扮得很是时尚出众的女人，男人们想不看她都不行。

乔妤对每一个朝她投过视线来的人都回以礼节性的甜美微笑，然而她这微笑在坐首位上的陆南城眼中格外刺眼，"八面玲珑"这个词用在她身上真是一点儿都不为过。

会议正式开始，乔好全程目不斜视，一眼都没看过陆南城。

她不敢看，怕自己戏不够好，会泄露出些什么情绪来，再者，乔好觉得陆南城不会希望她看他，他都巴不得跟她撇清关系了，不是吗？

有时候许多事情总是事与愿违，乔好为了这场会议铆足了劲儿想要好好表现，却抵不过纪杭发给她的一条短信："你姐姐醒过来了。"

纪杭一开始是直接给她打电话来，乔好挂断后他才又发了信息过来。

其实纪杭也不是那种没有分寸的人，他自然知道她不接电话一定是不方便，然而纪杭也知道乔荞醒来对于乔好的重要性，所以才冒昧了一回。

此时正好轮到乔好代表乔氏发言，主持会议的陆氏员工喊了几声"乔总"都不见她回应。白泽额头冒汗地小声提醒乔好道："乔总？乔总？"

白泽喊了两声，乔好终于回神，可抬起头来的时候一双盈盈美目里已然蓄满了泪水，她红着眼哽咽着说："抱歉，各位，我可能要先失陪一下了，因为我姐姐醒过来了……"

乔好说完，就起身跌跌撞撞地朝会议室外面冲去，将身后一众项目组的人都晾在了那里。

白泽硬着头皮接手原本属于乔好的事务，全程都被陆南城骇人的视线屠戮。

乔好打了辆车直奔医院，一冲进病房，就见到了躺在病床上很是虚弱但已经醒过来的乔荞。

"姐——"乔好握着乔荞因为一个月的卧床而苍白消瘦的手，故作轻松地笑着说，"我就知道，你这样美好的人老天爷不忍心把你带走。"

在进病房之前，乔好将眼泪和消极负面的能量全部压下去，努力在大难不死的乔荞面前展露自己的乐观、阳光。

结果却见乔荞虚弱而心疼地冲她摇了摇头说："在我面前你不用这

样逞强，纪医生已经什么都告诉我了。”

乔妤转头看了一眼旁边的纪杭，以眼神询问他：纪医生，这样刺激一个刚醒过来的病人真的好吗？

纪杭无视她的眼神，兀自叮嘱道：“你姐姐刚醒过来，身体还很虚弱，简单聊几句就可以了。”

说完，就带着医护人员转身出了病房，将空间留给姐妹两人。

安静下来的病房里，乔妤红着眼看着病床上的乔荞，一时间不知道说什么了，姐妹两人就那样彼此握住了对方的手。

“爸很好，哥很好，我也很好。”乔妤一口气说了这么几句话让乔荞宽心。

乔荞有些无奈地虚弱笑了下，开口道：“妤儿，你还是那么乐观。”

乔妤为自己辩解道：“我们真的都很好嘛。”

相较于躺在病床上昏迷不醒、生死未卜的乔荞，声名狼藉、内忧外患的乔妤，还有监狱里的乔沐，或者是身体不适的乔仁民，他们这几个活着的人真的是很好了。

能活着，就是上天最好的恩赐，不是吗？

“姐，你好好休养、尽快康复，一切有我。”考虑到乔荞还很虚弱，乔妤不敢多逗留。

乔荞温柔地宽慰她说：“你放心，我已经是死过一回的人了，再也没有什么能伤害到我了。”

乔妤出了乔荞的病房，就开始揪着头发，焦头烂额起来。陆南城之前警告她的话，她记得清清楚楚：在这个项目上一点儿差错都不准出，否则踢她出局。

然而，现在项目才开始，她就捅了这么大的娄子，当着那么人的面撂挑子走人，不仅仅一点儿职业道德都没有，还狠狠地驳了给她这个机会的陆南城在陆氏的面子。

可是当时乔荞醒来带给乔好的惊喜狠狠冲毁了她的理智……

乔好觉得自己死定了，按照陆南城对她吹毛求疵的态度，只怕是现在她已经被踢出局了。

可是，她又深深地知道自己不能死。

她不能失去这个项目，失去的话，完蛋的不仅仅是她，还有乔仁民、乔沐和刚刚醒过来的乔荞，甚至整个乔氏。

深呼吸了好几口气平复一下情绪，她先给白泽打了个电话。

白泽终究是她的心腹，秒懂她紧张忐忑的心情，主动汇报说："我们暂时没有被踢出局，我留下来继续参加了会议，在陆南城的视线里死去活来了好几回。"

乔好长吁一口气，说："难为你了，回头我请你吃大餐。"

白泽的语气却一点儿都不乐观，他说："不过我觉得回头陆南城还是会把我们踢出局，他暂时没有发火可能只是碍于是公共场合。"

这话等于又判了乔好死刑，堵得她在这端久久都说不出话来。

心情复杂地挂断跟白泽的电话，乔好去了纪杭的办公室。这会儿办公室里没有病人，乔好坐下后直接问纪杭："陆南城的具体住处告诉我一下。"

她不能坐以待毙，她要主动去认错，主动去求陆南城原谅，再为自己争取一次机会。

纪杭不解地问："有什么事不能给他打电话说？"

乔好很是绝望地摇了摇头，说："他不会接我电话的。"

乔好用脚后跟都能想象出来陆南城那副冷着脸不近人情的模样，甚至把她拉入黑名单的可能都有，所以她干脆堵到他家里去。

纪杭皱眉看了她一眼，好心地提醒道："你找到他家去摆明了是要投怀送抱，忘了医生怎么交代的了？”

之前那位女医生说，她半个月之内不能有那种生活。

纪杭未免太不纯洁了，她没想着去跟陆南城男欢女爱，而且陆南城现在估计处于盛怒中，就算她想跟他做点儿什么，他也懒得理她。

她只是想诚恳解释，她生死未卜的姐姐昏迷了一个多月终于醒了，希望陆南城能理解一下她当时想见到姐姐的迫切心情。

视死如归地看着纪杭，她再次坚持道：“你还是告诉我地址吧。”

纪杭摇了摇头说：“我真不知道你是太聪明，还是太天真。”

难道她以为嘴上说说，陆南城就能被哄好？

不过纪杭最终还是说出了陆南城的具体住处，乔妤记下后，对他好一通感谢便匆匆离去了。

第三章
你真是太好了

晚上七点，陆南城带着一肚子的火气回到自己的住处。

他连晚饭都没吃，气都气饱了。

因着乔妤的中途离场，项目组的会议结束后，他被公司高层好一通质疑，他这人向来强势惯了，容不得别人对他有一点儿质疑。

然而今天乔妤这件事又确实是他的失误，他完全没法辩驳什么，这种权威被冒犯的恼火让他一度想去找乔妤，掐死她。

走出电梯一抬眼，就看到蹲在他家门口在地上画圈圈的女人，一脸的可怜兮兮。

陆南城的脸色当即冷了下来，别开眼无视她，径自走过去，抬手在电子门锁上按着密码开门。

乔妤还以为陆南城这样身份的人会住在那种富丽堂皇的别墅里，结果竟然是这样一处简单的公寓。

当然这公寓也不简单，南城最昂贵的黄金地段，寸土寸金，而且只有二百平方米以上的大户型，一般人也是买不起的。

乔妤一见陆南城回来，匆匆起身跟过去，将自己漂亮的脸蛋凑到他面前，态度很是诚恳地说："我错了，求原谅。"

乔妤来之前特意卸掉了脸上让她看起来很成熟凌厉的妆，素面朝天，顶着连日来焦头烂额导致的黑眼圈来见他，为了装可怜。

乔妤边说着求原谅的话，边抬手去抓陆南城放在电子门锁上的手，省得他开了门直接将她关在门外。

陆南城一眼看穿她的小心机，气得忍不住咬牙，他就没见过脸皮这么厚的女人。他一把甩开她的手，冷漠地说道："从你离开会议室的那一刻，你和乔氏就跟这个项目无关了。"

"不要！"乔妤的眼泪一瞬间就蓄满了眼眶，看着陆南城可怜兮兮地哀求解释，"我姐姐昏迷了一个多月，突然醒过来了，我实在是高兴过了头，冲动之下离开了会议室，希望你能理解一下我的心情，原谅我这一次，好不好？"

陆南城毫不留情地甩给她一句："我为什么要理解你？"

乔妤被伤得就那样站在那儿，贝齿紧紧咬着自己的嘴唇，一言不发，泫然欲泣的模样真是我见犹怜。

陆南城想起今天她离开后，一度有人质疑她的工作态度，在场的好几个男士都替她说话，说她小姑娘家也挺不容易的，毕竟姐妹情深嘛，更有一个高管还开玩笑说看在她长得那么漂亮的分上就不跟她计较了。

陆南城再看看她此时这副模样，只觉得无比心烦，懒得再理她，伸手继续开门。乔妤却忽然一下子扑过来，双手搂住他的脖子就来吻他的唇。

陆南城哪里想到她会这样主动，稍微一走神的工夫，唇就被女孩子吻住了。

女孩子的嘴唇带着莫名的香甜，胡乱而又没有章法地吻着他，让他小腹处不受控制的一股燥热之气涌了上来。

回过神来，陆南城一把将她从自己身上扯开，还没等他说什么，她不气馁地继续黏上来，抱着他再吻。

这样纠缠了两三回，乔妤再次被推开，她绝望地放声哭起来："我真的不是不懂事，我也不是没有职业道德，求求你再给我一次机会吧，就这一次好不好？"

"乔妤！"陆南城觉得她这副样子简直是无理取闹，"你这是在给我玩一哭二闹三上吊的戏码吗？"

乔妤抹了把眼泪为自己辩解："我也不想这么讨人厌，我只是不想失去这个机会……"

这次换陆南城瞪着她哭得通红的双眼无语了。

她倒是很有自知之明，知道自己讨人厌。

半晌，陆南城开了自己家的门，一把将乔妤拽了进去。

然后是乔妤被他压在身后的门板上，男人反客为主，吮着她柔软的唇，恣意肆虐。

没一会儿，乔妤便在男人炙热绵密的亲吻之下意乱情迷起来，脑海中忽然想起纪杭的话，连忙抬手推着贴着自己的男人，微弱抗议道："医生说半个月之内不可以……"

男人嗓音低迷喑哑地说："难道你以为只有那一种方式可以？"

乔妤眨了眨迷离的眸子，一脸不解。

男人再次俯身吻住她，大手同时拽着她的手按向自己。

乔妤不知道自己被陆南城压在门上多久，只知道被松开的时候嘴唇火辣辣地疼，手腕也要断掉了。

低眉垂眼看了一眼自己的手，她气得一把推开面前的男人，在二百二十平方米的房子里一阵乱窜后，冲进一个洗手间，然后开始清理自己。

她边清理着，边愤愤地骂道："无耻！过分！"

一想到刚刚陆南城拽着她都做了什么，乔妤就觉得自己的脸烫得要熟了。

而也是到了这个时候，她才后悔自己没听纪杭的劝，果然不听好人劝，吃亏在眼前。

敢情不是纪杭不纯洁，是她完全不了解男人，不了解男人的劣根性！

清洗干净自己，乔妤决定出去找陆南城算账，主卧连着的浴室里有哗哗的水声传来，陆南城在里面洗澡。

乔妤揉着自己酸疼的手腕在浴室门口气愤不已地开骂："陆南城，你就是个用下半身思考的可恶生物！"

骂了几声后，浴室的水声戛然而止，随后是浴室的推拉门被人拉开，陆南城顶着湿漉漉的头发，眯着眼警告她："你是不是还想再来一回？"

这下换乔妤鸦雀无声了。

男人满意地重新退回浴室，继续洗澡。

乔妤后知后觉地反应过来，刚刚陆南城开门的时候什么都没穿……

乔妤承认陆南城的身材很好，身高腿长，肩宽腰窄，结实精瘦，没有一丝赘肉，但他刚刚就那样毫无预兆什么都不穿地出来，很不像话吧？

太辣眼睛了。

被警告了的乔妤百无聊赖地在陆南城的床上翻滚了好几圈。好不容易等到洗完澡出来的陆南城，她噌地就从床上蹿了下来，跑到陆南城面前拦住他，一双美丽的眸子里全是期待地问："原谅我了吗？我可以不用被踢出局了吗？"

陆南城面无表情地低眉垂眼看着她，脑海中不受控制地浮现出刚刚她柔软的掌心带给他的美好，体内的那股燥热之气再次隐隐冒出。

他明明不是纵欲的人，现在这是怎么了？

乔妤还没等到陆南城的答案，陆南城家的门铃突然响了。

裹着黑色睡袍的陆南城迈着长腿前去开门，只不过陆南城从猫眼里看了一眼就又转身回来了。

乔妤心里莫名涌上一种不好的预感，颤巍巍地问他："谁？"

陆南城淡定回复："我妈。"

回过神来后，她转身到处乱窜，像没头的苍蝇。

陆南城没好气地一把将她拽住，问道："干什么呢？"

乔妤紧张之下往陆南城身上扑了个满怀，她手忙脚乱地站稳，解释说："找个地方躲起来啊，被你妈看到我这样的女人在你家，她怕是会打死我吧？"

乔妤深深地知道，没有任何一个母亲能接受自己的儿子跟她这样声名狼藉的女人在一起，更何况还是陆南城这样家世和能力各方面都很优秀的男人。

不过幸好，她接近陆南城只是想要借助他的势力渡过难关，没想过要跟陆南城天长地久。

门外，陆母还在不停地按着门铃，陆南城箍着怀里女人纤细的腰肢，问："你还有自知之明？既然这样，那为什么要把自己弄得声名狼藉？"

乔妤撇了撇嘴说："这不是没人疼吗？我只好把自己弄得不堪点儿了，不然的话那些讨债的人早就把主意打到我身上了。"

她让自己不干不净、声名狼藉了，那些男人想要对她怎样都会考虑考虑的。她若是一朵清纯的小白莲，那些男人早就不择手段地对她下手了。

陆南城讳莫如深地凝视她半晌，薄唇凉凉地吐出两个字："愚蠢。"

乔妤张嘴想要抗议什么，他又说道："在里面给我老老实实待着。"

说完，他就关了卧室的门离开了，乔妤长长地松了一口气。

不知道为什么，有了陆南城这句话，乔妤就觉得自己今晚不会被他妈妈怎样。

真是见了鬼了，明明他一直在怼她，她为什么会从他那儿得到安全感啊？

玄关处，陆南城开了门让自家母亲进来，顺便解释说：“刚刚在洗澡，您怎么来了？”

陆母方慧君朝他扬了扬手中的食盒道：“我听远川说你今晚没吃饭，所以特意给你送点儿吃的过来。”

郑远川是陆南城的特助，陆母也都很熟悉。

“嗯。”陆南城应了一声，转身领着母亲朝餐桌的方向走去。

方慧君边走边说：“我今天听说你跟乔家那个小女儿乔妤关系暧昧，南城，不是我说你啊，那样的女人不知道跟了多少个男人，根本配不上你，咱们陆家也不可能接受她这样的女人！”

陆南城在餐桌旁站定，静静地看向自家母亲，这才是她今天来给他送饭的真实目的，追问他跟乔妤的关系并且毫不留情地让他知道，他们不会接受乔妤。

乔妤参与了陆氏这个旧城改造的项目并且在会议上撂挑子走人，这件事瞬间就会传到他父母耳中，陆南城不意外他母亲会找上门来询问他。

冲自己母亲点了点头，他淡淡地说：“我自有分寸。”

方慧君还是不放心地说：“都说乔家那个小女儿是个小狐狸精，仗着长得漂亮把好多男人都迷得神魂颠倒的，你千万要记得跟她保持距离。

“对了，上次我给你介绍的那个女孩子乔玥，就是乔妤的堂姐，我觉得比乔妤靠谱多了。”

陆南城直接回了母亲一句：“我不喜欢整容脸。”

“什么？”方慧君很是不解。

陆南城淡淡地解释道：“我说，乔玥多次整容，那张脸看着就假，不知道您是怎么觉得她靠谱的。”

方慧君一时间被自家儿子堵得无话可说。陆南城继续对母亲说：“以后您继续帮我安排相亲对象的话，我提几个要求。”

“要肤白貌美大长腿，要卸了妆能见人，要净身高不能低于一米六五。”陆南城说到这儿又兀自点了点头，“嗯，暂时先这几个要求吧，以后我想到别的再另行补充。”

方慧君被儿子送出门的时候，以一副过来人的口吻语重心长地对陆南城说：“南城，你要求这么多根本没用，等你真正遇到那个人的时候，一切都不重要，哪怕她一米六都没有，你也不会在乎。”

方慧君这样说完，又盯着陆南城说：“除非你现在心里有某个心仪的对象，你现在提的一切要求都是按照她的标准来的。”

“您想多了。”陆南城径自对自家母亲挥手，“时间不早了，路上小心。”

方慧君只好转身离开了，她看陆南城的态度，根本不像董事会那些人说的跟乔妤有什么暧昧。她刚刚数落了一通乔妤，他也没什么反应，方慧君也相信自己的儿子不会是那种肤浅的、能看上乔妤的男人。

送走母亲，陆南城回到餐桌旁，将母亲带来的饭菜一一拿出来摆放好，然后迈步去了卧室，结果就看到乔妤大摇大摆地在他的床上睡得正香。

陆南城忍不住蹙眉，她这心还真不是一般大。

他母亲刚刚就在外面，她竟然能睡着？

乔妤是真的困极了。昨晚跟陆南城折腾到大半夜，还去了一趟医院，睡了没几个小时，一大早又打起精神去公司，下午高度紧张还去陆氏开会，然后是乔荞醒过来。

还有刚刚，她一哭二闹三上吊地求他不要踢她出局。

这一天一夜的时间，乔妤过得可谓跌宕起伏。

无论是身体还是精神，都到了她的极限，所以刚刚一沾上床，她就没有任何杂念地睡着了。

只是她刚舒服地睡了没多久，忽然听到有人在喊她的名字，而且语气还很是不耐烦。

被吵到的她翻了个身，咕哝着说：“别喊了，烦死了，让我睡会儿。”

“乔好！”被人嫌弃烦死了的陆南城没好气地将她从床上拎了起来，“要睡回你自己家睡去。”

乔好睡眼惺忪地看了看面前的男人，又环视了一下周围的环境，最后睡意全无，讪讪地开口说：“抱歉啊，我实在是太困了……”

她刚刚是不是嫌陆南城烦了？

乔好垂着眼坐在那儿，很是懊恼地揉了揉自己的头发，这人这么阴晴不定，可千万不要因为她这句话再判她死刑。

就在她忐忑不安的时候，陆南城淡淡地丢给她一句：“出来吃饭。”

说完，人便率先转身离开了。

乔好一听还有饭吃简直要欢呼了，掀起被子下床跟在陆南城身后去了餐厅。

“好香啊！”在餐桌旁坐下，乔好就两眼盯着桌上的美食放光，只差流口水了。

乔好晚上也没吃饭，她是故意没吃，故意把自己饿得有气无力以博得陆南城的同情，这会儿早就饥肠辘辘了。

在陆南城拿起筷子开吃后，乔好也不客气了。陆南城看着她那吃相只觉得额头上青筋不停地在跳，毫不夸张地说，他活了三十二年，周围没有一个女孩子是她这个吃相的。

她好歹是乔家的女儿，怎么一点儿大家闺秀的样子都没有？

没忍住，他自己保持着优雅吃饭姿态的同时幽幽地开口说：“几年没吃饭了？”

乔好知道他在嘲笑自己的吃相，其实她也不是不会端庄，不是不会优雅，公共场合，她礼仪也是做全做足了的，没有失态过。

现在她只是太饿了，而且她觉得反正她在陆南城面前也没什么形象和面子了，干脆就不装了，先吃饱再说。

没理会陆南城对自己的揶揄，她转而惊呼道："哇，这是你妈妈的手艺吗？真是太美味了，你妈妈好贤惠哦。"

陆南城瞥了她一眼说："这是我家厨师做的，我妈也并不贤惠。"

她这马屁好像没拍对。

乔好饭量本来也不大，刚刚一通风卷残云已然吃饱了，于是放下筷子边欣赏着陆南城优雅的吃饭姿态，边执着地继续问："请问我可以将功补过了吗？"

"将功补过？"陆南城被她的用词逗笑，慢悠悠地反问着她，"你哪儿来的功？"

"我刚刚不是帮你那啥了吗？"乔好终究是只经历过一场男女情事的女孩子，无法坦然面对刚刚那件不可描述的事。

羞恼之下她又愤愤地瞪着对面的男人，控诉道："你该不会不认账了吧？"

陆南城看了她一眼，语气极其严肃地说："今天这种情况是第一次，也是最后一次。"

"知道了知道了！"乔好高兴之下，花言巧语止不住地说了出来，"你真是太好了！"

因为心情太雀跃，乔好觉得仅仅是言语根本无法表达她此时此刻的欢喜之情，于是起身跑过去捧着陆南城的脸吧唧亲了一口。

乔好亲完陆南城后，陆南城的脸就黑了，他清清楚楚地知道乔好在亲他之前刚刚喝过鸡汤。

陆南城当场推开椅子起身，满脸嫌弃地去了浴室，重新洗了把被亲得有些油的脸。

乔妤很是无语，拽了张餐巾纸擦了擦自己的嘴，她都没嫌他脏好不好，他还弄她一手呢……

陆南城重新坐回餐桌的时候，乔妤的手机响了，电话是庄湛打过来的。乔妤头皮一阵发麻，心虚地看了一眼对面的陆南城，起身走到一边，接起电话来公事化地问："庄副总，这么晚了有什么事吗？"

庄湛在那端声音淡淡地说："听说今天你在陆氏会议上捅娄子了？"

乔妤本能地戒备道："你不会是来幸灾乐祸的吧？"

"乔妤，"庄湛的声音艰涩，"你知道吗？如果你没有回来的话，原本我是打算放弃南城的一切去伦敦找你的。"

…………

"我知道你不喜欢我姑姑、姑父，也不喜欢乔玥，所以我想在国外远离他们的地方跟你一起生活，我为了你煞费苦心，你现在却说我对你幸灾乐祸……"

庄湛的语气听起来无比颓然，听得乔妤心里一阵莫名难受。

说句良心话，虽然乔仁生一直在跟乔仁民争权，虽然庄湛是乔仁生的亲信，但庄湛从来没有对乔仁民有任何的不尊重，对她还有乔荞以及乔沐也都挺和善。

不像乔玥，一直以来都尖酸刻薄，视他们为敌人。

庄湛见她不说话，忽而又咬牙恨恨地说道："这些年要不是顾及你的感受，乔氏早就是我的了，你以为乔沐是我的对手？"

乔沐跟庄湛都能力出众，两人在公司里的势力也是不相上下，这些年所有人都在等待着庄湛夺权上位，但庄湛一直甘心屈居于乔沐之下，兢兢业业且没有任何野心地为乔氏工作。

乔妤被庄湛这番话说得心里很堵，她知道男人们对权力和地位的渴望，但是她不想庄湛因为她而放弃那些野心。

乔妤觉得自己承受不住，也不想承受。

“庄副总，时间不早了，有什么事等明天再说吧。”乔妤说完就匆忙挂断了电话。

她不想跟庄湛讨论他们之间的关系，尤其她现在还在陆南城家里。

挂了庄湛的电话，乔妤平复了一下复杂的情绪，走过来刚在陆南城对面坐下，就听他问：“吃完了？”

乔妤点了点头。陆南城一边低眉垂眼地吃饭，一边淡淡地说：“吃完了就回去吧。”

乔妤觉得，陆南城作为一个男人，真的一点儿都不“男人”。

大半夜有让女孩子一个人回家的吗？他难道都不送一下？

而就在乔妤无语的时候，陆南城又挑眉看着她说：“不然你想留下来？不怕我再对你做点儿什么？”

她才不想留下来！一点儿都不想，半分都不想！

乔妤噌地站了起来，忍无可忍地控诉道：“陆南城，我想我总算能明白你为什么一把年纪还没女朋友了，因为就算有女朋友也会被你气死。”

陆南城一脸的好整以暇，示意她给出个合理解释。

乔妤哼了一声说：“都这么晚了，难道你都不送一下女孩子？一点儿绅士风度都没有。”

乔妤以为陆南城会被她说得羞愧一下，结果她低估了陆南城的不绅士程度，他很是嘲弄地丢给她四个字：“自以为是。”

然后就低头继续吃饭。

乔妤觉得陆南城简直没救了，气呼呼地转身离开了。

临走的时候更是重重地关上门，用这样的方式表达自己对陆南城的强烈不满。

而被她的关门声震得皱眉的陆南城也是一脸不悦，她这是什么态度？嚣张得都敢摔门了。

明明是她有求于他！

围绕在乔妤身边的男人，从来都是绅士温柔的，而陆南城身边的女人，从来都是端庄优雅的，两个人各自对对方的行为表示十分不满。

在乔妤的车子驶离陆南城小区大门口的时候，不远处的路边停着的一辆车子里，庄湛眸色沉沉地盯着她车子离去的方向。

半晌，他痛苦地闭上眼靠在座位上，久久都不能动弹。

他早就知道乔妤在蓄意接近陆南城，只是他没想到，陆南城会真的要了她。

同在南城商圈，庄湛很了解陆南城这个人有多么洁身自好。围绕在陆南城身边的各家名媛千金多如过江之鲫，他从来都不看一眼，更别提乔妤这种带着目的去接近他的女人了。

而也正因为知道陆南城的为人，庄湛才没将乔妤接近陆南城这件事放在心上，因为在庄湛看来，她前去招惹陆南城不过是自取其辱。

在得知她真的跟了陆南城的那一刻，庄湛杀了陆南城的心都有了。

他不过是出了一趟差，回来她就成了陆南城的女人。

乔妤跟陆南城两个人的所作所为，都偏离了庄湛的预期，这让庄湛后悔莫及。

至于今晚，庄湛之所以等在这里，是因为他对乔妤的行事风格还是了解的，她现在绝对不想失去陆氏这个项目，所以她在自己捅了娄子后，肯定要想办法挽救。

而她的挽救方法，归根到底还是要从陆南城这里下手。

乔妤一直觉得是她先招惹的他，因为那篇日记。可是她不知道，他早就心仪她了，但是因为她刚成年，所以他一直压抑着自己的感情。

可有些时候感情这种东西，越是压抑，反而越是浓烈。

庄湛不知道自己在那儿坐了多久，驱车离开的时候他的眼底重新恢复了清明，也多了一丝狠戾。

如果乔妤非要跟陆南城纠缠下去，那么他也将不会再压抑自己什么。

乔氏他要，乔妤他也要。

什么他都会夺取！

不会再为了谁委屈自己！

乔妤隔天约了纪杭，请他吃饭，感谢纪杭之前对自己的帮助，她顺便连白泽也一起请了，安抚白泽昨天被陆南城屠戮的心灵。

陆南城则是在下午快下班的时候给纪杭打的电话，同样约纪杭晚上吃饭。

纪杭有些纠结地说：“我有约了……”

陆南城是多精明的人，从纪杭那欲言又止的语气里就可以猜透一切。他不悦地问道：“不要告诉我约你的那个人是乔妤。”

纪杭轻咳了一声说：“就是她，她说上次我借了她五十万，还有她姐姐病情的好转，要感谢我，请我吃饭。”

如果约他的人不是乔妤，他会这样纠结是否要告诉陆南城实情吗？

陆南城幽幽地道：“我给了她一个陆氏的项目，她怎么不知道感谢感谢我？”

不是陆南城爱计较什么，而是他觉得乔妤确实挺过分。

他给了乔妤项目，纪杭不过借给了她五十万，陆氏这个项目她做好了，可不知道会是几个五十万的利润，她想着请纪杭吃饭，到他这儿怎么什么表示都没有？

纪杭吐槽他道：“你别得了便宜还卖乖，你不是都得到人家的人了吗，还想要人家怎么感谢？”

陆南城一时语塞，随后又兀自说：“反正我心情不好，晚上也要找你吃饭，你看是选她，还是选我。”

纪杭都不想吐槽陆南城了，既然他介意乔妤不请他，那就干脆不请自来好了，还非得矫情地让他邀请。

他好脾气地对陆南城说：“那么陆总，请问你是否介意我们三个人一起吃晚饭呢？”

“你决定就好。”陆南城这样丢给纪杭一句就挂断了电话。

乔妤一整天都在自己的办公室忙碌，恶补昨天陆氏会议上她漏掉的内容。

庄湛敲门进来的时候，乔妤停了手里的工作，虽然还是懒洋洋窝在椅子里的状态，但精神上已经高度集中起来，准备应对庄湛。

庄湛额头上顶着一块白色的纱布进来。乔妤倒是愣了一下，随即又公事化地问：“庄副总怎么受伤了？没事吧？”

庄湛径自来到她的办公桌前，盯着她的双眼淡淡地说：“我跟我姑姑说，让他们同意我娶你，被我姑父用茶杯砸的。”

乔妤很是无语，早知道他这伤是这么来的，她就不问了。

就当庄湛刚刚那番话只是玩笑，乔妤若无其事地再次开口说：“找我有事吗？”

庄湛黑眸沉沉，抿唇站在原地看了她半晌，忽然绕过她的办公桌走了过来。

乔妤惊了一下，急急忙忙就从椅子上站了起来，漂亮的眸子瞪着庄湛问：“你干什么？”

乔好办公桌后面是一整排的书架，庄湛抬手拽过她来，将她按在书架上，整个人也跟着欺身而上。

乔好心惊不已，抬手推着庄湛，厉声吼道："庄湛！"

乔好试图用凌厉的语气来提醒庄湛不要做过分的事情，然而庄湛像是疯了一样，狠狠地将她抵在书架上，径自吻了过来。

乔好震惊地睁大了眼，急忙歪头躲避。

然而男人的力气实在是太大，庄湛又在情绪失控之下，乔好柔软的唇就那样被庄湛得逞地吻住。

不过无论庄湛怎样努力，乔好都紧紧抿着自己的唇，不让庄湛吻得更深，最后庄湛气恼之下歪头在她白皙的脖颈上狠狠地咬了一下，乔好嘴巴得到自由的同时冲着门外就大声喊："白泽！"

白泽匆匆进来看到庄湛按着乔好亲的画面也惊愕不已。白泽一直以来都知道乔好跟庄湛不和，但没想过庄湛竟然对乔好有那方面的心思。

现在白泽才终于明白，原来庄湛对乔好的冷脸是因为爱而不得而生的怨，而不是因为两人各自立场不同的对立。

庄湛在白泽进来后就松开乔好，但一双眸子从未离开过乔好。乔好气得浑身颤抖，抬手抹了把自己被庄湛吻过的唇，红着眼对白泽大声交代道："以后不准庄副总再进我的办公室！"

"是！"白泽跟乔好共事了一个多月，还从来没见她被气成这样。

庄湛因着她擦嘴的嫌弃动作，脸色难看起来，咬牙说道："在陆南城那儿，你送上门去让他亲，在我这儿，我主动亲一下就气成这样？"

乔好疯了，被庄湛的荒唐气疯的，一出口连粗口都飙出来了："我愿意送上门让他亲，因为他能带给我足够的利益，你能带给我什么？你是想带给我你姑姑尖酸刻薄的羞辱呢，还是想让你姑父把你的头打爆？"

乔好吼得声嘶力竭震天响。庄湛看着她愤怒的模样，握紧了垂在身侧的双手，说道："你不要逼我。"

乔好很想一脚踹翻庄湛，她气恼地吼："是你不要逼我，好吗？"

庄湛深深地看了她一眼，沉着脸转身离开，乔好则是烦躁地将自己丢进办公椅里，一句话都不想说。

想到之前乔好说晚上请自己吃饭的事，再看了看乔好现在的坏心情，白泽主动说："乔总，晚上要不您别请我吃饭了吧，我看您不心情也不怎么样……"

乔好坚定地说："请，继续请，不耽误，正好你们陪我喝酒消愁。"

纪杭并不知道乔好晚上还请了白泽一起，他以为她只请自己一个人，所以才对陆南城说介不介意他们三人一起吃饭，结果没想到乔好还带了白泽来。

因为是乔好请客，所以她事先订好包厢告诉了纪杭，纪杭跟陆南城先到的。

两人在包厢里坐了没一会儿，就听到外面女孩子带着轻快笑意的声音响起："小白，我看你最近脸上起了几个痘痘，你这是严重的火气旺盛、内分泌失调，需要纾解纾解了。"

随后是白泽有些抗拒的声音响起："乔总，您说话尺度不要这么大好不好？我会害羞的。"

乔好很是不以为意地说："嘁，在我面前你有什么好害羞的，我又不是外人。"

两人聊天的内容就那样传入包厢里的两人耳中。感受到身旁陆南城的低气压，纪杭默默端起面前的茶杯喝了一口茶，在心里祈祷乔好好运。

男人对跟自己有过身体关系的女人总是有一种莫名的占有欲，即便他们没有任何名分上的关系，但他就是生气。

乔好根本没想到陆南城会来，边跟白泽开着玩笑，边推门进了包厢。

一抬眼看到里面坐着的陆南城，乔妤一度以为自己走错了地方。

旁边的纪杭看出了乔妤的惊讶，主动起身解释道："陆总说他今天心情不好，非要让我陪他吃饭喝酒，于是我就带他一起来了……"

乔妤的视线跟陆南城对上，乔妤觉得自己魔怔了。

她看着陆南城的时候，满脑子回放着的竟然是那一晚她跟陆南城亲密纠缠的画面，还有昨晚在他家门后发生的一切。

男人薄凉的唇、修长的手，还有完美的身材，都让乔妤口干舌燥，脸上发烫。

为了掩饰自己满脑子旖旎的画面，她连忙呵呵笑着说："这天真是越来越热了……"

说完，她抬手想脱掉自己身上的风衣外套，借以掩饰自己越来越红的脸色。

一旁的白泽想起她脖子上被庄湛吻的那个痕迹，连忙上前严肃地一把将她的风衣拎了上来紧紧护住了她的脖子，关心地说道："天气并不热，室内还是阴冷的，乔总，您还是穿着衣服吧。"

白泽说完，朝乔妤眨了眨眼，乔妤瞬间想起了自己脖子上的痕迹，于是老老实实地裹好了自己的风衣。

然而为时已晚，陆南城早在乔妤外套落下一半的时候就眼尖地看到了她脖子上的痕迹，因为乔妤今天穿的是件圆领的针织衫，修长白皙的脖颈整个都露了出来，加上她皮肤又白，那一块红色的痕迹很是明显。

纪杭也看到了，一时间有些慌——这是什么情况？

据他所知，乔妤跟陆南城今天并没有见过面，所以乔妤脖子上那吻痕是谁弄的？

还有这个白泽，刚刚他又是帮乔妤拎衣服，又是担心乔妤着凉，跟乔妤眉来眼去的，难道他不知道乔妤跟陆南城的关系？

不想掺和这些，纪杭起身主动说道：“我去点菜。”然后又对一旁的白泽说，“你陪我一起吧。”

“好的。”白泽连忙随着纪杭出去了。

包厢的门被关上，里面只剩下乔妤跟陆南城。乔妤浑身都不自在，讪讪地在陆南城对面的位置上坐下，完全不知道说什么。

她明明是请纪杭和白泽的，陆南城来凑什么热闹？

早知道他会来的话，她就换件高领衬衣了。

就在乔妤心里腹诽着陆南城的不请自来时，对面的陆南城抿了口茶，平静地说道：“很热那就脱了外套好了。”

乔妤呵呵笑着裹紧自己的风衣，说：“不热不热……”

陆南城懒得跟她绕来绕去，眸光阴沉地盯着她直接问：“脖子上谁弄的？”

乔妤心里狠狠了颤一下。

他眼睛也未免太尖了，竟然什么都看到了，但她还是硬着头皮死撑着装傻说：“什么谁弄的啊？”

陆南城没说话，直接给了她一个薄凉而阴沉的眼神。

乔妤想她总算能体会到白泽说陆南城用眼神屠戮他是什么意思了，陆南城气场太强大，脸一沉，眼一凛，确实让人后背发凉、头皮发紧。

但她乔妤是什么人？她才不会被他一个眼神吓到，抬手摸了摸自己的脖子，胡乱地说：“就是蚊子咬了一口，我挠红了。”

陆南城勾唇冷笑了一声说：“四月份的天气，你跟我说有蚊子？”

乔妤被噎到一点儿面子都没有，恼羞成怒地说道：“陆总，我们也不是什么男女朋友的关系，你追问这些是不是管得有些宽？”

乔妤一口气吼完，嘴上觉得爽了，可对上陆南城冷峻的眉眼，顿时又觉得有些紧张。

乔妤以为陆南城会被她的话气到发火，谁知他的修为还真不是普通人能达到的境界。陆南城换了个姿势，继续长腿交叠坐在那儿，懒洋洋地反问道："觉得我管得宽？"

乔妤看了他一眼，没说话。

陆南城继续慢悠悠地跟她确认道："以后再不需要我了，是吗？"

换言之，以后遇到事情的话不要再去求他帮忙，不管是一哭二闹三上吊的方式，还是讨好他的方式。

乔妤咬唇瞪着他，恼着这人拿捏人心的方式，可真是尖锐而又恶毒。

乔妤不敢说不需要他，因为她实在不知道自己以后会遇到什么，她的处境内忧外患，这一路走下去只怕是会事故频发，她迫切需要陆南城这样的依靠。

她不说话，陆南城则是直接做了决断道："既然还需要我，那我就有资格管你，因为我不喜欢属于我的东西被别人碰，物品一样，人也一样。"

乔妤内心翻了无数个大白眼，她什么时候属于他了？

但是她也不敢反驳，他这话的意思是以后他的大腿还会给她抱，她怎么可能拒绝？

眼看着乔妤被自己修理得一点儿脾气都没有了，陆南城的语气终于有了一丝恼火的情绪在里面，瞪着她咬牙说道："今晚到我那儿去，我要看着你洗二十遍。"

乔妤惊得拍桌而起，道："陆南城，你怕是有病吧？"

洗二十遍，她脖子上的皮肤都要搓烂了。

虽然她也很恼火庄湛的所作所为，但事情已经发生了，她也不能怎样，她唯一能做的是吃一堑长一智，以后离庄湛远点儿。

陆南城危险地眯了眯眼说："不同意？那以后就不要再找我了。"

他要不要这样闷骚啊？介意她被别人吻了就直说呗，拐弯抹角、若无其事了半天还不是表达一个他介意的意思？

累不累啊？

乔好不知道陆南城累不累，反正她心好累。

罢了罢了，他要她去他那儿，那就去好了，他要她洗二十遍，那就洗好了。

第四章
势均力敌的较量

晚饭结束，纪杭问陆南城：“怎么走？”

纪杭跟陆南城是分别开车来的，白泽跟乔妤一同开着乔妤的车来的，纪杭问这句话，其实主要是想表达乔妤由谁来送的意思。

陆南城淡淡地回道：“她晚上去我那儿。”

纪杭微微惊讶过后，一脸欲言又止地说：“医生上次提醒过你们了，半个月之内……”

乔妤尴尬地轻咳了一声，说：“纪医生，你想多了……”

乔妤想挽回一下自己的形象，纪杭三番五次地提醒这件事，弄得好像她跟陆南城多么饥渴难耐，她根本没有那种想法好不好？她对那种事也根本不感兴趣！

白泽并不知道乔妤那晚跟陆南城在一起受伤的事情，一脸蒙地问：“难道你们盖着棉被纯聊天？”

男人跟女人一起过夜，难道不是为了那事？

是他太不纯洁了，还是他们有问题？

乔妤将自己的车钥匙丢给白泽，没好气地说：“你开我的车先走吧，赶紧的。”

白泽离开后，纪杭也意味深长地看了陆南城一眼，幽幽地说道：“原来你是这样的陆南城。”

为美色所迷的陆南城。

陆南城被纪杭那眼神盯得很想一脚将他踹走，咬牙解释道：“我们有别的事。”

纪杭一脸的不信，不过也没多逗留，转身朝自己的车子走去，留下满脸尴尬的乔妤，还有面无表情的陆南城。

陆南城率先走向自己的车子，乔妤随后跟上。

一路上两人都没说话，乔妤能感受到陆南城气得不轻，所以也不敢招惹他。

回到住处，陆南城就径自去卧室了，乔妤慢吞吞地在玄关处换鞋。

没一会儿陆南城从卧室里出来，换了一身居家服，见她站在那儿不动弹，没好气地说：“愣在那儿做什么？还不赶紧去洗！”

乔妤抬手摸了摸自己的脖子，认命地去了浴室。

她可没忘记他说要让她洗二十遍的事，话说她要怎样证明自己洗了二十遍？一遍一遍数给他听？

进了浴室，乔妤把自己的风衣外套和针织衫都脱了，只穿着贴身衣物对着洗手池前面的镜子往自己修长的脖颈上抹肥皂，老老实实地清洗。

其实乔妤心里无语极了，这东西是洗二十遍就能洗干净了的？还不是陆南城的心结在作祟？

乔妤刚洗了一遍，浴室门就被陆南城直接拉开，入眼的画面让陆南城喉间一阵干燥。

修身的牛仔裤勾勒出女孩子窈窕的身段，腰肢纤细，盈盈一握，肤若凝脂，玲珑有致。

乔妤没想到陆南城会连门都不敲就进来，一时间也惊了一下，本能地护了一下自己，然后解释道："已经洗一遍了。"

陆南城冷着脸瞥了她一眼，走过去拿了花洒调好温水，直接朝乔妤的脖子喷了过去。

乔妤吓了一跳，手忙脚乱地躲闪，边躲边抗议道："陆南城，你发什么疯啊！"

这人神经病吧？是要喷死她吗？不就是被别的男人亲了一下吗？

后来陆南城丢了手中的花洒，抬手一把将浑身湿透的乔妤拽进怀里，按住她狠狠地吻了过去。

不过陆南城最终没对乔妤做什么，刚刚纪杭的提醒还在耳畔，他也不允许自己一再放纵荒唐，所以他在理智彻底覆灭之前，松开怀里的人，抽身出了浴室。

乔妤浑身无力地靠在浴室的墙上，经历过被庄湛强吻，她不得不承认，她还是对陆南城有感觉。

庄湛的靠近让她发自心底排斥，可陆南城吻她的时候，她想跟他纠缠得更深，她没有任何跟男人谈情说爱的经验，她唯一能够遵从的，就只有自己的心。

低眉垂眼看了看自己湿漉漉的衣服，又看了一眼陆南城浴室里那看起来就很豪华的浴缸，乔妤放了满满一浴缸水将自己丢了进去，舒舒服服地泡了个澡。

泡完澡，乔妤才发现她好像没衣服可以穿，于是只好裹着浴巾贴在浴室门上，冲外面喊："陆南城，我穿什么呀？"

女孩子柔软的声音带着一种难以言喻的娇嗔，听在陆南城耳中真是一种煎熬。

半晌，浴室门被拉开，陆南城丢了一件男士的长袖宽松T恤给乔妤。

乔妤套上后照了照镜子，感觉自己还挺帅，现在不是都流行这种宽宽大大的男友风衣服吗？

不过走出来后，她还是对着沙发上的陆南城不满地抗议道：“为什么不给我裤子？”

虽然他的上衣足够长，但没穿裤子她还是觉得别扭。

陆南城抬眼瞥了她一眼说：“我的裤子难道你能穿？你有那么长的腿啊？”

乔妤无语地瞪着他，这人是在讽刺她腿短吗？

他眼睛怕是瞎的吧？她这腿还短的话，那别的女人的腿没有长的了。

既然他没有要提供裤子的意思，她索性就那样光着腿了，反正他开了空调，暖和得很。

坐在沙发上的陆南城远远地瞥了一眼她一双白皙修长的腿，看来没给她裤子就对了，这样看着还赏心悦目。

乔妤拽了拽衣服的下摆，刚想走过去在沙发上坐下，就听陆南城严厉地命令她：“在那儿站好。”

“什么？”乔妤一度以为自己听错了，眨着一双美眸不解地看着他。

陆南城重申道：“我说，你在那儿给我老老实实地站着，好好反省一下你自己。”

乔妤眼珠子都快要惊掉了，不可置信地又问了陆南城一句：“你是说真的？”

陆南城没理她，低头看自己手中的文件。

他也刚洗过澡，穿一身浅灰色的居家服清清冷冷地坐在那儿，举手投足间都是贵公子的优雅。

乔妤咬牙瞪着那浑身漠然的男人，气到不知道说什么好，从小到大她就没被这样罚站过，乔家的家风可不是这种严厉且无情的风格。

她深呼吸了一口气，努力让自己保持冷静，然后说道："你能不能告诉我一下，我犯什么错了？为什么要反省？"

陆南城漠然地看着她说："我直接告诉你的话，你怎么能反省得深刻呢？"

做了他的女人，竟然还让别的男人吻她？

还有，她非但一点儿不觉得愧疚，竟然还问他为什么要反省？

陆南城觉得她简直可恶极了。

乔妤摊了摊手问道："所以你从小犯错误的话，你父母是这样让你自己反省的？"

"当然。"陆南城应下来后又加了一句，"不过我长这么大几乎没犯过错。"

他从小到大都是人人艳羡的别人家孩子，一路成长无论品行，还是能力，抑或是念书时的成绩都是最优秀出众的，他这样的人，能犯什么错误？

"不好意思啊，我们家的家风是犯错误了，我爸妈会直接告诉我哪里错了，然后会叮嘱以后不要再这样了，所以你们家的家风我有些接受不了……"乔妤尽量委婉地表达了她对这种方式的抗议。陆南城当下给了她一个凉飕飕的眼神。

乔妤实在淡定不下去了，不满地说道："我不认为我哪里有做错的地方，反省什么？"

"不知道自己哪里错了的话，那就一直在那儿站着吧。"陆南城也被她这种不思悔改的态度气得要命，丢给她这样一句，就兀自继续看文件了。

"你确定要这样惩罚我？

“你真的确定？”

乔好接连问了两遍，陆南城还是不理她，她决定采取行动，她这人向来会撒娇磨人，乔仁民和乔沐也不是没有被她气到过，每次她都撒撒娇就风平浪静了。

难道她还搞不定个陆南城?

她走过去将陆南城手中的文件抽走，然后搂着他的脖子毫不客气地坐进他怀里，语气又软又娇地说：“我犯什么错误了，你告诉我呗，我不想被这样罚站，傻傻的……”

陆南城完全没想到她会这样不矜持地直接过来坐他腿上，绷直了身子往后，跟她拉开距离，蹙眉瞪着她说：“乔好，你还是不是个女人？”

“怎么了吗？”乔好笑盈盈地又凑近了他几分，红唇只差吻到他的薄唇上了。

陆南城极力压住自己身体里的异样，咬牙吐出三个字来：“不矜持！”

乔好咯咯笑了起来，女孩子柔软的身体就那样趴在男人怀里，故意撩拨着他。

陆南城抬手想将她从自己怀里扯开，乔好搂紧他的脖子将自己的红唇送上，让他再也没有将自己拉开的理由。

如果说刚刚在浴室里的那个吻陆南城还有自制力，那么此刻乔好自己送上门来的这个吻他完全都不想再自制了。

身为一个公司的掌权者，他是有很好的自控能力，可他的身份地位也注定了他并不是一个愿意委屈自己的人，此时此刻，他的身体叫嚣着要做点儿什么，他索性遵从自己的心。

只不过，在决定开始之前他还是暂停了一下，抬手去摸自己放在旁边的手机，他嗓音喑哑地说：“我给纪杭打个电话。”

上次医生叮嘱，半个月之内不要再有那种生活，现在时间还没到，所以他还是要询问一下纪杭是否会伤了她。

“不要不要，别别别——”他怀里的乔妤红着脸拦住了他。

乔妤知道他要问纪杭什么，她一点儿都不想让纪杭知道，毕竟晚上饭局散去的时候，她还说纪杭想多了，现在他打电话去问纪杭的话，她的脸往哪儿放？

“那怎么办？”陆南城因为一直压抑着，自己气息都不稳了，箭在弦上这种事对哪个男人来说都不轻松。

“如果不舒服我会告诉你。”乔妤的脸埋在他怀里已然红到滚烫，“你、你轻一点儿……”

最后，女孩子娇媚到能滴出水来的柔柔一声，彻底扯断了陆南城身体里叫作理智的那根弦。

“好。”男人滚烫的气息吹在女孩子的耳边，彻底肆无忌惮起来。

皮质的沙发很大很软，没多久也一片凌乱。

乔妤没觉得多难受，在最初的一阵不适后她就彻底对这件事没有阴影了。

上一次两人弄成那样，无非是因为陆南城以为她不是第一次，所以没有顾及她的感受，这一次他全程都循序渐进，两人感觉都不错。

结束后，陆南城第一件事是想要查看乔妤是否再次受伤，乔妤裹着被子紧紧护住自己，说：“没事没事，我很好……”

他看什么看啊，乔妤想想那画面就尴尬到想死。

陆南城挑眉问她：“你确定？”

“嗯。”乔妤用力点头，她自己的身体她难道不清楚吗？

而为了防止陆南城强行查看，她翻个身将自己埋进被子里，径自说：“我困了，先睡了。”

她排斥得那么明显，陆南城也就没再勉强她，起身去浴室洗澡了。

等他重新返回卧室的时候，床上的人竟然真的睡着了。

陆南城站在床边看着女孩子香甜的睡相，忍不住抬手捏了捏额头，连着两次他都看到她沾上床就睡着了，她心还真是够大的，他原本还想跟她谈一谈乔荞车祸这件事。

乔荞车祸蹊跷得很，根据他掌握的证据，乔仁生的老婆庄文如有极大的嫌疑。

乔仁民中风，乔沐入狱，乔荞很有可能接替乔沐掌管乔氏。如果乔荞出事的话，那乔氏的大权自然而然就会落在庄湛身上。

乔荞看似因未婚夫林清远的背叛而伤心出了车祸，可怎么会那么巧？乔荞刚被小三找上门，出门就遭遇车祸？

不过乔好这会儿都睡了，这个话题陆南城也只能就此作罢。

他随后还是给纪杭打了个电话。纪杭在医院里刚下了一台急诊手术，听了陆南城的询问，他无奈地说道："拜托，以后这种事不要给我打电话了，是否受伤她自己会表现出来的，她说没事，那就代表你带给她的感受很棒，好吗？"

陆南城因着纪杭那句"带给她的感受很棒"而难得地嘴角扬起来。

隔天早晨在陆南城怀里醒来的乔好，整个人有些蒙。

严格来说，这其实是她跟陆南城第一次正式意义上的一起过夜，第一次的时候因为她受伤去看医生半夜就回家了，第二次则是她吃完饭就被陆南城赶走了。

在同一张床上醒来还交颈而卧的画面，对乔好来说是陌生且难以言喻的。

挪了挪身体抬眼看向身边的陆南城时，陆南城正好也在看着她。

男人一双眼眸深邃而又浓沉，乔好莫名心跳加速。

为了掩饰自己的不自在，乔妤赶紧别开眼说：“早……”

陆南城语气有些不怎么高兴地说：“并不早了。”

原本按照他的生物钟，他早就醒来了，可怀里有温软的人且还睡得香甜，他搂着她一不小心就多睡了一会儿。

这对他来说有些破戒，因此他生气，生他自己的气。

乔妤完全不懂他大清早的为什么心情不好，随后就听陆南城又说：“收拾一下起来吃早餐。”

“哦。”乔妤应了一声便坐起来。

陆南城瞥了一眼女孩子白皙的后背还有漂亮的蝴蝶骨，喉结上下滚动了一番，一个没忍住抬手将人重新拽进怀里，覆过去按在身下狠狠吻住。

有些事情一旦上瘾，还不是一般上瘾，尤其是男欢女爱。

于是原本应该动身去公司的陆南城，吻着怀里的人欲罢不能地将时间耗在了床上。

大半个上午过去，乔妤躺在床上彻底没了力气。

随着浴室里水声响起，她幽幽地瞥了眼浴室的方向，心里默默发誓，她可再也不要在陆南城家里过夜了。

两人一起坐在餐桌旁吃着不知道是早餐还是午餐时，陆南城将自己手上掌握的关于庄文如陷害乔荞的证据告诉了乔妤。

他刚刚接到手下人打来的一个电话，造成乔荞车祸的那个货车司机找到了，他承认受庄文如的指使故意制造了那场车祸。

乔妤惊讶于他竟然帮自己查了这件事的同时，又咬牙愤愤地说道：“我早就怀疑她了。”

陆南城问道：“你打算怎么办？”

乔妤语气很是坚决地说：“当然要告她了，要让她受到法律的制裁。”

虽然庄文如是她二婶，但是庄文如先不顾亲情恶毒伤害乔荞，她又何必要顾及什么。

陆南城平静地看了她半晌，淡淡地提醒道："你觉得庄湛会让你告吗？或者说他会让你告成吗？那是他姑姑。"

提到庄湛，乔妤心里就发堵，语气愤然地说："难道我要让庄文如逍遥法外吗？"

"自然是不能逍遥法外，我只是想提醒你一下，如果你真的决定跟庄湛撕破脸，那乔氏必将面临一番动荡。"陆南城淡定地帮乔妤分析，"庄湛为了逼你不告庄文如，肯定会威胁你他要从乔氏独立出来，而他一旦从乔氏独立出来，你所拥有的乔氏还剩下什么？"

乔妤紧紧地抿着唇不说话。

陆南城忽而又问："我有些好奇，庄湛这么多年怎么就一直没独立出来？"

陆南城忽然犀利地问这个问题，乔妤怔了一下，随即垂下了眼，搪塞道："谁知道他怎么想的。"

乔妤不想跟陆南城提她和庄湛之间这些乱七八糟的事情，也不知道该从哪儿说起。

陆南城眯着眼盯着乔妤，她的表情里明显带着几分心虚，她心虚什么啊？

不过陆南城并未多想乔妤跟庄湛之间的关系，他接着又说："虽然我不知道庄湛为什么一直没独立出来，但按照我对他这个人的了解，他并非那种没有野心的人，庄湛独立出来不过是早晚的事情。"

庄湛跟陆南城同龄，同样是南城新贵，同样是在商场，两人多多少少都会有些交集，虽然乔氏跟陆氏没有直接的业务往来，但也不影响他们彼此了解对方的为人。

乔妤从陆南城嘴里听到庄湛早晚会独立出来这番话，整个人就有些泄气。

如果庄湛独立出来，那她还在死撑个什么劲儿？

庄湛这些年在公司的势力一直跟乔沐不相上下，如今乔沐出事，原本属于乔沐的那部分人瞬间倒戈去了庄湛那儿，庄湛独立出来的话，她所拥有的乔氏就只剩下一个空壳子了！

一瞬间，乔好觉得无比绝望。

陆南城看着对面坐着发呆的乔好，一时间也不知道该说什么。

认识乔好以来，她一直诡计多端、狡黠聪慧，外加气死人不偿命，现在她忽然颓废下来，他一时间还有些不太适应。

不过陆南城不后悔自己这样残忍地帮乔好分析她的处境，因为这是她必须面对的，有些时候疼痛和绝望反而会让人迅速成长。

“人生不过是一次次的从头再来，再说了，你现在手里还有陆氏这个项目——”陆南城斟酌着合适的词语，想让她重新振作一下。对面的女孩子忽然扬起头来看向他，脸上重新挂上粲然的笑容，说：“谢谢你的安慰，你放心好了，我不会被打倒的。”

女孩子的笑容很明艳，眼睛里一片璀璨。

陆南城没再说什么，正好他的手机在这个时候响了起来。

乔好本能地看向他放在旁边的手机，就看到上面显示了一个名字：周蓉蓉。

很明显的女性名字。

陆南城拿过手机来的时候看了乔好一眼，随后平静地接起来。

他的声音一如既往低沉：“喂，蓉蓉……”

乔好听到他称呼对方为蓉蓉的时候，几不可察地撇了撇嘴。

“什么时候回来的？”

“中午一起吃饭？”

“可以。”

陆南城三言两语结束了自己的通话，就见对面的乔妤在神色复杂地看着自己。

陆南城淡淡地问：“看什么？”

乔妤单手托腮，半开玩笑地说：“我在想，你接了一个女人的电话还亲昵地称呼对方蓉蓉，我是应该像你对我那样冷嘲热讽、大发雷霆呢，还是该若无其事、大度懂事？”

陆南城的脸色当即就冷了下来，尤其是看到她那副笑靥如花、满不在乎的样子之后。

半分吃饭的心思都没有了，他盯着她冷笑着说：“所以我希望你做什么反应，你就做什么反应？乔妤，你在我面前所有的一切都是在演戏，是吗？”

“那倒没有……”乔妤解释的话刚开了个头，就见陆南城已经拂袖走人了，乔妤很是无奈地叹了口气。

她在他面前也不是一直在演戏，半真半假吧。

有时候她都不知道哪个是真实的自己，而哪个又是她故意在陆南城面前伪装出来的自己了。

送乔妤回家的路上，陆南城全程冷着脸，对乔妤不予理会。

乔妤也没敢招惹他，到家后就老老实实地下车。

陆南城一脚油门踩下去，黑色的豪车疾驰而去，用这样的方式继续表达着他的愤怒。

乔妤吐了吐舌头转身回家了，回家后，她换了身衣服便赶紧去医院看望乔荞。乔荞的情况一天比一天好转，这是乔妤目前最大的安慰了。

关于庄文如设计陷害乔荞出车祸的事情，乔妤也一五一十地跟乔荞说了。

乔荞皱眉思索了半晌，轻声对乔妤说："起诉庄文如的事情我自己来接手吧，因为庄湛对你的感情，我怕你直接起诉的话会激怒他，从而惹得他做出什么对你不好的事情。"

乔妤有些担心乔荞的身体状况，道："可是你的身体才刚刚开始恢复啊。"

"没关系的。"乔荞给了她一个宽慰的笑容，道，"经历过这场生死，没有什么是我承受不住的了，你不用担心我，我只会比以前更好。"

"而且这件事是直接冲着我来的，我自己出面会更好。"乔荞对于庄文如害自己这件事，并没有表现出来多么大的愤怒。

其实一切也在预料之中，庄文如的性格能做出这种事来也不足为奇。

乔荞这样坚持，乔妤也就不好再说什么。

从医院出来，乔妤决定先去一趟商场买内衣。在店里挑了几款自己喜欢的，乔妤结账后就拎着袋子离开了。

在停车场朝自己车子走去的时候，好巧不巧地就看到陆南城跟一个女人并肩走了过来，三人不可避免地来了个面对面。

结合之前陆南城接电话的时候说中午一起吃饭的事，乔妤可以笃定，跟陆南城在一起的女人就是他电话里的周蓉蓉。

乔妤不得不承认，这个周蓉蓉看起来确实很优秀，听说还是知名舞蹈家。

因为长期跳舞，周蓉蓉的身材很是纤瘦，尤其一双长腿，又细又直，而她那张脸蛋也是一等一漂亮，可比乔玥那张整容脸要顺眼多了。

还有周蓉蓉那大方得体的笑容和看陆南城时温柔得能滴出水来的眼神，乔妤抬手摸了摸自己的脸，想到自己在陆南城面前虚情假意的笑，顿时觉得自己可能要三振出局了。

为了不给陆南城和未来的陆太太之间造成什么困扰，三人面对面的时候，乔好懂事地装作不认识陆南城的样子，目不斜视地拎着自己的袋子低头跟他们擦身而过。

“南城，刚刚那个是不是乔好？”周蓉蓉看了一眼乔好的身影，小声问向旁边的陆南城，看似若无其事的眼神里带了一丝不易察觉的探究。

陆南城头也没回地继续往前走，顺便语气淡漠地问：“你认识她？”

周蓉蓉抿唇笑了起来，说：“她现在不是咱们南城的风云人物吗？我当然知道她，虽然我在国外大半年，但是八卦的消息可是从来没断过。”

陆南城看了周蓉蓉一眼，淡淡地笑了一下，没再说什么。

周蓉蓉的心思陆南城一眼就看穿了，她并非真心想要聊什么八卦，不过是想要试探他对乔好的态度。

周蓉蓉自己也说了，乔好现在是南城的风云人物，那周蓉蓉自然也应该知道乔好加入了陆氏那个旧城改造的项目，知道是他给乔好的权限。

但周蓉蓉此时依然装作不知道这件事的样子，陆南城莫名觉得很烦。

他宁愿接受乔好那样带着极强的目的性直接开门见山，也不想应付周蓉蓉若无其事的拐弯抹角。

莫名地，陆南城在心里将周蓉蓉跟乔好对比了起来。

那厢，乔好坐进车里，并没有第一时间驱车离开，而是懒洋洋地坐在那儿，白皙纤长的手指在方向盘上轻敲着，不知道在盘算着什么。

半晌，她打开自己放在旁边的袋子，将里面新买的几套内衣一一摆在副驾驶的座位上认真拍了各种角度的照片，然后一股脑儿地全部发到陆南城的手机上，用又甜又酥的嗓音对着手机说：“南城、南城……”

刚刚擦身而过之际，乔好听到周蓉蓉喊陆南城“南城”，声音温柔细腻，再后面周蓉蓉说了什么，乔好就没听到了，但是这个亲昵的称呼让乔好很是不屑地撇了撇嘴，谁还不会喊个南城了。

“今天刚买的，喜欢吗？”乔妤又用软绵绵的声音发了这样一句给陆南城，然后便将手机丢到一边，好整以暇地坐在那儿等着陆南城的回复。

过了二十分钟，她的手机竟然都没有一丝动静。

乔妤气呼呼地拿过自己的手机来，竟然撩不动？

陆南城不会真的被周蓉蓉迷得晕头转向了吧？

乔妤很是不服，她难道就这么没魅力，陆南城才跟她有过两三次就厌倦她了？她不要面子的啊？

她重新拿着手机编辑了一条劲爆的信息发了过去：“晚上穿给你看，好不好？”

发完后，乔妤再次将手机丢到一边，双手抱臂，冷着一张俏脸坐在那儿等。

几分钟后，她的手机终于有动静了，是陆南城给她的回复：“我今晚有个应酬，九点结束。”

乔妤不明所以：这是想看她穿的意思，还是不想看她穿的意思？

乔妤琢磨着陆南城这应该是想看的意思，他要是不想看的话，大不了就继续给她来个不理不睬好了，现在说什么九点结束，暗暗地表示想看。

想到这里，乔妤眼底掠过一丝狡黠，立刻给他又回了一句：“那到时候你去我家接我。”

乔妤之所以这样说是想逼陆南城给一个具体答复，是要她，还是不要她。

他不是就喜欢模棱两可吗？她就非要清清楚楚。

半晌，陆南城又给她回了一个字：“好。”

乔妤这才满意地收起了手机，哼着歌驱车离开。

男女之间这样势均力敌的较量，挺有意思的。

而较量了一通，她赢了，就更有意思了。

陆南城和周蓉蓉点好菜后，陆南城的手机收到了一条信息，瞥了一眼，陆南城疏离地对周蓉蓉说了声抱歉，然后起身去卫生间了。

乔妤发来的是语音，陆南城不可能当着周蓉蓉的面听，谁知道乔妤能发来什么乱七八糟的，而在听了乔妤发的第一条语音后，陆南城觉得身体瞬间酥到了尾椎骨。

乔妤还从来没喊过他南城，最初的时候她疏离地叫他陆总，现在几乎全是直呼他的名字陆南城，在床上的时候也是，他要是弄得重了一点儿，她就嘤嘤地说“陆南城你弄疼我了”，要么就是“陆南城你轻一点儿”。

现在这样一连串的“南城”配着她发来的那些照片，还问他喜不喜欢，陆南城觉得口干舌燥。

他瞬间锁屏手机，完全不想再理她。

重新回到餐厅，他若无其事地跟周蓉蓉继续用餐。

没一会儿手机又收到了信息，陆南城看过后，端过放在手边的水来喝了一口，他不想承认自己被乔妤那句“晚上穿给你看”说得很是期待。

陆南城努力想让自己心无旁骛地跟周蓉蓉吃饭，可是满脑子不受控制地惦记着她穿上那些会是什么模样，简直像魔怔了一样。

周蓉蓉见他又喝了一杯冰水，主动关切地问：“是不是菜太咸了？”

“还好。”陆南城敷衍了周蓉蓉一句后，拿过手机来，最终回了乔妤晚上自己有应酬，九点结束。

她很快就回了过来，让他到时候去她家接她。

陆南城都有些被她气笑，明明是她上赶着撩拨他的，他还得亲自去接她，这要是换作别的女人，早就殷勤地说自己在他家楼下等着了。

他原本那样模棱两可，只是因为不想承认自己被她撩动，可她非逼着他承认。

最终他只能选择妥协，咬牙回了她一个“好”字。

看晚上他怎么收拾她。

她真的是欠收拾。

晚上九点还不到，陆南城就从宴会抽身驱车到了乔家别墅，给乔好发信息："我在外面了，你出来吧。"

半晌乔好都没回信，乔家别墅的大门也没动静。

陆南城微微蹙了蹙眉，直接拨通了乔好的电话，然而传来的是她的手机已关机的声音。

陆南城又试着拨了几遍，依旧是关机中。

明明约好了晚上寻欢作乐，现在她却联系不上，陆南城的心情可想而知有多糟糕，而下一秒他又危险地眯起了眼，不要告诉他，他是被那个狡黠的女孩子耍了。

按照乔好的个性，她很有可能故意关机躲起来，故意撩着他起了一身的火却又不给他灭火。

想到这一点，陆南城坐在车里深呼吸了好几下，这才压下自己冲进乔家别墅找人的冲动，乔仁民毕竟也住在这里，他闯进去肯定不合适。

乔好！

陆南城在心里咬牙切齿，冷峻的面容像是覆了一层寒霜。

乔家别墅的门正好在这个时候打开，乔家现在唯一留着的家政阿姨出来丢垃圾。

陆南城下车走过去礼貌地询问："乔好在吗？"

家政阿姨摇了摇头说："不在，晚饭后就拎着行李出门了。"

陆南城只觉得心头再次火起，声音更冷了几分："拎着行李出门？"

"是啊，说是要出去一趟，具体去哪儿了我可不知道。"家政阿姨说完，就转身进门了。剩下陆南城一个人站在原地，身体的火和心里的火双重燃烧着。

如果乔妤仅仅是躲在家里不出来，性质还没这么严重。

现在她是拎着行李离开，摆明是故意的，故意撩了他，然后跑掉。

陆南城此时的心情已经不单单是一个“气”字能描述了，重新坐进车子里，他又打了个电话给白泽，冷声问道：“乔妤去哪儿了？”

白泽很是无辜地说：“怎么你们一个个都来问我要人？”

陆南城紧接着反问：“还有谁找她了？”

白泽在那端呵呵笑着说：“没有没有，我是说我完全不知道我老板的行踪，下班之前她是好好地在公司的，可是下班后就是私人时间了，我也不能一直跟着她啊。”

之前没多久，庄湛也打电话找他问过乔妤的下落，白泽这才知道乔妤竟然不在家，而白泽自己也打过乔妤的电话，关机中。

在白泽那儿也得不到消息，陆南城咬牙挂了电话。

他从口袋里掏出烟来，点燃了一支在嘴角咬着，冷静驱车离开乔家别墅：乔妤，最好别让我找到，不然的话，一定将你生吞活剥。

回了自己的住处，陆南城洗了个澡降火，然后又拨了一次乔妤的手机，依旧关机。

乔妤不仅仅是失踪了一晚上，而是失踪了一周。

陆南城在几次拨打她的电话却始终关机并且在白泽那儿也一无所获后，气得不想再理她了。

几天后是陆氏旧城改造项目组的第二次集体会议，有本事她还不出现，到时候他一定直接将她和乔氏从项目组除名。

陆南城并不担心乔妤的安危，因为祸害遗千年。

而且这几天，乔氏由乔仁民代替乔妤发了几次公告，乔仁民作为父亲都不着急，他瞎着急什么？

现在看来只有乔仁民一个人知道乔妤的行踪，可陆南城没办法前去询问乔仁民，他又不是乔好的谁，去找她爸要人算什么。

而这几天里，庄湛每天都要去乔好的办公室追问白泽乔好的下落，可白泽是真不知道乔好去了哪里，他打乔好的电话也打不通，去各种社交软件找乔好一律不在线。

乔好失踪第四天，庄湛去了乔家找乔仁民，语气担忧地说："伯父，好儿失踪快一周了，您难道不应该报警找人吗？"

"哦？"乔仁民淡淡笑着说，"你还担心她的行踪吗？你难道不是应该盼着她就此失踪，再也回不来了吗？那样你就可以名正言顺地接管乔氏了。"

庄湛抿唇沉默了半晌，随后艰难地开口说："我从来没有想过要伤害她，这几天联系不上她，您知道我有多着急吗？"几乎到了茶饭不思的地步，甚至焦灼担心得想要掘地三尺将她翻出来。

他查到她买了机票去了山西，可是山西那么大又能怎么找她？

乔仁民看了他一眼，平静地说道："我知道她在哪儿，所以没有报警的必要。"

眼看着庄湛迫切想知道乔好的下落，乔仁民又说："我以为你这样聪明的人应该会懂，爱上一个根本不爱你的人，是一件多么愚蠢的事情。"

庄湛的情绪有几分失控，盯着乔仁民厉声说："什么叫她不爱我？她日记里明明写的对我有好感！"

乔仁民看着庄湛眼底的那丝执念，忍不住微微叹了口气说："那仅仅是一种年少青涩的爱慕。"

其实这些话乔仁民早就想对庄湛说了，他一直以为庄湛那样精明，应该会看透这些事情，却不想他在感情这件事上竟然是这样执迷不悟。

庄湛抿唇站在那儿不发一言，很显然乔仁民的话狠狠戳中了他的痛处。其实庄湛知道乔妤不爱他，只是他一直不肯承认。是他自己借着乔妤少女时代对他的那丝爱慕，放任自己坠入爱的深渊。

庄湛垂在身侧的双手死死握紧，最终转身离开了乔家。

乔仁民话语间的意思是让他对乔妤放手，有些事情开始容易，想结束却很难。

第五章
配合他们每个人的演出

陆氏旧城改造项目第二次集体会议的前一晚，白泽严重失眠，因为乔妤到现在还没回来。

白泽一想到上次乔妤开会途中走人，陆南城是怎样用眼神屠戮自己的就忍不住冷汗涔涔，如果明天乔妤没有出现在会议上，陆南城不仅仅会将乔氏踢出局，估计还会掐死他。

一晚上忐忑得几乎没睡着，第二天早上，白泽顶着黑眼圈出门，刚坐进车子里，手机铃声响了，那消失了整整一周的名字骤然跳动在屏幕上，白泽被吓了一跳。

他颤巍巍地接起电话，就听乔妤元气满满的声音传来："亲爱的小白，你收拾好了来我家接我吧，今天不是陆氏那个什么会议吗？"

"乔总，你——"白泽一时间感慨万千，什么话都说不出来，差点儿就哭了。

乔妤在那端安慰着他说："我早晨的飞机刚回来，现在准备洗个澡、换身衣服、化个妆，我知道这一周你很煎熬，辛苦啦。"

白泽挂了电话，任劳任怨地开车去乔家接人，谢天谢地，她终于回来了。

陆南城是在会议开始前五分钟进入会议室的，一眼就瞥到了着一身白色西装跟白泽坐在一起的乔好。

她今天把头发全部拢起来了，在脑后慵懒地盘了一个发髻，这个发型让她看起来成熟了很多，也沉稳了很多。

珠玉般的耳垂上戴着精致的珍珠耳钉，珍珠的圆润和莹白的色泽一定程度上为她的妆发气质增色不少。陆南城看过去的时候，她正歪着头不知道在跟白泽说什么，眉眼娇俏，笑容动人，浑然不觉自己无声无息地消失了一周，在某人心里掀起的惊涛骇浪。

别开眼后，陆南城没再看过乔好，迈着长腿在首位上漠然坐下，他的特助郑远川随后宣布会议开始。

轮到乔好发言的时候，乔好先为自己上一次的中途离席诚恳地表达了歉意，然后又认真讲述了自己对这个项目的一些见解和独到的分析。

从她的话语中能够感受到，这一周她确实在这个项目上下了不少功夫，十分敬业。

在整个发言过程中，乔好能清清楚楚地感受到来自陆南城的腾腾杀气，不过这样的环境下她除了无视也只能无视了。

会议开了整整一上午，中午一群人简单吃了一顿工作餐后继续开会，因为会议后项目就要正式启动了，所以这次会议需要将全部事情落实好。

乔好简直要累垮了，要知道她凌晨的飞机赶回来到现在都没来得及合眼，如果现在给她一张床，她能睡个地老天荒。

但是再垮也要撑着，乔好一点儿都不敢松懈，这次她要是再出差错，陆南城铁定将她踢出局了。

下午三点，会议才结束，乔好头昏脑涨地跟白泽一起离开会议室。

郑远川走了过来礼貌地对乔妤说："乔总，陆总有事请您去他的办公室一趟。"

乔妤挣扎着掀起眼皮来看了一眼郑远川，睡意浓重地问："能改天再去吗？我现在想回家睡一觉。"

"应该不可以，乔总还是请吧。"作为陆南城的心腹，郑远川很明显能感觉出来这一周陆南城心里压抑着火，也知道这些火都是来自眼前这位姣美的女孩子。

郑远川对乔妤也挺好奇的，好奇她到底用了什么方式将他家高冷自持、洁身自好的老板拉下了马，让向来不近女色的老板有了七情六欲。

其实乔妤自己也知道逃不掉，一周之前她撩了陆南城却转身就跑，按照陆南城那种睚眦必报的个性不找她算账才怪。

让白泽先回去，她认命地跟着郑远川去了陆南城的办公室，边走边哈欠连天，当然她也抬手捂着嘴，极力保持着自己的形象。

郑远川忍不住笑了，不动声色地问："乔总这一周看起来很累啊！"

乔妤捂着嘴又打了一个哈欠，说："确实累呢，游山玩水了一周，老腰都要断了。"

郑远川：所以他老板无名怒火烧了一周，她在外面游山玩水了一周？

乔妤进了陆南城的办公室，就困顿地靠在身后的门上不说话，陆南城则是在办公椅上端坐着，目光沉沉地瞪着她，也不发一言。

两人就那样无声地胶着着，乔妤才不想先开口说话，看陆南城的脸色就知道他心情奇差，所以她不想主动去招惹。

半晌，陆南城先开了口，语气还算温和地问："没话要说？"

乔妤用力地点头道："有。"

陆南城以眼神示意她继续。乔妤嘤咛了一声，说："我想睡觉……"

陆南城嘴角勾起一抹凉薄的冷笑，随后问道："很困？"

乔妤继续点头。陆南城好心对她说："旁边是我的休息室，你可以先去睡一觉。"

乔妤惊讶极了，微张着粉色的樱唇探头看了一眼他旁边不远处的那扇门，问："真的？"

陆南城坐在那儿，很绅士地说："当然，休息室就是用来休息的，不是吗？"

"太感谢了。"乔妤困极了，边打着哈欠，边朝着陆南城说的休息室走去。

她真是什么都顾不上了，只想好好睡一觉，不管在哪儿，能让她睡下就好。

推门进去，乔妤不得不承认，陆南城的休息室实在是设计得太豪华了，可以跟五星级酒店的客房媲美了，别的不说，就那张大床就够让她心动的。

她刚踢掉高跟鞋赤脚走在柔软的地毯上，休息室的门忽然被人推开。

乔妤转头看向进来的陆南城以及他反手锁上休息室的门的动作，不解地问道："有事？"

"你说呢？"陆南城边朝她走过来，边解自己衬衣上的扣子。乔妤因为太困而几乎停止转动的大脑瞬间回过神来，意识到他要做什么。

"你你你——"她气急败坏地后退着护着自己，因为太气愤，以至于她话都说不出来了。

陆南城不理会她的抗议，走过来毫不客气地将她推倒在后面的大床上，男人的吻凶狠而霸道，瞬间吞灭了乔妤所有的呼吸。

乔妤被陆南城按在床上狠狠欺负的时候，心里要多后悔就有多后悔，她还以为陆南城真的那么好心，原来是只心机深沉的大尾巴狼。

现在他在对她做着的事，才是他的真实目的。

太可恶了。

被晾了一周，陆南城的火气可想而知有多大，而他所有的火气都发泄到这件事上来了，乔妤连求饶的力气都没有，声音刚发出来就被他的力道弄得破碎得不像话。

第一波结束，乔妤连动动脚指头的力气都没有，偏偏男人还在她身旁逼问："去山西干什么了？"

乔妤将自己埋进被子里，没好气地生硬回道："游山玩水！"

男人的手覆了过来，捏着她的腰警告道："还嘴硬？"

乔妤拍掉他的手，抬起头来冲他大声说道："我生气了，吃醋了，所以故意跑出去游山玩水气你不行吗？你跟周蓉蓉卿卿我我的，谁还没点儿脾气了？"

陆南城眯着眼盯着她看了半晌，然后凉凉地开口道："再继续编？"

她能吃醋生气？他怎么就那么不信呢？

而在被陆南城毫不留情地戳穿谎话后，乔妤只好老老实实地交代说："姐姐醒了，我还愿去了……"

其实乔妤没想去得那样突然的，但是那天她确实是存心气陆南城，她身边有个男人，他就阴阳怪气地折腾她，他跟周蓉蓉一起吃饭，她就不能气气他？

她不知道自己是不是吃醋了，反正就是觉得心里挺不好受的，所以要用气陆南城的方式来解气。

正好因为乔荞要起诉庄文如，避免被庄湛抓到威胁她什么，各种原因加在一起，她就玩失踪了。

听完乔妤的话，陆南城莫名觉得心里有些失落，明知道她没有什么实话，明知道她说吃醋不过是花言巧语，可当她真正承认了其实是去还愿后，他还是有了情绪。

不过这种情绪他没再表现出来，继续追问她："还愿还用一周？"

乔妤再次将自己缩进被子里，小声地说：“我、我又水土不服，得了肠胃炎在医院挂了好几天水，今天是好不容易才爬回来的。”

一开始，乔妤是想着去还完愿，逗留一天两天就回来，结果她莫名开始上吐下泻，差点儿虚脱，去了医院，医生说水土不服引起的，于是她就每天待在医院里。

天知道她这几天日子是怎么过来的，因为今天有陆氏的会议，她挂完水又逼着自己吃了点儿东西，好不容易才有力气去赶飞机。

谁承想飞机晚点了好几个小时，害得她直到清晨才辗转回来。

原本想会议结束赶紧回家好好睡一觉，刚刚被他又凶又狠地按着，没完没了地折腾了一通，她现在感觉自己整个人都要散架了。

陆南城有些惊愕地转头看向她，怪不得他觉得一周不见她瘦了很多，原来是生病了。

他的心情一时间有些复杂，黑眸盯着她问：“肠胃炎为什么不告诉我呢？”

“有什么好说的，谁还不生个病啊。”乔妤不认为自己得肠胃炎了就该找人哭诉示弱，不就是生病了吗？挂几天吊瓶就好了。

或许是性格使然，乔妤从小到大一直是那种不怎么会喊苦的人，虽然她长得娇滴滴的，一般人觉得她这样的大小姐肯定什么事都做不来，可实际上她比别人以为的要坚强很多。

陆南城瞪着她，一时间都不知道该说什么才好。

她该矫情的时候不矫情，不该矫情的时候又娇滴滴地这样那样，她的脑回路到底是什么样的？

陆南城觉得，乔妤有时候能气得人牙根痒痒，可有时候也莫名地让人心疼。

其实，并不是乔妤故意不告诉陆南城自己生病的事情，而是乔妤觉得自己没有必要告诉陆南城，他又不是她的谁，她告诉了他，他能管她的死活吗？

“赶紧睡觉。”陆南城没好气地命令了一句，随后抬手将她按在了自己怀里。

乔妤见他不再问这问那，终于松了口气，靠在陆南城怀里如同一只慵懒的猫沉沉地睡了过去，浑然不觉两人之间的姿态有多亲昵。

乔妤睡着后，陆南城穿戴整齐准备出去继续办公，乔妤包里的手机响了起来，陆南城看了一眼径自挂断了，不想让任何人吵到乔妤。

电话是庄湛打过来的，被挂断后，他紧接着又打来了第二遍。

陆南城眉头微蹙，接起了这通电话，声音淡漠中带着一如既往的疏离：“庄副总，乔妤在睡觉，有什么事的话等她醒来再说。”

陆南城的话音落下，电话那端是死一样的寂静，而这样的诡异陆南城也察觉出来了，黑眸微微眯了眯，视线沉沉地落在了床上的乔妤身上。

“她在睡觉？”庄湛几乎是一个字一个字咬着牙说出来这句话的。

刚刚白泽回来的时候，庄湛已经等在乔妤的办公室了，想要对乔妤这一周的失踪兴师问罪，抑或是想要见乔妤一面，缓解一下这一周的相思之情，然而只看到白泽一个人。

他当下就冷着脸问白泽：“乔妤呢？”

白泽斟酌过后还是如实相告：“陆总留乔总谈事情了……”

庄湛当时就觉得事有蹊跷，而现在陆南城又说乔妤在睡觉，陆南城留下乔妤，两人都做了什么，庄湛不用想都知道。

无边的愤怒和嫉妒让庄湛的理智灰飞烟灭，随后他没等到陆南城说什么便径自挂断电话。

陆南城随手将乔妤的手机关机重新放回她包里，俊脸上的表情讳莫如深，又看了一眼床上的乔妤，他转身出了休息室。

庄湛？

庄湛。

几分钟后，郑远川敲门得到陆南城的许可进来汇报工作。

陆南城在进休息室之前曾经打过内线电话给郑远川，告诉郑远川自己暂时不见客，都是成年人，郑远川知道自家老板是什么意思。

工作汇报完了，郑远川又问道："需不需要我去保安部打个招呼？乔总进您的办公室这么久，待会儿你们再一起离开的话，监控都会拍到，让他们把不该留的都删掉？"

作为陆南城的心腹，郑远川自然事事都以陆南城的利益为主。

乔妤加入这次的项目原本就有风言风语传出来，如果她在陆南城的办公室逗留被人知道，只怕是又会有不好听的传言。

鉴于乔妤的个人名声，郑远川认为陆南城跟乔妤的纠缠，最好还是不被外人知道，不然陆南城的形象很可能会跟着一落千丈，从而影响整个陆氏。

谁知陆南城淡淡地回绝道："不用了。"

郑远川讶异地看向陆南城。陆南城知道郑远川那副表情是什么意思，再次开口说："我自有分寸。"

陆南城都这样说了，郑远川也不好再说什么。

陆南城确实很有分寸，一直以来他就没做过任何背离自己身份地位的事情，他将陆氏经营得很好，也将自己的形象维护得很好。

郑远川最终安心地退了出去，陆南城专心继续自己的工作。

他确实向来极有分寸，事事都拿捏得很好。可奈何有些人不按常理出牌，打乱了他的分寸。

乔妤这一觉睡得天昏地暗，等睡饱了醒来的时候早已是满室的黑暗，乔好窝在枕头里缓了好半天才想起自己现在身在何处：陆南城的办公室。

想起入睡之前跟陆南城的那场缠绵，确切地说，是陆南城主动发起的缠绵，乔妤忍不住轻笑了一声，陆南城啊陆南城，他不是很要面子的吗？刚回来就把她扑倒，是不是很缺那方面的生活啊？

还是大白天的，还是在办公室这种场合。

在心里笑话了陆南城半天，乔妤这才神清气爽地坐起身来，抬手开了床头的灯，然而一活动顿时觉得两条腿好酸，腰也乏得很。

最重要的是，她好饿啊。

休息室的门在此时正好被打开，乔妤看着推门进来的陆南城，软绵绵地撒娇说："腿好酸，可以抱我去浴室吗？"

陆南城走过来在床尾处站定，冷笑着说道："肠胃炎都自己熬过来了，这个时候你要我抱？"

乔妤气呼呼地瞪着他寡淡无情的模样抗议道："你也未免太不解风情了吧？怪不得……"

陆南城不想听她下一句"怪不得一把年纪了还没女朋友"，所以干脆上前将她抱了起来朝浴室走去。

他觉得自己有必要抽个时间跟她谈一谈他的年纪问题了，他好像不止一次地听到她嫌弃他的年纪，他的年纪有问题？

三十岁出头正是一个男人最黄金的时候，要体力有体力，要事业有事业，多么风光得意？怎么她每次都用一把年纪了来形容他？

陆南城忽然妥协过来抱人反倒是乔妤吓了一跳，把自己要揶揄他的话忘了。

又因为她身上没有任何衣物遮蔽，窘得她连忙在他怀里缩紧了自己，并且极力忽视男人落在自己身上的灼热视线。

这就是随便乱撩他的后果吧，撩了一通最后尴尬的是自己。

“活该。”陆南城毫不留情地嘲笑了她一通，将她放在浴室门口后，就转身退出来。

此时已经是夜里九点，他要是随她一起进去的话，只怕是他们要在办公室过夜了，成何体统？

乔好洗完澡，跟陆南城并肩离开。坐进车里，陆南城转头问乔好：“想吃点儿什么？”

乔好摇了摇头说：“不用了，直接送我回家吧，这么晚了，我爸肯定很担心我。”

早上她匆匆回家了一趟就出来开会了，看得出来乔仁民很担心她。

陆南城的视线落在她脸上，深邃的黑眸里看不出任何情绪，他说：“庄湛给你打过电话。”

“哦。”乔好低头摆弄着自己的手机说，“我刚刚开机，看到有他的未接来电。”

陆南城看着她这副仿佛置身事外的样子，忽然觉得心头一阵烦躁。

庄湛对她感情不一般，她对庄湛呢？

陆南城没法再继续想下去，扯过安全带系上驱车送她回家。

那厢低着头的乔好长长地松了一口气，刚刚陆南城提到庄湛的时候，她心虚得不敢抬头。

她能感受出来，陆南城察觉到了她跟庄湛之间有些不寻常，她在犹豫自己要不要跟陆南城坦白。

不过她后来又想，她心虚什么，坦白什么？她年轻貌美、魅力无边，身边有追求者难道不正常吗？他身边不是还有个爱慕他的周蓉蓉？

到家后，乔好跟陆南城说了声再见就下车了。陆南城冷着脸驱车疾驰而去，惹得乔好惊讶地回头看了一眼他的车尾，这人又发什么脾气？

陆南城在驱车回家的路上接到了母亲方慧君的电话。方慧君说道：

“南城，今天蓉蓉给我打电话，说她回国了，你们还一起吃饭了？”

陆南城浅淡地应了一声：“嗯。”

方慧君语气很是欣喜地说：“哎呀，真是太好了，我还以为她出国进修后，你们没联系了呢。”

周蓉蓉无论是家世，还是个人气质、品行都是方慧君眼中最完美的儿媳妇人选，她也撮合着陆南城和周蓉蓉见过几次面，结果后来周蓉蓉忽然毫无预兆地出国进修去了。

方慧君觉得两人可能没戏了，如果周蓉蓉真的那么喜欢她儿子的话，还不得将他牢牢抓在手里，怎么舍得一走大半年？

没想到周蓉蓉回国后，两人又联系上了，方慧君真是欣喜极了。

她在电话里热情地对陆南城说：“是这样的，今天蓉蓉送了我几张周六晚上她们舞蹈团演出的票，到时候你陪我去看吧？”

陆南城抿唇不说话，周蓉蓉肯定知道，如果她直接邀请他的话，说不定他会拒绝，但是由他妈来邀请的话，他不怎么好拒绝。

他有些心烦地降下了车窗的玻璃，让外面的空气透进来。

不知道怎么了，明明都是在他面前玩心机，乔妤让他觉得好笑又好气，周蓉蓉却让他……厌烦。

“到时候再说吧，看我有没有时间。”陆南城这样回了方慧君一句，便以自己有事要忙先挂断了电话。

乔妤第二天一到办公室就看到了早就等在那里的庄湛。她忽略掉庄湛眼底那些深沉的浓情，转而浅笑疏离地问道：“庄副总，有事？”

乔妤以为庄湛又会疯一通，谁知庄湛却只是从口袋里掏出一张票来，表情讳莫如深地说：“周末请你去看演出。”

乔妤一脸的讶然，低眉垂眼的时候就看到那票面上赫然印着周蓉蓉翩翩起舞的身姿。

乔妤笑着说道："庄副总，你还真是不遗余力地给我添堵啊！"

庄湛不可能不知道周蓉蓉对陆南城的心思，当然他也知道她跟陆南城之间的纠缠，这会儿拿了周蓉蓉演出的票来要请她看，不是明摆着给她添堵吗？

庄湛淡淡地说："不是给你添堵，而是要让你看看你跟陆南城之间究竟隔着多远的距离。"

让她看看陆南城是什么身份地位，而她自己是什么名声，周蓉蓉又是什么样的家世，她跟陆南城在一起永远不会有结果。

乔妤低眉垂眼地看着那张票默然了一会儿，随后若无其事地抬手接过，笑盈盈地说道："好啊，那就去看看呗，反正周末我也没什么事。"

看就看啊，不就是看看周蓉蓉有多优秀多完美？

庄湛见她这样痛快地接了过去，眼底闪过一丝惊讶。

一般人对于自己的情敌是很不愿意去面对的，更不愿意去看情敌优雅完美的那一面。正如他不想面对陆南城一样，可她竟然这样坦荡自若，庄湛都不知道她心里到底在想什么了。

"庄副总，票也送了，没事的话我可要开始办公了。"乔妤接过票来就毫不客气地开口撵人。

庄湛又拦住了她，语气有些艰难地说："如果你能让乔荞撤诉……"

乔妤直接打断庄湛的话，语气冷硬地说，"庄副总，杀人未遂要受法律严惩，或者我们私了，我也找人开一辆大货车去撞一下二婶试试？"

乔妤就知道庄湛会因为乔荞起诉的事来找她，就像陆南城曾经提醒过她的那样，那毕竟是庄湛的姑姑，又从小将他视为己出，庄湛不可能袖手旁观。

这件事乔妤和乔荞跟乔仁民商量过了，三人一致决定起诉，因为庄文如的行为实在太让他们寒心了，必须将庄文如绳之以法。

乔妤冷硬的话语让庄湛后面的话没法再说出来，她的态度已经显而易见。

他的脸色忍不住也沉了几分，语气幽幽地说道："所以你是要拿整个乔氏来赌吗？"

乔妤仰着下巴，毫无惧意地反击他说："庄副总，你这是威胁吗？"

庄湛盯着她此时这副天不怕地不怕的模样，咬牙冷冷地说："是谁给了你这样的底气？陆南城吗？"

乔妤还没说什么，庄湛又咄咄逼人道："你以为手里握住了陆南城给你的项目，你就能握住全世界？"

庄湛语气里对陆南城的敌意很是明显，乔妤知道他为什么这样敌视陆南城，但她一句话都不想跟庄湛多说。在办公桌前坐下，乔妤头也没抬地说："没什么事的话，我要工作了。"

庄湛不甘心地看了一眼她，绷紧了下巴转身走了出去。

庄湛离开后，乔妤低眉垂眼地看向手中的票，票面上是周蓉蓉的宣传照，她穿一身黑色的舞蹈服，骨架纤细，身材完美，翩翩起舞的样子优雅而高贵，恍若骄傲的白天鹅。

乔妤没好气地将那张票丢在一旁，扭头专心工作了。

周六晚上，乔妤准时赴约去看周蓉蓉的演出。

她穿一身自己改良的修身旗袍，纯黑的颜色还有典雅的款式让她整个人看上去端庄明丽。

庄湛去乔家接的她，见到她出来的时候，庄湛眼底的惊艳毫不掩饰。

她从小就会穿衣打扮，每每有什么宴会，她都会给自己挑到完美的礼服，每次都很出彩地把乔玥气到回家哭，也让他一次次移不开视线。

乔妤跟庄湛并肩出现在剧院门口，惹来记者一顿猛拍，要知道这段时间外界一直有传言，说庄湛要带着他的人从乔氏独立出来，可现在乔氏两个总裁一起看演出，两人看起来关系很是和谐，哪有什么要分崩离析的迹象？

庄湛、乔妤进了剧院后，陆南城陪方慧君出现，陆南城这样的人无论出现在什么场合都是耀眼夺目的，也是记者们狂拍和采访的对象。

只不过陆南城向来不会在这种场合回答记者的任何问题，只扶着方慧君漠然进了剧院。

不经意间抬眼的时候，陆南城的视线定格在不远处刚拐进大厅的一道黑色背影上。

陆南城一眼就认出那是乔妤，眉头几不可察地蹙了蹙，她知不知道今天是周蓉蓉的演出？是因为她根本不在乎周蓉蓉是谁，跟他又有什么关系，所以才能这样若无其事地来观看演出吧？

想到这些，陆南城的心情瞬间变差了，就连身旁的方慧君跟他说话，他都没听进去。

方慧君又喊了他一声："南城？你怎么了？叫你好几声都没答应。"

陆南城回神应了方慧君一句："怎么了？"

方慧君笑着说："我说，现在演出还没开始，我们去后台看看蓉蓉吧，听说她父母还有周副市长今晚也来看她的演出了。"

方慧君口中的周副市长是周蓉蓉的哥哥周敬深，也因为这个哥哥，周蓉蓉的家世又比一般人显赫了几分。

陆南城搪塞道："您自己过去吧，我去趟洗手间。"

说完，他人就转身离开了。紧接着，他拿出手机来给乔妤发信息："在哪儿？"

乔妤倒也没有什么好掩饰的，如实回答："剧院看演出啊。"

陆南城继续问："跟谁？"

乔妤慢悠悠地回道："庄副总。"

陆南城想到庄湛这个名字就没什么好感，不过还是压着自己的情绪回了她一句："我也在。"

乔妤看着手机上陆南城回过来的那三个字，忍不住想笑。

陆南城这人有时候真的很闷骚，明明心里一堆的情绪，却总是要等着别人主动去问他，可她偏偏就不惯他那些毛病，轻松地回了他一句："那我们就一起欣赏周小姐的优美舞姿吧。"

陆南城在那端再没信儿。乔妤也乐得清闲，边乐着，边想着陆南城是不是被她气得吐血了。

乔妤跟庄湛是坐在一起的。乔妤抬起头来的时候就对上庄湛阴沉沉的视线，乔妤收起自己脸上刚刚因为气到陆南城而不自觉散发出来的那丝小得意，故作平静。

可庄湛早就将她那些细微的表情看到了眼中，淡淡地开口问道："陆南城也来了？"

乔妤扬起嘴角，笑得娇俏地说："是啊，难道这不是你算计之内的吗？陆南城不来的话，就我一个人看周蓉蓉的演出多没意思啊。"

乔妤的语气不轻不重，可是隐隐带着对庄湛那些阴暗心思的嘲弄。庄湛喉结上下滚动了一番，别开眼，一句话都没说。什么时候开始，他在她心中从最初的优雅温和变成了现在这副模样呢？

物是人非。

两人就那样并肩坐着，一时间再无任何交谈。

演出开始之前，陆南城跟方慧君一行人入场，他们的票在最好的位置，能很好地欣赏到周蓉蓉优美的舞姿。

除却陆南城跟方慧君，其他几个人分别是周蓉蓉的父母，还有周蓉蓉的哥哥，现任南城副市长周敬深。

当然庄湛买的票位置也不差，就在他们一行人身后隔了一排的位置，不偏不倚，陆南城落座后，正好就在乔好位置的正前方。

因为座位都是阶梯式的，所以即便前面还坐了一个人，乔好也能清清楚楚地看到陆南城的后脑勺和笔挺的肩背。

他们一行人落座，周敬深忽然转头看了乔好的方向一眼，乔好那个时候正盯着陆南城打理得很是完美的发型发呆。

周敬深不动声色看过来的时候，乔好跟他对视了一秒，随即有些心虚地别开了眼。对于周敬深，乔好的感觉真是一言难尽。

演出很快开始，主持人一通介绍后，周蓉蓉上场，先是她一段优美动人的独舞，随后又是她跟舞蹈团一起表演，但她依然是最出色、最受瞩目的领舞。

周蓉蓉家属于政界，陆南城则在商，商政联姻自古以来就是最完美最强悍的组合，一旦他们成功结婚，那周陆两家就算是强强联合了，他们两家的地位在南城也将是一般势力撼动不了的。

乔好不知道其他人在看舞蹈的时候想什么，反正她满脑子都是陆南城跟周蓉蓉以后强强联合、夫妻恩爱、儿女双全的画面。

想着想着，她勾起嘴角笑了下，也没什么不好，陆南城能过得好，她觉得挺开心的。

旁边的庄湛看到她嘴角的笑容，低声问她："笑什么？"

乔好笑着说道："没什么，就是莫名觉得心情很好。"

庄湛抿唇狠狠地瞪了她一眼，没再说什么。

庄湛觉得自己越来越看不懂乔好了，他带她来看周蓉蓉的演出，明明是要给她添堵的，可她告诉他心情很好，抑或他从来就没有懂过乔好。

一个半小时的演出结束，观看演出的人陆续散场。

乔妤跟庄湛等人散得差不多了才起身，周蓉蓉正好从后台出来，换下了演出服的她着一身飘逸的长裙，仙气十足。

陆南城手里拿了一束花送给她，因为离得近，所以乔妤听到陆南城嗓音清淡地说："祝贺演出成功。"

明明陆南城的话没有什么暧昧和旖旎，但周蓉蓉忽然踮起脚来，在他英俊的侧脸上飞快地亲了一下，羞赧地说："谢谢，花很漂亮，我很喜欢。"

几个年轻人倒是没什么，周蓉蓉的父母还有陆南城的母亲却被周蓉蓉的行为弄得有些不太好意思。周蓉蓉的母亲故意数落自家女儿道："现在的年轻人都太不含蓄了。"

陆南城的母亲方慧君聪明地但笑不语，周蓉蓉的父亲瞪了一眼自家女儿，虽然有些不悦，但也等于默认了女儿对陆南城的亲昵，看来这一家人都对陆南城很满意。

一旁的周敬深也准备了一束花，此时颇有几分吃醋地对周蓉蓉说："蓉蓉，哥哥也给你准备了鲜花，你是不是也要给我一个吻啊？"

周蓉蓉接过鲜花来对自家哥哥哼了一声，道："美得你。"

言外之意，只有陆南城才能得到她的吻，几个人在那儿笑了起来，陆南城一脸的寡淡，看不出任何情绪来。

周蓉蓉收了周敬深的鲜花，就看到上面一排的地方，庄湛和乔妤并肩站在那儿，两人面上带着笑，正事不关己地看着他们的热闹。

周蓉蓉主动跟他们打招呼寒暄："乔总，庄副总，没想到你们也来了。"

两人走下台阶来到几人面前，乔妤穿着高跟鞋，庄湛绅士地扶了一下她的腰，防止她跌倒。

站稳后，庄湛夸着周蓉蓉说："周小姐这样优美的舞姿，我们不来看的话可是我们的损失，你说是不是，乔总？”

“可不是吗？周小姐跳得真好，让人惊艳到完全移不开视线。”乔好也发自内心地称赞着周蓉蓉，眼睛的余光不忘瞥了一眼陆南城脸上周蓉蓉印下的淡淡唇印。

该配合他们的演出，乔好一场都没落下——

从庄湛不怀好意地邀请她来看这场演出，到刚刚散场庄湛故意等在后面离开，再到周蓉蓉对陆南城献吻，最后到她真心称赞周蓉蓉。

乔好知道，他们无论哪一个人，无非是想要多方试探她跟陆南城到底是什么关系，那她就配合他们好了。

乔好的笑容完美而又无懈可击，而陆南城则是一脸的寡淡，没有人能得到他们想要的答案。

第六章
陆南城要爬窗

因为还有长辈在场，所以乔妤、庄湛又跟方慧君还有周蓉蓉的父母一一打招呼。

方慧君最初看到走近的乔妤时，眼底闪过一丝带着慌乱的错愕。

乔妤今天穿了改良的中式旗袍，妆容和发型都是配合着这身旗袍的温婉端庄，跟她平日里的美艳张扬截然不同，就连刚刚陆南城抬眼看到她跟庄湛走过来的时候都恍了一下神。

方慧君脸上的错愕虽然很快就被收起来了，但一直有些恍神。

在方慧君的脑海中，一直有张同样精致秀美，却明显比乔妤温良了很多的脸孔在萦绕着，随后又变成男人的英俊不羁还有张扬，男人、女人两张脸孔重叠在一起就成了现在站在她面前这个叫作乔妤的女孩子。

方慧君觉得不可思议，也难以置信，最后她说服自己，她心里的那个想法太荒唐，好不容易才平复下情绪来。

一旁的周敬深邀请陆南城还有庄湛、乔妤道："我待会儿要带蓉蓉去吃夜宵庆功，既然大家都聚在这儿了，那就一起吧。"

周敬深今年三十四岁，比陆南城还有庄湛都要年长两岁，说话的时候不自觉地就多了一份威严，颇有几分让人无法拒绝的压力。

陆南城和乔好都还没说什么，庄湛先开口说道："周副市长邀约，真是我们的荣幸。"

于是众人的视线就落在了尚未表态的陆南城和乔好身上。周蓉蓉适时温柔地邀请陆南城："南城，晚上没事的话就一起吧？"

美人邀约，又是在这样的形势下，陆南城选择平静地应道："好。"

最后就剩乔好一个人了，乔好一脸哀怨地冲周敬深抱怨道："周副市长，您也未免太坏了吧？明知道我们女孩子要减肥，偏偏这个时候请吃夜宵。"

女孩子柔软的嗓音带着几分娇嗔，让人听了浑身酥软。

乔好旁边的庄湛没控制好自己的情绪，视线阴沉地看了她一眼，她还真是有气死人不偿命的本事。

庄湛一直知道乔好很会气人，从小到大，乔玥经常被乔好气得回家哭，但是直到最近他自己才对那种被她气到胃疼、气到抓狂的感觉深有体会，就比如此时此刻，她当着所有人的面跟周敬深若无其事地暧昧。

她这么嚣张，就不怕已经跟她有了实质性关系的陆南城掐死她？

周敬深笑着打量了一番乔好包裹在旗袍下的婀娜身段，说："乔总都这么瘦了，再胖点儿也看不出来。"

乔好笑容娇媚地回道："周副市长都这么说了，那我就恭敬不如从命啦。"

周敬深的母亲看着乔好这副模样，一双眉毛忍不住蹙了又蹙，仿佛很担心乔好会跟自家儿子怎样，他们周家怎么可能会接受乔好这样的女人？她儿子以后可是要驰骋政坛、前途无量的。

不过周母最终也保持了她应有的得体姿态，别有深意地看了一眼自家儿子，说：“你们年轻人去聚聚吧，我们就先回家休息了。”

周母说完就招呼着周父还有方慧君先离开了，而乔妤他们一行人也先后离开剧院去往停车场。

几个男人走在前面，乔妤跟周蓉蓉在后面聊天。

乔妤很是艳羡地对周蓉蓉说：“周副市长对你真好，又是送花又是给你庆功的，弄得我都想我哥了，唉——”

乔妤说到这里的时候，长长地叹了一口气，想起了自己身陷囹圄的哥哥乔沐。

周蓉蓉体贴安慰着她说：“庄副总对你也很是疼爱呢。”

乔妤轻声笑了起来，道：“也是哦，说起来庄副总也是个好哥哥，今天晚上你演出的票就是他请我的呢。”

从乔玥那里来论的话，乔妤也算是庄湛的妹妹。

周蓉蓉不知道庄湛跟乔妤之间的那些暧昧，还以为庄湛是真心疼爱这个“妹妹”。

只有前面对乔妤怀有别样心思的庄湛，还有察觉出一丝不寻常来的陆南城，能听出乔妤这番话里带着几分嘲讽的意味。

周敬深始终一副疏离样子，看不出任何的情绪来。

到达停车场，原本周蓉蓉应该坐周敬深的车，但她站到了陆南城那儿，微微有些羞涩地对自家哥哥说：“我跟南城一起，你在前面带路好了。”

周敬深一脸无奈地说：“还真是‘妹大不中留’啊。”

他随后又话锋一转，看向旁边的乔妤问：“不然我也找个别人的妹妹来载着？乔总，你看你坐我的车怎么样？”

乔妤笑靥如花，痛快答应下来：“好啊！”

正好，她也不想忍受庄湛的阴阳怪气，于是转身对身旁的庄湛挥了挥手，说：“不好意思啊，庄副总，我可能也要‘妹大不中留’了。”

她说完，便脚步轻快地走向了周敬深。庄湛差点儿被她气死。

去餐厅的路上，坐在周敬深车子里的乔妤低头摆弄自己的手机。旁边开车的周敬深忽而问她：“跟陆南城在一起了？”

乔妤歪头笑着说：“如果我说没有呢？”

周敬深点了点头道：“我相信你。”

这下，乔妤忍不住笑出声来，边笑边摇头说：“您可千万别信我，我这人可是一点儿信誉都没有的。”

前面是红灯，暂时停下车后，周敬深转头看向旁边娇俏的女孩子，说：“我有些后悔把你推开了，我没想到你这样有趣。”

乔妤在接近陆南城之前曾经试探着接近过周敬深，但周敬深二话没说就拒绝了她，这也是为什么周敬深今天会对她说这番话。

周敬深的对外形象一直比较温和，陆南城那人则是出了名的高冷不近人情，所以乔妤肯定是先选看起来好接触的周敬深下手，谁知周敬深才是最不好接近的那个。

乔妤厚着脸皮接着周敬深的话道：“哎呀，只可惜这世上没有后悔药呢。”

周敬深几分玩笑又几分认真地说：“现在重新赢回来，是不是也不晚呢？”

乔妤很是赞同地点头道：“我觉得这个主意不错，你把我拽走了，你妹妹可以顺顺利利地跟陆南城在一起，你这牺牲可是够大的，是亲哥无疑了。”

周敬深展露出了今晚他第一抹没有任何架子的笑容来，说：“你在陆南城面前也这样满嘴跑火车吗？”

“我可不敢。”乔妤摇头幽幽地叹息，“他掌握着我的生死大权呢，我可不敢跟他开玩笑，跟他在一起我都要小心翼翼，说各种好话哄着他，心好累。”

她这样吐槽陆南城，合适吗？

不过她还真是个有趣的女孩子，只可惜他选择的路注定要小心翼翼，这样的女孩于他来说是一种危险的存在，所以当初他才会在她找上自己的时候对她说“别害我”。

想必她也是知道他最初的选择不会动摇，也知道他刚刚的话并不走心，所以她的回答比他更不走心。

一行人在餐厅的包间里分别落座。点好菜开吃后，乔好觉得气氛有些无聊，于是提议：“我们光这样吃饭太无聊，不然我们来玩个游戏吧？”

三个男人一脸的好整以暇。周蓉蓉好奇地问道：“好啊好啊，什么游戏？”

“一个很简单的游戏，就是每个人说一件自己觉得别人身上都不可能发生或者别人都不可能做到的事，有过同样经历或者可以做到的人就不用喝酒了，没有的话就喝酒。”乔好眉飞色舞地给他们讲解着游戏规则，“比如蓉蓉你可以说，你能轻松一字马，我们几个人都做不到就喝酒，如果有谁能做到的话那就不用喝。”

周蓉蓉拍手赞叹说：“乔总，这个游戏太有趣了，你真是太会玩了。”

乔好笑得很是粲然道：“还有更有趣的呢，我留学的时候经常跟同学们这样玩。”

乔好不是听不出来周蓉蓉说她很会玩，其实是在暗指她生活混乱，她无所谓，周蓉蓉不遗余力地想让陆南城看清她有多不堪，那她就成全周蓉蓉好了。

“既然这个游戏是我先发起的，那就从我开始好了。”乔好自己主动说，“我小时候玩过蛇，是玩真的蛇哦，而且还是放在手里把玩的那种。”

乔妤说完看了几个人一眼，道：“现在开始啦，没玩过蛇的可要准备喝酒了。”

周敬深、陆南城还有庄湛、周蓉蓉都不约而同地端起了酒杯来喝酒，因为他们确实没做过这种事。别说是周蓉蓉这样的女孩子，就是陆南城、周敬深他们这种男孩子，小时候也没她这么大胆。

乔妤看着他们喝完酒，得意地炫耀道：“我靠这个梗在这个游戏里战无不胜，你们别以为我说谎，我真的玩过，不信你们问庄副总。”

庄湛很是不满地瞪着她说：“乔妤！”

乔妤认真地解释道：“当时我们几个孩子在我家后花园玩，我从草丛里抓了一条小蛇，我觉得它很可爱，于是就想跟他们一起分享，结果乔玥当场就吓晕了过去，我姐吓得花容失色、掉眼泪，我哥尖叫着跑回家找我妈去了，庄副总当时……也一屁股坐在草地上了。”

乔妤说完，自己笑得眼泪都快掉出来了。

周敬深也实在按捺不住笑意，抬手捏着自己的额头笑了起来。

周蓉蓉更是笑得直不起腰来，说：“庄副总，你未免也太胆小了吧。”

被乔妤用蛇吓得腿软，这也算是庄湛的一段黑历史了，但是当时他们几个人的情况都不怎么样，事后乔妤被乔仁民罚面壁思过了一个下午。

坐在庄湛身旁的陆南城，漠然看了一眼兀自开心笑着的乔妤，他笑不出来，也不想理她。

庄湛又接过了话，幽幽地说道：“我来说一个，我暗恋过一个人。”

庄湛的话惹来周蓉蓉惊讶的视线，她看向庄湛问道：“庄副总，你这样优秀的男人也有暗恋别人的时候？难道不应该是女生追着你跑吗？”

庄湛瞥了一眼旁边的乔妤，淡淡地笑道：“我更喜欢追着自己喜欢的女孩子跑。”

乔妤装作没有听懂庄湛间接的告白，笑盈盈地吃了一口菜。

周敬深很是无奈地说："我没暗恋过谁，所以我这是又要喝一杯的节奏？"

庄湛对周敬深做了个请的动作，说："请。"

周敬深喝完，陆南城也紧接着端起酒杯来喝光，干脆利落地表明他没暗恋过任何人。

乔妤拿过酒杯来的时候，庄湛看了她一眼，不满地说道："你没暗恋过？"

乔妤张嘴刚要反驳，庄湛盯着她幽幽地说："你日记本里的那一段，难道不是暗恋？"

乔妤无语地瞪着庄湛，他还真是唯恐现在的局面不够乱啊。

周蓉蓉深有体会地开口说："乔总的日记里不会是描述某个男生多么英俊倜傥吧？这种心思我也有过，我觉得这就属于暗恋了吧？"

"好吧，我暗恋过。"乔妤推开自己面前的酒杯洒脱地承认了。庄湛的眼底带了那么几分得意。

乔妤之所以爽快承认，是因为她不想跟周蓉蓉还有庄湛争论她到底是不是有过暗恋这件事，他们说是暗恋那就是暗恋好了。

"这次我也不用喝，因为我也暗恋过。"周蓉蓉推开面前的酒杯，表情有些羞涩地看了一眼在她斜对面的陆南城。

陆南城没什么多余的表情，没看她也没看兀自热闹着的乔妤，周蓉蓉心里小小地失落了一番。

在乔妤的主导下，一轮游戏很快便结束了，每个人都多多少少喝了几杯酒，原本也是一场各怀鬼胎的饭局，热闹过后也就差不多该结束了。

于是他们各自叫了司机来分头散了，乔妤依旧跟庄湛同一辆车回，庄湛的司机开车送他们回去，周氏兄妹一辆车，陆南城独自由郑远川送回。

其实有几分醉意的周蓉蓉是想坐陆南城的车，但被自家哥哥不动声色地拉回到车上载着离开。

车子驶离，周蓉蓉有些不满地抱怨周敬深：“你为什么不让我跟陆南城一起？”

周敬深直白地问她：“想趁着醉意表白？”

周蓉蓉别开眼不说话，很明显被周敬深说中了心事。

她确实是想趁着自己喝醉了跟陆南城表白，如果可以的话，她也想在陆南城那里过夜，坐实他们之间的关系和名分。

周敬深看了一眼自家妹妹的表情，语重心长地劝道：“蓉蓉，我劝你放弃陆南城，他不是你能驾驭得了的。”

周蓉蓉不甘心地追问道：“那乔妤就能驾驭得了他吗？就算他喜欢乔妤，但是他能顶住压力将乔妤娶回家？”

“他一直没有强硬地拒绝我，不也是在为他自己留一条后路吗？他清楚地知道，有一天他要谈婚论嫁的话，我周蓉蓉才是他最优先的选择！”周蓉蓉的情绪有些失控，“乔妤有什么？乔氏现在已经算是半个空壳子了，她自己的名声又那样，无论从哪一点来说，乔妤都不能带给他一丝一毫的好处！他如果真的要跟乔妤强求个结果，那真是昏了头！”

周敬深并没有急着在周蓉蓉情绪失控的时候说些什么，而是在周蓉蓉发泄完了情绪慢慢平复下来后，开口说：“蓉蓉，你要知道每个人的追求不一样，有人爱情至上，有人利益至上。”

言外之意，陆南城极有可能为了爱情不顾一切。

“强扭的瓜不甜，你这样好的自身条件，这样好的家世，大可以找到一个真心爱你、疼你、呵护你的男人，而不是放低自己的姿态去追逐没什么希望的陆南城。我的话就说到这里，是否听取决于你自己。”

在周敬深说着这些话的时候，周蓉蓉一直垂着眼不发一言。

周敬深说的道理周蓉蓉都懂，她也想找一个疼爱自己的男人相伴终生，可就这样让她放弃陆南城，她觉得不甘心。

之前陆南城曾经默认她接近他，如果、如果陆南城现在将她推开，那只有一个原因：乔妤。

想到这一点的周蓉蓉，咬住自己嘴唇的力道加重了几分，隐隐有些发疼。

兄妹两人随后回了家各自休息，谁也没再多说什么。

至于庄湛跟乔妤两人，在乔妤家楼下停好车，庄湛让司机先下车。

他看向乔妤认真地说："今晚你也看到了，周蓉蓉是他们陆家内定的陆太太人选。不是我打击你，周敬深是什么人？而你的哥哥又是什么人？周蓉蓉是多么温婉贤惠的大家闺秀，你自己又是什么样的名声？"

乔妤歪着头轻松地问道："所以呢？"

庄湛一字一句地说："所以你又何必跟陆南城纠缠？飞蛾扑火一场，最后受伤的还是你自己。"

乔妤笑了起来，抬手拢了拢自己额前的发丝，道："庄副总，我觉得你想多了。"

庄湛不解地看着她。她灿烂一笑，说："我从来就没说过我跟陆南城在一起是要跟他谈婚论嫁、天长地久，我也从没说过我要嫁进陆家，所以不是你想多了吗？"

庄湛脸上一阵错愕，随即又问道："你是说你跟他纠缠，就只是为了眼前的利益？"

乔妤脸上的笑容冷了几分，漠然地说道："如果二叔不这样咄咄逼人，如果你不是非要用出走来威胁我，我会走这一步吗？"

"这就是你所谓的爱我？将我逼到走投无路，就是你所谓的爱？"乔妤说完，自嘲地冲庄湛又笑了笑，"我谢谢你的爱啊。"

她说完便解了安全带，头也不回地下车走人，独留庄湛在车里一颗心绞着疼。

他如果不是趁她现在内外煎熬的时候逼她，又怎会有那么一丝成功得到她的机会？

如果乔氏安安稳稳，如果乔沐、乔荞都没出事，她更不会考虑跟他有什么纠缠了。

庄湛以为为了乔氏，乔妤会妥协于他，可是他低估了她的倔强，反而直接逼得她投入了陆南城的怀抱。

庄湛坐在车里冷着眉眼犹豫纠结，不知自己最后那一步狠招是否真的要走。

乔妤回到家的时候，乔仁民已经睡下了，她放缓了步伐，有些疲惫地一步步挪回卧室，将自己丢进浴缸里泡澡。

今晚这样的交际应酬，尤其是每个人都各怀心机的应酬，真的很累。

有时候乔妤也想彻底告别这一切，回到过去，过她自由自在的日子，可她也深深知道她回不去了。

她只有穿好自己坚强的铠甲，无所畏惧地勇往直前。

泡完澡出来，乔妤吹干头发，裹着睡袍，熄灯睡觉，她的手机从刚刚离开饭局时就关机了。

她是故意关机的，对于自己气人的本事，乔妤向来很自信，今晚她气陆南城气成那样，陆南城肯定会找她算账。

她打算继续装死，反正她躲在自己家里，他也不敢闯进来将她怎样。

刚闭上眼躺下，忽然听到自己的窗户“吧嗒”一声，像是有什么东西打在了窗户上，声音不是很大，但在寂静的夜里，乔妤自然听得很是清楚。

也怕是自己刚刚有些困听错了，她于是屏气凝神又仔细等了一会儿，结果又有东西砸了一下。

这下乔妤听清楚了，连忙起身走到窗边拉开窗帘查看，然后就看到了楼下车子旁站着的男人。

今晚夜色很好，头顶星光璀璨，男人懒洋洋地靠在车子旁，手中把玩着几粒小石子。

那副姿态，极其挑衅。

乔妤站在窗边瞪着下面的男人，又好气又好笑。

她以为她故意关机，让他找不到人就会相安无事了，没想到他竟然大半夜地跑到她家楼下，打不通她的电话就用石头砸她的窗……

他是不是忘了他是陆氏总裁?

是不是也忘了他的年纪?

做出这种幼稚的事情来，他不怕传出去他半分形象都没有了？

陆南城自然也看到了出现在窗边的她，拿了一块手中的小石子毫不客气地又朝她丢了过来，乔妤麻溜地蹲了下来躲避，听到头顶的窗户"吧嗒"一声，她才反应过来，刚刚她并没开窗，就算他丢一把石头过来也打不到她。

她气得重新站了起来，跑回床头柜拿了手机开机，拨通陆南城的电话，她毫不客气地就开骂："你怕是病得不轻吧！"

陆南城不容拒绝地说："要么开门让我进去，要么我爬窗进去。"

乔妤有些气急败坏，咬牙问道："你想干什么？"

陆南城完全不给她任何拒绝的机会，幽幽地开口："我数三个数——"

乔妤气得低声吼道："陆南城，你幼不幼稚，还数数？"

"一——"那厢，男人已经开始数了起来。乔妤跺了跺脚，咬牙挂了电话，然后轻手轻脚地下楼去开门。

按照她对陆南城的了解，他真能做出爬她窗的行为来。

要是被乔仁民听到什么动静，只怕是事情非要闹大不可，乔好承担不起惊动乔仁民的后果，所以只好妥协。

没好气地开了门，陆南城大摇大摆地进来，跟着她回了她的闺房。

一进门乔好就被拎住了，是真的被毫不怜香惜玉地拎着丢到了床上，男人结实强悍的身躯随即覆了过来，将她牢牢地钉在大床上兴师问罪。

“曾经暗恋过一个人？暗恋过谁？

“跟周敬深什么关系？

“跟庄湛又是什么关系？

“你身边到底还有多少个暧昧不清的男人？

“很会在酒桌上玩游戏？”

陆南城一口气逼问了好多，乔好一个问题都不想回答，也完全不知道怎么回答。

她不回答却又是根本不被允许的，陆南城俯身过去，狠狠地咬了一下她的唇，没什么耐性地催着她道：“说话！”

乔好被制住，浑身动弹不得，一时间也火大得要命，仰着俏脸挑衅道：“我这些事，跟你有半毛钱关系吗？”

他们没名没分，他管她这么多做什么？

他又是去看周蓉蓉的演出，又是给周蓉蓉送花，还默认周蓉蓉亲他，有什么资格反过来对她跟别的男人的暧昧兴师问罪？

然而挑衅的时候是爽的，挑衅完了，乔好的后果惨不忍睹。

陆南城是真的被气坏了，一晚上被气得胃都疼了，后来饭局结束想找她算账，她又关机，摆明了是在躲他。

不顾形象地差点儿半夜爬窗，好不容易见到了她，她又这么一副不思悔改的德行，陆南城也忍不住粗鲁起来，直接扯了自己的领带绑紧了她的手，将她按在大床上，欺身而上，用最原始的方式惩罚她。

因为怕惊动乔仁民，所以乔好全程也不敢发出什么声音，手又被绑着使不上劲儿挠陆南城，于是生生地把自己气哭了。

在他的唇松开她的唇转战别处的时候，她狠狠啐着他道："陆南城，你浑蛋！"

然而哭过骂过气过后，身体还是不由自主地随着他的节奏沉沦欢愉，直至最后的极致。

结束后，乔好边平复着呼吸，边瞪着身旁的男人说："你也就这点儿本事折腾我了吧？"

陆南城给了她一个凉飕飕的眼神，说："不服？"

乔好气哼哼地别开眼，不再说什么，在床上这点儿事上，乔好一点儿都不想招惹陆南城。

每一次他都——

乔好不知道自己该用什么词来描述，毕竟她也没有跟别人的情爱经验，她只是单纯地想吐槽一下：他老人家的体力真好。

陆南城半靠在床头，点燃了一支烟，眯着眼抽了几口，随后开口说："乔好，我们之间是由你先开始的这段关系，如果你不懂自己该怎么做一个男人的女人的话，我建议你看一下《女诫》。"

乔好趁陆南城不注意，狠狠地翻了个大白眼，他这是要拿古代女人的三从四德来框住她？

从被子里翻了个身，半撑着自己娇软的身躯，一只手伸出来戳了戳男人的胳膊，她很是好学地说："那是什么书啊？我读书少，你给我讲讲呗。"

陆南城转过头来，没好气地看了她一眼，没读过什么书，她高中的时候是学霸？没读过什么书，她能进伦敦很有名的设计学院？没读过什么书，她能拿了好多设计大奖？

在认识她、跟她有了纠缠后，陆南城查了她的全部资料，才发现她在他面前就没一句真话。

陆南城看着她樱花色的唇瓣，又看了一眼她满脸的促狭和调皮，忽而俯身过去狠狠地吮了一下她的唇，顺便将自己唇腔里的烟雾全部吹给了她。

乔妤哪里想到他会这样恶劣，毫无防备之下被呛得好一通咳嗽。

这下陆南城心情好起来了，勾起嘴角看着她狼狈的样子毫不怜惜地低声笑了起来。

咳嗽到眼泪都要出来的乔妤，抬头看他的时候对上他这样释然自在的笑容，心底没来由地颤了颤。

乔妤承认，陆南城真的是一个好看的男人。

不笑的时候帅，矫情的时候帅，就算生气时冷着脸的样子，她也觉得很有味道。

此时此刻，他轻轻笑着、不再板着脸的模样，更好看。

嗯，“情人眼里出西施”这句话，还是很有道理的。

乔妤忍不住上前，将自己整个人都靠在他怀里，然后抬手搂住他的脖子，软绵绵地说：“你笑起来的样子真好看，帅得我一颗心扑通扑通乱跳，以后多笑笑呗。”

陆南城抽烟的动作僵了僵，为她毫无预兆的一通夸。

不过下一秒他又冷静下来，她在他面前向来说话不怎么走心，这一次估计也是这样，于是那些隐隐的欢喜就又降到了冰点。

乔妤继续缠着他说：“你看我在你面前整天都是笑眯眯的，公平起见，你也多笑笑嘛。”

陆南城将手中的烟掐灭丢进垃圾桶，转而跟她近在咫尺地对视，语气漠然地说道：“你的笑容有多虚伪，你自己没点数？”

乔妤不满他的话：“谁说的？我笑得不能再真诚了。”

陆南城张嘴想要说些什么，乔妤忽而凑过去吻住他的唇，紧紧地吻着。快乐是短暂的，何不抓紧？

乔妤可以预见，随着周蓉蓉的回国，随着周蓉蓉加入这场竞争，她跟陆南城之间不会长久了。

原本打算抽支烟就离开的陆南城，再次因着她的热情主动而拥着她重新倒进大床里。

又是一场缠绵，乔妤倦极了，拥着被子迷迷糊糊地叮嘱着男人道：“走的时候记得帮我关好门，千万小心点儿，不要让我爸看到……”

她说完便进入了梦乡。

陆南城在她房间的浴室冲了个澡，站在床边，默默看向睡得香甜的女人，他承认他今晚太疯狂。

可谁说疯狂就一定不好呢？反正他现在觉得挺快乐的，身体和精神都快乐。

第七章
我们就到这里吧

那晚过后，乔妤跟陆南城两天没见面，陆南城是大忙人，乔妤的事也很多。

除却乔氏的公事，她还要处理哥哥乔沐入狱的事情。

乔沐是因为被人举报财务有问题锒铛入狱，乔妤不相信乔沐会做这样的事情，因此为乔沐百般奔走。

那天乔妤去探视乔沐，刚从看守所出来就接到了白泽的电话。白泽语气忐忑地说："乔总，陆、陆总来找您了……"

乔妤正因为乔沐的问题而焦头烂额，捏着额头随口就问："哪个陆总啊？"

男人阴沉的声音骤然传入耳中："我，陆南城。"

乔妤有些讶然，她之所以没想到白泽口中的陆总是陆南城，是因为她没想到陆南城会亲自去乔氏找她，这不符合他的行事风格。

他如果找她有事，一般都是发个信息或者简短打个电话让她过去，亲自去乔氏找她，他不怕他们的关系引起越来越多的流言蜚语？

陆南城在那端又开口说：“十分钟之内，给我滚回来。”

乔妤心想：说话这么难听，他又怎么了？

不过还没等她说什么，陆南城就已经挂了电话，乔妤被陆南城的态度气坏了。

她边开车往公司赶，边绞尽脑汁地想，她这几天没做什么惹他不高兴的事情吧？他又这样阴阳怪气的，太过分了。

回到公司的时候，白泽在她的办公室外面等着她，一见到她就赶紧迎了上来好心提醒她说：“你最近没惹陆总吧？他的脸色看起来很不好。”

乔妤边走边摇头道：“没有啊，我没招惹他啊……”

上次他夜闯她家，他们缠绵了一晚上后再没见过面，这几天她一直老老实实地上班处理公事，晚上也没参加一些乱七八糟的应酬，所以她自己也一头雾水。

推门进了自己的办公室，就见陆南城冷着一张脸坐在她办公室的会客沙发上。

乔妤走过去，声音娇软地说：“怎么发这么大的脾气啊，还让我滚回来，我抗议你对我用这样粗鲁的词。”

两天没见，乔妤竟然觉得有些想念陆南城。

然而她的想念跟陆南城的冷脸形成了鲜明的对比。他盯着她冷声地说：“我并不觉得粗鲁，因为那是你应得的待遇。”

乔妤气恼地瞪着他，他这样阴阳怪气做什么？

陆南城起身走过来，抬手捏住她尖尖的下巴，咬牙说：“你暗恋的人是庄湛？”

乔妤惊讶地微启红唇，他怎么会知道这件事？

陆南城嗓音绷紧，继续说：“小小年纪就对庄湛有爱慕的心思，乔妤，可真有你的！”

就在刚刚，乔玥找到陆氏说要见他。

他对乔玥没有任何好感，所以让郑远川以他在开会为借口打发走她。

上次他之所以答应跟乔玥的相亲约会，不过是因为他母亲方慧君。方慧君这几年身体不太好，他虽然极其厌恶相亲这种事，但为了不惹方慧君不开心还是勉强着应付了一下。

乔玥坚持要见他，还说有事要跟他说，关于乔妤跟她哥庄湛的。

陆南城原本就对乔妤和庄湛之间的关系感到蹊跷，于是让郑远川带乔玥上来。

乔玥表现得很是大度，清晰流利地讲了一大段话。

“我既不是故意要抹黑她，也不是非要跟你怎样，我只是觉得她那样的人配不上你。

“最近她回国这段时间的劣迹斑斑我就不说了，你知道吗？她从小就是个不知廉耻的人，她以前还在日记里写爱慕我哥、暗恋我哥，那个时候她才多大，太不矜持了吧！

“如果不是当初她在日记里那样写，我哥怎么可能被她勾引了？到现在我哥都爱她爱得无法自拔！”

乔玥故意夸大了乔妤对庄湛的感情，故意把乔妤说得无耻又龌龊。

对自己听到的这番话，陆南城除了震惊还有恼怒。

怪不得，怪不得那天晚上庄湛说她暗恋一个人，对她日记里的内容那样清楚。

怪不得庄湛这么多年都不独立出来，敢情是为了不惹她伤心。

怪不得庄湛对她的心思没有那样单纯，庄湛看她的眼神，分明是那种男人看女人的占有类型。

乔玥得意地站在原地看着陆南城脸上的愤怒渐渐蔓延开来，这就是她今天来的目的，用这件事挑拨陆南城跟乔妤的关系，从而让陆南城踹掉乔妤。

陆南城虽然心里极其愤怒，但表面上还是淡淡地对乔玥说：“谢谢你告知我这一切。”

乔玥摇了摇头，温柔地说：“没什么，我只是不希望你被她这样的女人迷惑了，你值得更好的女人。”

乔玥说着这些话的时候，眼底全是对陆南城的爱慕。

天知道上一次庄文如告诉她，给她安排的相亲对象是陆南城时，她是多么欢喜，为了那次见面，她提前好几天就开始在美容院里护理自己的皮肤，努力让自己以最好的状态跟陆南城近距离地面对面。

只可惜，那天她所有的准备都还没来得及发挥，就被乔妤厚颜无耻地破坏掉了，她现在一想起来就对乔妤恨得咬牙切齿。

乔玥走后，陆南城便拿了车钥匙直奔乔氏而来，他也想保持理智和风度，但一想到乔妤对庄湛的旖旎心思，他的火气就忍不住要喷薄爆发。

此刻被陆南城捏住下巴的乔妤平静地看着他说：“我需要解释……”

“还有，你捏得我好疼。”乔妤蹙眉抗议，他是想捏死她吗？

“你有什么好解释的？”陆南城说完，倒是松了捏着她下巴的手，但语气好不到哪里去。

乔妤继续镇定地说：“我承认，我对庄湛确实是有过那么一丝爱慕，但是那个年纪的男孩儿女孩儿，谁心里没有个有好感的人呢？”

哪个少女不怀春？

陆南城冷笑了一声道：“不好意思，我在那个年纪就从来没有过。”

乔妤被噎了一下。

他这样薄情寡淡的人，别说那个年纪了，就算是现在这个年纪，只怕是他也没什么爱慕一个女人的心思，乔妤怀疑他这辈子都不会爱上谁。

乔妤看了他一眼，主动示好缓和两人之间的关系，说：“好吧，虽然我确实曾经对庄湛有过那样的心思，但我也一直在跟他划清界限，我自认跟他没有什么暧昧，都是他单方面在纠缠。”

陆南城声色俱厉地吼：“你跟他没什么暧昧？没什么暧昧，你让他在你脖子上留下吻痕？没什么暧昧，你跟他去看周蓉蓉的演出？没什么暧昧，你纵容他扶你的腰？”

乔妤觉得自己想翻白眼了。

什么吻痕，什么扶她的腰，这些都是庄湛突如其来的行为，不是她能控制的。

至于她跟庄湛去看周蓉蓉的演出，她还不是为了去气他吗？他自己不也是跟周蓉蓉暧昧来暧昧去的，有什么资格来质问她？

见她只瞪着自己，什么都不说，陆南城不耐烦地说：“说话！”

陆南城不止一次在她面前只许州官放火，不许百姓点灯了，乔妤的耐性也到了极限。

加上周蓉蓉的出现，她对自己跟陆南城之间也没抱什么长久的念头了，于是颇有几分破罐子破摔的颓废情绪在里面，别开眼淡淡地说：“我已经解释了，其他的我没什么好说的。”

他还想要她怎样？

她都已经说了不喜欢庄湛，难道要让她重新回到十八岁，彻底将爱慕庄湛的那段往事剥离去？

陆南城被她这副态度气得脸色越发阴沉。乔妤接着又说：“你怎么不解释解释你为什么跟周蓉蓉暧昧来暧昧去？你管我这样严，你是我男朋友还是我的什么？”

陆南城俊颜紧绷，脸色骇人。

“陆南城，其实你根本没想过要跟我怎样吧？你之所以跟周蓉蓉这样那样的，是因为周蓉蓉才是你谈婚论嫁的最佳人选。”乔妤说到这里又自嘲地笑了一下，“恕我直言，你这是要学舜帝？娥皇女英左拥右抱？”

乔妤也不知道怎么了，话就这样越说越现实直白了。

她情绪其实也低落得很，从周蓉蓉出现就前所未有地低落。

陆南城怨她、气她跟别的男人暧昧，她又何尝不怨他、气他跟周蓉蓉暧昧？

陆南城怒极反笑道：“这就是你眼中的我？”

乔妤抱臂站在那儿，用沉默给予了他答案。

陆南城嘴角勾起一抹笑容，只不过那笑容冷得很。

他垂下抄在裤袋里的手，漠然地说：“乔妤，我们就到这里吧，我自认对你也仁至义尽了。”

陆南城说完便头也不回地迈步离开了。

如果他没想过公开，她在他办公室从下午待到晚上，他又怎么会不让郑远川去保安那里封口？公开他们的关系是那么容易的事？她不想想她把自己的名声弄成了什么样？她不想想他的立场？

如果他想左拥右抱，又怎么会跟周蓉蓉仅仅是吃顿饭？

他被人告知她曾经爱慕过庄湛，他来质问，她一句不喜欢庄湛就想打发他了？

她解释的态度这么敷衍，他恼火，她难道不安抚一下？

是不是他的感受，她从来就没在乎过？

陆南城越想这些越气，越想越觉得乔妤没心没肺。

陆南城摔门离开后，白泽小心翼翼地进了乔妤的办公室，关切地看着站在原地发呆的乔妤问道：“乔总，你还好吧？”

乔妤回过神来，看着白泽自嘲地笑着说：“小白，看来我们以后要自力更生了。”

白泽皱眉问她：“你跟陆总分手了？”

乔妤神色轻松地摊了摊手，说：“从来都没开始过，哪里谈得上什么分手？”

白泽看着乔妤，一时间不知道该说什么好。

纪杭今晚不上夜班，难得有个正常的晚上却被陆南城拉出来喝酒。

两人在酒吧见面，纪杭打量了一番陆南城的脸色，试探着问道：“你不会是跟乔妤吵架了吧？”

陆南城抿口酒，然后跟纪杭说了他跟乔妤为什么吵架。

纪杭听完幽幽地说：“我觉得，她怼你怼得没错，你们之间没名没分的，你凭什么去管人家？”

陆南城恼火地瞥了纪杭一眼。纪杭赶紧又说：“当然乔妤的态度也确实冲了一些，但她是年轻嘛，二十多岁的小姑娘，肯定是年轻气盛。”

陆南城还在气头上，闻言没好气地说：“她跟庄湛暧昧不清，她冲什么？”

纪杭摊了摊手，说：“她不是解释澄清了吗？”

陆南城冷哼道：“她的态度一点儿都不诚恳。”

纪杭直言道：“这就是你的问题了，你想要她态度诚恳点儿，或者想让她说点儿好听的哄哄你，那你就跟她明说，你暗暗地吃飞醋，还冷脸走人，甚至撂下分手的话，哪个女孩儿不跟你急？”

“谁吃醋了？”陆南城第一时间恼火地否定了纪杭的话，随后端起酒杯来喝酒。

纪杭对他嘴硬的行为表示无奈，转而又好心地提议道：“其实这事很简单啊，你主动给她打个电话就行了，乔妤看起来是那种很好哄的女孩子。”

“不可能。”陆南城回得很是干脆。

他气都要气死了，怎么可能去哄她？

“那随便你吧，反正你也已经提了分手，就这样结束好了，你去好好跟周蓉蓉培养感情，别在乔妤身上浪费时间和金钱了。”纪杭彻底放弃了，端起酒杯来喝了一大口酒。

陆南城狠狠地瞪了好友一眼，也只能继续喝酒。

原本他找纪杭出来是想缓解心情的，现在怎么觉得心里更堵了？

跟陆南城喝完酒回家，纪杭还是没法袖手旁观，于是给乔妤打了个电话。

让陆南城主动哄乔妤没戏，那让乔妤主动哄一哄陆南城试试。

乔妤正懒洋洋地靠在床上敷面膜，接到纪杭的电话第一反应是乔荞出什么事了，结果却听纪杭在那端说：“听说你跟陆南城吵架了？”

乔妤没好气地回：“没有，我们没吵架，是我单方面被吵架、被甩，我可没觉得我跟他吵架了。”

明明是陆南城气势汹汹来质问，她都澄清了自己不喜欢庄湛，结果他还是气，甚至宣布他们就这样结束了。

纪杭笑了起来，她这样说那就代表着她心里也气着，而气着才能代表还在乎，一点儿都不生气才可怕。

“他那人向来就这样，不太爱说话，也不会说话。”纪杭努力将两人往一起劝，“你哄哄他就是了，一哄他马上就好了，你又不是没哄过他。”

乔妤同样坚定地否决了纪杭的提议道．“不可能！”然后很是不满地跟纪杭抗议，“是他说要结束的，你让我厚着脸皮去哄他？”

纪杭叹了口气说：“你要被踢出那个项目的时候也去哄他了，现在再哄一次不一样吗？”

“当然不一样！”乔妤义正词严地强调，“上次是因为我真的做错了，所以我主动去哄他，但这次我不认为我错了！”

“日记那件事是发生在我十八岁的时候，我根本就不认识他陆南城，他有什么好介意的？我也解释了我现在半分都不喜欢庄湛，他到底还要我怎样？”乔妤越说越生气。

本来纪杭不打电话过来，她的心情还好了几分，现在再次提及这件事，乔妤觉得陆南城整个都在无理取闹。

乔妤火气这样大，一时间弄得纪杭也不知道说什么，也识趣地不再劝，转而说：“你们俩现在都在气头上，先冷静冷静吧，时间不早了，你早点儿休息。”

纪杭说完就赶紧结束了这通电话。乔妤将手机丢到一边，顺手扯下脸上的面膜，没心情敷了。

她从来都不是那种爱无理取闹的人，也不是那种错了也不思悔改的人，她觉得今天这件事错不在她。

而且陆南城还那么绝情地说了结束他们关系这种话，那就结束好了。

去洗手间洗了把脸回来，她重重地扯过被子来，蒙住自己睡了。

因为陆南城和乔妤两人的态度都很强硬且坚决，所以两人整整一周都没有任何联系，彻底进入冷战状态，确切地说是进入了分手状态。

其间，陆氏那个项目需要乔氏负责人去陆氏开个小会，也不是特别重要，所以乔妤直接让白泽去了，彻底避免她跟陆南城见面的可能性。

白泽简直生无可恋，去开完会回来就要请假，说自己心脏负荷太重快要承受不住了，需要休息一下解压，不用想就知道，肯定是他去开会的时候又被陆南城的眼神屠戮了。

那天乔妤去医院看望乔荞。乔荞递给她一张古色古香的邀请函，说：“妤儿，你最喜欢的服装设计师顾惜时要来南城举办一场高级定制时装发布会，我给你要了张邀请函。”

“姐，太谢谢你了，要知道顾惜时的发布会可不是一般人能进去的！”乔好惊喜不已地接过了那张邀请函。

顾惜时是很著名的中国风服装设计师，许多明星名媛结婚时的中式礼服都指定由她来设计。

然而跟许多高调的设计师不同的是，几乎没有任何人见过顾惜时的庐山真面目，她在秀展上从不现身谢幕，即便这样，她的秀展，人们也总是挤破头想去看。

顾惜时曾经委托自己的助理发布过一段话：她存在的价值是为了设计出更多更好的服装，请大家只关注她的作品，而不要关注她个人。

作为新一代的年轻设计师，乔好毫不例外地对顾惜时无比仰慕，仰慕顾惜时的才华，也仰慕顾惜时低调内敛的行事风格。

乔好在国外学的是时装设计，她在时装设计上有天赋，也无比热爱时装设计，还在国外跟朋友合开了一家设计公司，就是她之前为了筹钱而忍痛卖掉的那家公司。

乔荞轻声对乔好说：“我听纪医生说你最近心情不太好，去看看秀展缓解缓解吧。”

乔好感动不已，上前抱住乔荞在她脸上狠狠亲了一下，说：“姐，你真是太体贴了。”

“好儿，你跟陆南城……”乔荞有心想要关心一下乔好，却又一时间不知道该怎样开口。

鉴于乔好跟陆南城之间的开始，是乔好带着目的先接近对方的，乔荞不知道该不该问乔好是不是失恋了。

倒是乔好自己主动而又坦然地说：“我跟他已经结束了。”

乔好知道乔荞担心她，所以又语气轻松地说：“我没事，我跟他在一起总共才多久？我对他没什么感情，结束了就结束了。”

可是不知道为什么，明明乔妤说得很是洒脱，乔荞却一瞬间心疼得要命。

乔荞太知道这个妹妹的性子了，她越是洒脱的时候越是在乎……

“妤儿，”乔妤想了想还是开口说，“如果喜欢的话就去争取一下，陆南城也是个优秀的男人，值得。”

乔妤笑了起来，娇艳的面容上带着几分自嘲。她道：“正因为他优秀，所以才争取不到啊。”

就像所有人曾经提醒过她的那样，她乔妤什么名声？

流言蜚语会将他们淹死。

陆南城的身后是陆氏，南城百年名门，他怎么可能因为她而毁了陆氏和陆家的名声？

乔妤看望完乔荞又去了纪杭的办公室，询问乔荞什么时候可以出院。

纪杭回道：“她恢复得很好，应该再过两周就可以出院了。”

乔妤点了点头，诚恳跟他道谢。纪杭则是别有深意地看了她一眼，问道：“昨天跟庄湛见过面？”

乔妤有些惊讶地说：“你怎么知道？”

昨天下班的时候，庄湛去她的办公室找她，两人谈得挺不愉快的。

纪杭盯着她继续说：“你跟庄湛谈话的内容，庄湛发给南城了。”

乔妤的表情僵了僵。

昨天下班的时候，庄湛将她堵在办公室问道：“听玥儿说，你跟陆南城结束了？”

她也没有什么不能承认的，如实回道：“是。”

庄湛得到她的肯定回答，语气沉沉地说：“既然你们结束了，那是否可以给我一个机会？”

她很是干脆地拒绝道：“抱歉。”

“为什么？是因为我姑姑吗？”庄湛很受伤，情绪有些失控地说，“陆南城的父母也未必会接受你，那你为什么还投怀送抱？

“如果是为了利益的话，我可以给你更多，你不就是想保住乔氏吗？只要你答应跟我在一起，我发誓我会一辈子都为你和乔氏效力，永远不会有二心。这样的利益不比你自己从陆南城那儿拿到项目，拼死拼活经营要来得轻松吗？”

她看着庄湛，一字一句地声明自己的立场道：“我不跟你在一起，并不是因为你的家人，而是因为我不爱你。”

庄湛面对她如此直白的拒绝，脸上的表情阴沉了几分。

她继续说：“我之所以对陆南城投怀送抱，也并非因为我有多爱他，我从未想过要跟他有什么天长地久的结果，所以我也不在乎他父母是否喜欢我。”

她当时之所以把话说得这样清楚，是想让庄湛认清，无论是不是因为利益，无论是不是因为庄文如他们反对，她都不会选择庄湛。

现在看来她终究还是太天真，她怎么能想到庄湛会卑鄙地将她说的这番话录音，然后发给陆南城？

这下好了，她跟陆南城之间彻底没戏了。

纪杭看着她有些僵的表情，说道：“虽然他自己也很清楚你接近他的目的，但我看得出来，听到你这样亲口说出来，他还是挺受伤的。”

乔妤回神，有些自嘲地勾了勾嘴角，说：“说得好像他想跟我天长地久一样，他不也没想过多长久吗？”

乔妤说完这番话就冷漠地转身离开了。

纪杭轻轻摇了摇头，一开始也许确实是没想过怎样，可人都是会变的，不是吗？

再说了，陆南城岂是对美色那么没有自制力的人？

这么多年，企图诱惑他的女人多如过江之鲫，既然被她撩动了，无形之中就意味着他对她有了几分不同。

然而现在……

乔妤出了住院楼朝停车场走去，到了车子旁没有立即坐进去，而是弯腰打开储物柜翻了半天，最终翻出半盒烟来。

她给自己点燃一支，蹲在旁边的台阶上惆怅地抽着。

乔妤平时不抽烟，但这不是现在心情难过吗？

她人生中第一个男人、第一段感情，就这样离她而去了，怎么可能不难过？

一口烟冲入鼻腔，呛得她眼泪差点儿流出来。

正剧烈咳嗽着，耳边忽然传来一声惊讶的称呼："乔总？"

乔妤被吓了一跳，一不小心就坐在地上，手里还夹着半个烟卷。

不会这么倒霉吧，在这种地方都能跟人偶遇？

故作镇定地抬起头来的时候，她就看到周蓉蓉那张温婉漂亮的面容出现在自己眼前，而站她旁边的，是面无表情、冷眼睥睨着她的陆南城。

这还真是冤家路窄，她怎么会想到陆南城跟周蓉蓉能出现在这里？

而她此时的状态，真是既不优雅又不美观。

周蓉蓉好心地上前，伸手将坐在那儿的她拉了起来，顺便问道："乔总，您这是？"

乔妤抬手拍了拍自己身上的灰尘，若无其事地为自己解围道："哦，我来医院看我姐，烟瘾上来了，没忍住就在这儿抽了一支。"

周蓉蓉也主动解释他们为什么会出现在这里："南城的妈妈身体不好住院了，我陪他一起来探望。"

乔妤努力让自己脸上的笑容维持着最得体的那一款，然后说："那不打扰你们了，我先走了。"

她并没有问他们出现在这里做什么，周蓉蓉偏偏自己主动解释，暗暗地向她炫耀着自己跟陆南城有多亲密，又是多么受陆家长辈的欢迎，都有资格来医院探病了。

妥妥的心机。

乔妤坐进车子里回想起自己一屁股坐在地上的画面，就忍不住咬牙切齿地痛恨她自己。

分手就分手吧，她还这样丢人，还是在周蓉蓉面前。

握着方向盘长长地吐了一口气，她甩了甩头，抛却刚刚那些糗事，驱车离开。

那边，跟陆南城并肩朝住院楼走去的周蓉蓉，边走边看向陆南城问："乔总怎么有些失魂落魄？"

陆南城回她说："你是不是看错了？我怎么觉得她心情好得很？"

她怎么可能会失魂落魄，她有的只是无情无义。

周蓉蓉神色复杂地看了他一眼，没再说什么，随着他一起进了电梯。

她怎么觉得，陆南城刚刚说话的语气，像是在跟谁赌气？

跟乔妤吗？

周蓉蓉莫名觉得一阵心烦意乱，她认知里的陆南城向来是沉稳内敛的，说话永远不疾不徐，情绪永远平静淡漠，像刚刚那样带着情绪的语气，在这之前她是从来都没有听到过的。

陆南城待她，始终平静且平淡。

看起来他似乎脾气很好的样子，可实际上是因为他根本不曾将她放在心上，所以不会发火。

她宁肯他对她生气发火，至少那样代表着他在乎她。

就像她一样，因为在乎他，所以会有喜怒哀乐各种情绪。

方慧君是昨晚突然感到身体不适进的医院，医生检查后说她身体没什么大碍，主要是休息不好导致的。

方慧君前几年肺部做过一次手术，导致身体状况很差，据她说这段时间连续失眠，也难怪身体会出现不适。

陆南城不放心，让方慧君在医院里住几天再仔细观察一下，所以就有了今天周蓉蓉随他一起来探病这一出。

方慧君看到周蓉蓉很高兴。陆南城见两人在聊，就先出了病房去纪杭那儿。

纪杭看到他这个时候出现有些惊讶地说："这么巧？乔好刚刚走。"

陆南城淡淡地应了一声。纪杭挑眉问道："你们见到了？"

"嗯，在停车场。"陆南城的回应很是平静。

纪杭想着此时陷入僵局的两人，决定暂时避开这个话题，于是转而说："作为一个整天跟病人打交道的医生，我可是要提醒你，阿姨很有可能利用她这次生病的机会对你逼婚。"

方慧君本来就整天为陆南城的婚事操心，周蓉蓉又对陆南城抛出了联姻的橄榄枝，方慧君对周蓉蓉又满意得很，肯定会趁机逼婚。

陆南城站在纪杭办公室的窗边，漠然地看着窗外说："如果真有那么一天，那就结好了。"

纪杭挑眉，有些讶异地问道："你真的甘心跟一个自己不爱的女人过一辈子？"

纪杭和陆南城是多年的好友，怎么会不知道陆南城对感情的态度？

陆南城的父母陆云涛和方慧君当年是联姻，方慧君对陆云涛倒是爱慕，陆云涛却不爱方慧君。

据说陆云涛当时有自己喜欢的女人，但不被家里看好，迫于家里的压力跟方慧君结婚，婚后夫妻两人一直过着相敬如宾的生活。

这样的婚姻在外界看来完美和谐，可是只有真正陷在里面的人才知道并不幸福。

对孩子的影响尤其大，在这样家庭环境里长大的陆南城，成年后很排斥爱情跟婚姻，如果爱情和婚姻是他父母这样的话，那不如不要。

陆南城掏出打火机来，低眉垂眼地把玩着，语气浅淡地回复纪杭："爱不爱的有什么意思，跟谁过还不是一样？"

纪杭觉得陆南城的心态颓废了不少，于是半开玩笑地说："不是吧你？跟乔妤分个手就让你这样消极得生无可恋了？甚至连婚姻都可以敷衍了？"

陆南城回头看向纪杭说道："你觉得我是那么任性妄为的人？"

纪杭回答得很是保留："你以前确实不是……"

至于现在嘛，纪杭觉得自己没法评价。

陆南城瞪了纪杭一眼，转身出了他的办公室。他确实不是任性妄为的人，身为陆氏掌权者的他比任何人都清楚，就算他再怎么不期待婚姻，也总有一天要结婚，确切地说，是他需要一个孩子以后好继承陆氏。

他曾经有过跟一个女人天长地久的心思，只不过那个女人没心没肺，好像并不稀罕，所以他就认命地收起自己的心思吧。

既然不是那个他想天长地久的人，那么周蓉蓉也好，宋蓉蓉也罢，于他来说都无所谓了。

陆南城重新返回方慧君的病房，方慧君对周蓉蓉说："蓉蓉，我有些话想单独跟南城聊一聊。"

周蓉蓉了然地起身，看了一眼陆南城，说："我在外面等你。"

周蓉蓉离开后，方慧君很是满意地夸赞道："蓉蓉真是个好姑娘，懂事大方又温柔体贴，出身那样的家庭却一点儿不好的习性都没有。"

陆南城又怎么可能听不出来方慧君的意思，但是他只是抿唇沉默着。

方慧君看了一眼他无动于衷的表情，只好再次开口说："南城，我的身体越来越差了，我不知道在我有生之年能不能看到你成家立业、生儿育女……”

陆南城心头掠过一丝难以言喻的烦躁，视线和方慧君对上，他正色说道：“妈，我只想问你一句话。”

方慧君不解地看向他。陆南城平静地问：“你现在幸福吗？”

方慧君被自家儿子这句话问住，一时间不知道该如何作答。

陆南城继续说道：“身体不好都住进医院了，我爸也不来看望你，更别说照顾你了，这么多年来你也不曾被他嘘寒问暖地爱护过，你幸福吗？他幸福吗？我又幸福吗？”

方慧君无比震惊地看着陆南城，这么多年来她从没听儿子跟自己说过这样的话，尤其是他是否幸福这样的话。

方慧君一直觉得，儿子应该是幸福的，毕竟他们家物质生活优渥富足，虽然她跟陆云涛感情一般，但她跟陆云涛都很疼爱这个儿子。

陆云涛那人虽然薄凉寡情，这么多年一直不肯对她交心，但对儿子陆南城还是不错的。

所以今天乍一听到陆南城说这样的话，她整个人都有些蒙。

陆南城又说：“如果你觉得你这样的生活幸福的话，那我无话可说。如果你觉得不幸福的话，又何必再将一个周蓉蓉推入跟你同样的困境？”

言外之意，他不爱周蓉蓉。

方慧君喃喃道：“南城，我——”

陆南城并未给她当场说什么的机会，而是语气极淡地说：“如果你觉得周蓉蓉是你心目中儿媳妇的人选，我会考虑。你好好休养，有事给我打电话，公司还有事，我先走了。”

陆南城说完就转身离开了，方慧君一个人愣怔地坐在那儿，眼泪无声流了下来。

如果儿子不爱周蓉蓉的话，她也不想勉强。

可是她也接受不了儿子跟乔好那样声名狼藉的女人在一起，刚刚周蓉蓉悄悄地跟她说，她儿子曾经跟乔好在一起过，不过现在分开了。

方慧君都不知道自己是该生气，还是该庆幸，乔好的名声她就不想说什么了，可是乔好端庄起来的模样，实在是像极了一位故人，一位她不知道该用什么样的心情去面对的故人。

那天周蓉蓉的演出结束后，方慧君看到了一身优雅旗袍的乔好，她回来后就经常从睡梦中惊醒。

出了方慧君病房的陆南城头也不回地走，一度都忘了还在外面走廊上等着自己的周蓉蓉。

还是周蓉蓉疾步追上他，喊了一声："南城！"

陆南城这才放缓步伐，看了周蓉蓉一眼，说："我送你回家。"

周蓉蓉看到他并不怎么好的脸色，识趣得什么都没说。

回家后，周蓉蓉越想越压抑，虽然是她主动打电话给陆南城说要去医院探望方慧君，但陆南城说来接她一起。

明明陆南城来接她的时候脸色看起来还挺好，在医院看到乔好，他就莫名心情不好了，跟方慧君谈完，他给她的感觉就更压抑了。

周蓉蓉不用想都知道，陆南城肯定跟方慧君谈得不愉快，在陆南城进病房之前，方慧君话里话外都很满意她，也有撮合她跟陆南城在一起的意思。

周蓉蓉故意跟方慧君说了陆南城跟乔好在一起过。方慧君听了气得不轻，狠狠地将乔好数落、嫌弃了一番。

周蓉蓉以为有了方慧君的支持，陆南城肯定会妥协，尤其现在方慧君身体还不好。可现在看来，陆南城并没有妥协，周蓉蓉烦躁郁闷之下就那样在自己的房间里哭了起来。

她三十岁了，在事业发展到了一个极致后，她现在的主要目的是步入婚姻、享受家庭生活，陆南城是她最中意的人选。

周敬深下班回家听母亲说了周蓉蓉的坏情绪，敲门进了周蓉蓉的卧室。周蓉蓉因为一整天都心情不好，所以连晚饭都没下去吃，此时正半靠在床头没什么精神地看剧。

周敬深拉了一把椅子在她的床边坐下，长腿交叠，挑眉问她道：“非陆南城不可？”

周蓉蓉抿唇不说话，用沉默回答了自家哥哥的询问。

周敬深轻轻笑了下，摇摇头说：“我真是搞不明白了，不就是个男人吗？怎么还会非他不可？南城这么多优秀的青年才俊，无论商界还是政界，我认为比陆南城优秀的还有很多。”

周蓉蓉颇有几分任性地说：“可我眼里就只能看到陆南城一个。”

周敬深的语气严肃了几分，他道：“就算你眼里只有他一个，也不用这么沉不住气吧？”

“什么意思？”周蓉蓉不解地看向自家哥哥。

周敬深说：“我的意思是，就算陆南城现在不跟你在一起，但他也不可能跟乔好在一起，世俗，还有家族的压力，会将他对乔好的那些兴趣都消磨光。”

周敬深承认，乔好确实是个有趣的女孩子，美貌、身段抑或气质在南城一众名媛中都属佼佼者，可是她的名声也是她们中间最臭的一个。

就算陆南城再怎么喜欢乔好，他的家族也不可能允许他娶她。

即便陆南城的父亲陆云涛并不过问这些世俗琐事，但方慧君那层阻碍还在，陆家老爷子——陆南城的爷爷还在，还有陆氏一众高层。

陆南城能一层层顶住这些压力娶了乔好？

所以他妹妹着急什么，刚开始就泄气地哭哭啼啼像什么话？

周蓉蓉被周敬深一番话给说得眼底渐渐浮现出笑意来，心情也没那么憋闷了。

周敬深潇洒起身，说道："你所要做的，就是保持好你自己该有的骄傲和优雅姿态，静静地等待他俩玩完就是了。"

"当然，如果陆南城跟乔好没戏了，也不曾看你一眼，我觉得到那时候你就该彻底放弃了。"周敬深是什么人？说话行事都是周全的，安抚好了周蓉蓉，也不忘提醒她做好最坏的打算。

周蓉蓉在自家哥哥严厉的眼神中，咬唇点头说："好……"

如果真的到那个时候陆南城也不曾选择她，她也只能放弃了，不是吗？不过周蓉蓉自信地认为，有哥哥周敬深这样的军师在她背后为她指点，她肯定不会输。

第八章
我怀孕了

顾惜时大秀那天，乔妤早早就在家做准备。

她这几天身体不适导致气色不太好，所以她化妆化得很用心，努力让自己姣美靓丽、光彩动人。

毕竟是偶像的大秀，就算见不到顾惜时本人，但尊敬偶像的心还是必须有的。

看秀穿的衣服乔妤也早早就准备好了，她选了顾惜时设计的一款白色礼服，不过她稍微做了一些修改，把裙摆裁剪了一小段下来，这样恰好能露出她纤细的小腿和好看的脚踝。

裁剪下来的那段裙摆，乔妤则是做了一个漂亮的蝴蝶结系在腰后，俏皮中不失优雅。

白泽陪乔妤一起去看秀，秀场周边的路段陷入大堵车状态，尤其快到秀场的那个十字路口，车子简直就是龟速前行。

在胃里又一次一阵翻江倒海后，乔妤降下车窗来大口大口地透气，然后转头对开车的白泽说：“如果还这样堵的话，我就在前面下车，反正穿过十字路口就是秀场，我走过去好了。”

白泽转头关切地问：“你晕车？”

乔好脸上的表情怔了怔，随即若无其事地回道：“嗯，实在是太堵了，这样一走一停弄得我都要吐出来了，还不如走路。”

白泽探头出去看了一眼前面的路况，好心地提议道：“我看你就在这儿下吧，前面还不知道什么时候能疏通。”

乔好胃里实在是不好受，拿了自己的手包就先下车了。

她踩着高跟鞋小心翼翼地穿过拥堵的车辆，走到旁边的人行路，步行朝秀场走去。

不过因为刚刚在车里实在是难受，一下车她就忍不住了，扶着旁边的树干吐了一通。

不远处的马路上，黑色宾利车里面的周蓉蓉一眼就看到了乔好的白色身影，她心思转了转，回头对随意看向车子另外一边的陆南城说：“那不是乔好吗？看起来好像不太舒服的样子。”

陆南城转头顺着周蓉蓉的视线看过去，就看到乔好扶着树，脸色难看得吓人。

周蓉蓉兀自又说：“她不会是堵车堵得晕车了吧，我也感觉胃里有些难受，也不知道要堵到什么时候。”

陆南城别开眼，没再关注那道白色的身影。

从上次在她办公室里两人闹僵，他撂下结束关系的话，到现在为止，他们没有任何联系。

陆南城和周蓉蓉也是去看秀展的，这样大场面的时尚大秀他们这些人自然在被邀请之列。

他们的车子继续在走走停停中缓慢前行着，陆南城的视线始终落在自己那一侧的车窗外。

可脑海中不停地浮现出刚刚那短暂一眼看到的身影，一袭白色的裙子，恰到好处的长度，合适的剪裁勾勒出她玲珑的身段……

“嘀——嘀嘀——”

一阵刺耳的喇叭声钻入耳中，陆南城回神定睛看向前面，忍不住怒火中烧。

原来身穿白裙的女人正要过马路，优美的天鹅颈、纤细的身段、大方从容的气质，那一张脸更是灿若桃花、美艳夺目，以至于对面因为红灯而停下的车子里，有些男司机轻佻地狂按喇叭，甚至有些男人降下车窗来吹口哨，用这样的方式表达他们对那女人的爱慕之情。

周蓉蓉在一旁轻声地笑，语气不知道是赞叹，还是揶揄地说：“乔总还真是魅力无穷啊，过个马路都能引起一场轩然大波。”

陆南城下巴紧绷，咬牙移开了视线，她招蜂引蝶的本事还真是一如既往。

周蓉蓉幽幽地看了一眼他的表情，自觉无趣后也再没说什么。

周蓉蓉有些后悔刚刚故意那样讽刺乔妤，好像显得她太心急了，她哥都说了让她不要着急，她还是没沉得住气。

一路无言，在几番拥堵后，他们终于到了秀场。

乔妤步行走到秀场，先去卫生间补妆，随后跟白泽在秀场大厅会合。

乔妤很是欣慰地发现，她跟白泽的组合成功碾压了在场的大多数男女，陆南城和周蓉蓉那对除外。

不过他们的风格又是不一样的，乔妤和白泽属于年轻俏皮的风格，陆南城和周蓉蓉则是走的轻熟风。

陆南城一成不变的黑色西装三件套，周蓉蓉一袭优雅端庄的黑色长裙，两人并肩站在那儿，月朗云霁，给人的感觉真是天造地设的一对儿。

同样出众的两对人视线在空中淡淡地碰了一下，乔妤扬了扬下巴，带着白泽转身去跟周遭的人寒暄。

今天看秀展的人女性居多，但乔妤跟她们打招呼的时候，她们都表现得不咸不淡，有的甚至冷脸相对。

同样是很出众，周蓉蓉却很受大家的欢迎。

为什么两人的待遇会落差这样大？最重要的一个原因是乔家现在落魄了，而周蓉蓉背后的周敬深平步青云，而且，周蓉蓉身边还有如日中天的陆南城。

他们这个圈子说得好听了是交情，说得不好听了都是攀附权势。

乔妤自然能察觉到自己遭受的冷遇，不过她并不在意，她虽然声名狼藉，但她比她们其中很多人干净多了。

有个女人在乔妤打算转身离开的时候，忽而喊住了她，说：“乔妤，你这身裙子不是顾大师的吧？”

这人的语气里带着赤裸裸的鄙夷和浓浓的挑衅，乔妤顿住脚步笑盈盈地看向对方。这是想要找事？她正觉得无聊呢。

那女人身旁的小伙伴紧接着说道：“好像是顾大师的，但是她改了！”

两人说话的声音不小，在这样的场合本来稍微有点儿动静就会被人关注，所以这样一来，秀场大厅里所有人的视线都被吸引到乔妤这边来了，包括陆南城和周蓉蓉那一对。

男人薄凉的眼神穿过人群，冷漠而又不带一丝感情地看了乔妤一眼，比看陌生人还要淡。

乔妤的视线瞥过男人无情的眉眼，有那么一瞬间忽然很不甘心起来。

不甘心他像陌生人一样对她，不甘心他跟别的女人你侬我侬、双宿双飞。

她忽而勾起嘴角笑了一下，那笑容让陆南城蹙眉，也让陆南城身旁始终在关注着乔妤的周蓉蓉心里慌了一下。

不知道为什么，周蓉蓉莫名觉得乔妤那抹笑容很不善，似乎要跟她抢夺什么。

难道、难道乔妤要跟她抢陆南城？

那厢，几个女人还在奚落乔妤："乔妤，你也未免太狂妄了吧，你有什么资格改顾大师设计的衣服！"

"你这是对顾大师的亵渎！"几个女人对乔妤越发恶言相向。

乔妤抬手抚了抚自己的裙子，落落大方地说："人为什么要穿衣服？除了遮蔽隐私部位，还为了让自己变得更漂亮，所以衣服是依附于人而生的，我将这条裙子改得更适合自己，难道有什么不妥吗？"

她完全不知悔改地说完后，又轻巧在原地转了一圈，笑盈盈地问着那几个找碴儿的女人："难道你们不觉得我这一身很漂亮吗？"

那几个女人被她张狂的话语气得要吐血。

其中一个女人抑制不住心里的火气，低低地骂了乔妤一句："脸皮真厚！"

乔妤倒也不恼，很好地保持住了自己的风度，懒洋洋地对那个骂她的女人说："我们讨论服装可以，但是你这话上升到人身攻击了吧？"

不轻不重的语气，瞬间让那个女人恼怒得红了脸，因为她自己也觉得刚刚骂乔妤的行为失了身份。可是这个乔妤真的是太会气人了，导致她根本就控制不住自己的情绪。

就在众人陷入僵局的时候，一道温和的女声响起："我也觉得这条裙子改得很好，俏皮而不失优雅，很适合这位小姑娘的气质。"

众人回头，就见一位气质出众的温婉妇人优雅地走了过来。

她在乔妤面前站定，很是欣赏地打量着乔妤身上的裙子。这个妇人穿着最简单的长裙，化着浅淡的妆，眉眼温婉，气质脱俗，虽然眼角眉梢处已然有岁月留下的痕迹，但具体年龄成谜。

女人打量完了乔妤身上的裙子，视线又定格在乔妤娇艳而又自信的面容上，眼中闪过一丝错愕，随后又恢复了平静。

迎着众人探究的视线，她不疾不徐地说："设计原本就是不拘泥于形式而随心所欲的，设计原本也是让每个人的生活变得更美好的，穿在身上好看就行，无所谓改还是不改。"

妇人一番话语，摆明了自己站在乔妤这边的立场。刚刚那个骂乔妤的女人又咬牙问了一句："你又是谁？"

"我是谁？"妇人优雅地笑了一下，并没有回答那个女人的问题，而是翩然转身离去，一袭长裙简单中带着致命的淡然。

在那妇人消失在众人视线里后，有人反应过来，惊呼道："刚刚那个人，不会、不会就是顾惜时本人吧？"

另外又有人肯定地说："绝对是她，看气质就知道了！"

然后许多人惋惜着刚刚怎么没认出顾惜时来，又遗憾着没有跟顾惜时多聊几句或者是拍张照什么的。

作为跟顾惜时面对面过的乔妤，整个人就更惊诧了，愣在原地久久都没有回神。

刚刚都发生了什么？顾惜时是跟她说过话了吗？而且还站在她这一边维护她吗？

像所有跟偶像见面激动不已的粉丝一样，乔妤回过神来，拽着白泽的衣袖，惊喜地问："刚刚真的是顾惜时？"

白泽点了点头说："八成就是了，再没有谁能有那样的气质了吧。"

"啊啊啊，小白——"乔妤激动地一把抱住白泽，大声说，"我竟然见到顾惜时了！"

白泽头皮一阵阵发麻，抬手将她从自己身上往下扯，一边扯，一边哀求道："乔总，乔总，请注意一下你的形象！"

白泽还想说一句，请好好呵护一下他的小命好吗？再这样下去，他早晚有一天会死在陆南城骇人的视线下。

不过下一秒白泽又有些愤愤，陆南城现在跟自家老板没有任何关系了，凭什么用那样的眼神来瞪他？

再说了，陆南城自己不也是跟周蓉蓉成双入对的吗？

乔好完全没注意到白泽异样的情绪，她依旧沉浸在见到顾惜时的惊喜中无法回神。

如果顾惜时并没有那么神秘低调也就罢了，可是顾惜时是多少人想见一面都见不到的，今天昙花一现出现在了他们面前，谁不惊喜呢？

抛却这一段小插曲，大秀很快就拉开了帷幕。

乔好还是在大秀开始后，才发现陆南城和周蓉蓉坐在自己对面，中间隔着绚丽的T台，每次抬眼看T台上的模特的时候，乔好总觉得对面陆南城的视线好像落在她脸上。

几次过后，乔好没忍住，主动看向了对面的陆南城。

一颗心就那样不受控制地剧烈颤了一下，因为陆南城确实是在看她。

隔着不远不近的距离，隔着绚丽的舞台，隔着躁动的音乐，他目光深邃又晦暗不明地看着她。

乔好别开眼，转头跟旁边的白泽小声说话，用这样的方式来掩饰自己紊乱不已的心跳，纤细的手指也轻轻抚上了自己的小腹。

而也是在这一刻，她重新做出了一个决定。

大秀结束，乔好让白泽先回去了，而她则是懒洋洋地靠在陆南城的车边，好不容易等到了姗姗来迟的陆南城，还有跟在他身边的周蓉蓉。

一路走来，周蓉蓉都试图跟陆南城说些什么，可陆南城的态度实在是太漠然，周蓉蓉说十句，他能回一句就不错了。

看到等在陆南城车边的乔妤，周蓉蓉的表情有那么一瞬间的僵硬，本能地扭头去看旁边的陆南城，却见他表情平静得像是没看到靠在他车子旁的乔妤。

周蓉蓉深呼吸了一口气，故作镇定地随着陆南城一起走了过去。

三人在陆南城的车子旁面对面，乔妤依然没有要让开的意思，陆南城语气冷淡地开口说道：“有事？”

周蓉蓉也不满地说：“乔小姐，你这样无缘无故等在南城的车子旁，成何体统？”

乔妤看都没看周蓉蓉一眼，只仰着漂亮的下巴盯着陆南城说：“我怀孕了。”

周蓉蓉整个人都被乔妤的话惊到了，大脑一片空白。

陆南城上前一把拽住乔妤的手腕，一直平静淡漠的脸色出现丝丝裂缝，他盯着面前的人，咬牙问道：“你说什么？”

乔妤美眸璀璨，看着陆南城一字一板地说：“我说，我怀孕了。”

陆南城的眸色瞬间深沉下来，狠狠握着乔妤的手腕瞪着她，半晌都说不出话来。

男人力道之大让乔妤白皙的手腕都出现了一圈圈的红痕，乔妤也没有喊疼，任由他攥着，倔强地跟他对视着。

一旁的周蓉蓉脸色苍白，踉跄了几步，不可置信地抬手捂住了嘴，愤怒和委屈让她红了眼眶。

怀孕？

怀孕！

周蓉蓉觉得无力又无助，愤怒却又无可奈何。

乔妤将视线移到周蓉蓉脸上，语气抱歉地说：“不好意思啊，周小姐，我也不想破坏你的金玉良缘，可是我更不想我的孩子没有爸爸。”

嘴上说着抱歉的话，可她的眼底没有任何歉意。

周蓉蓉差点儿被乔妤这番话气昏，尤其乔妤说的那句“不想我的孩子没有爸爸”。

明明他们都已经分手这么多天了，明明她离得到陆南城就差一步了，可偏偏乔妤在这个时候跳出来说自己怀孕了，周蓉蓉觉得天都要塌了。

乔妤的话让陆南城回神，松开乔妤的手，他转头看向不远处候着的郑远川，郑远川看到陆南城的示意急忙走了过来。

陆南城情绪晦暗未明地吩咐郑远川道：“你送周小姐回去。”

随后，他又转头看向旁边快要哭出来的周蓉蓉说：“抱歉……”

做完这些，陆南城上前拽住乔妤大步离开，乔妤老老实实地任由他拽着走人。

“南城！”周蓉蓉不甘心地在他身后喊着，可是陆南城头也没回。

倒是乔妤，在被陆南城拽着走的同时回头冲周蓉蓉挥手告别，顺便给了周蓉蓉一个意味深长的笑容。周蓉蓉的眼泪当场就被气得落下来。

陆南城将乔妤塞进她的车子里，自己则是坐进驾驶位驱车疾驰而去。

乔妤有些不满地看了一眼开车的男人，这人怎么回事啊？都说了她怀孕了，还开这么快，对一个孕妇这样粗鲁，像话吗？

陆南城驱车载着乔妤去的方向是他自己家，行驶到半路的时候，乔妤忍不住开口说道：“能找个地方停一下车吗？你开得太快晃得我有些恶心，想吐……”

陆南城原本是不想理她的，可是想到之前去秀场的路上她扶着树脸色不好的样子，又想到她说自己怀孕了，脚下不由自主地就松了几分油门。

他倒不是故意这样粗鲁，他实在是还没接受她怀孕了的事实，到现在他的脑海都还是茫然的状态。

在前面路边找了个地方停车，乔妤推开车门就冲下去，弯腰在路边垃圾桶吐了个天昏地暗。

陆南城下车跟着过来，看到她吐到脸色发白的样子，这才有了几分清醒的认知，她这应该是传说中的孕吐。

他转身去车上抽了纸巾，又去后备厢里拿了一瓶矿泉水。分开这么久以来，陆南城第一次对她没什么火气，脸色也难得地没有那么难看。

“谢谢。”乔妤接过水来漱了漱口，礼貌道谢。

其实乔妤是前几天才发现自己怀孕的，也是最近两三天才有的反应。

今晚尤其严重，可能是之前堵车造成她反胃的感觉一直持续到现在，陆南城刚刚那车开得又实在太猛太急，直接把她晃吐了。

陆南城除了给她递纸巾和水，全程再没说什么，只面无表情地站在一边旁观着，她的孕吐反应让陆南城基本上可以确定她怀孕的事实。

乔妤吐过后，两人返回车上重新赶路，回了陆南城的公寓。

陆南城回家第一件事，就是先去酒柜开了一瓶酒，给自己倒了一杯仰头喝下，用这样的方式来平复心底那些翻涌的情绪。

放下酒杯刚一转身，就对上女孩子娇艳如花的面容，乔妤两根纤细青葱的手指夹着一张纸来到他身旁。

陆南城伸手拿过她手里那张纸，是医院开具的妊娠确认书，上面清清楚楚地写着：宫内妊娠，早孕。

如果说刚刚乔妤的呕吐只是一些怀孕表面上的反应，那现在这张B超单子就是最好的证明了。

陆南城收起那张单子，英俊的面容逼近她，黑眸讳莫如深地盯着她说：“这么迫切地想嫁给我？你确定我要的你能给得起？”

乔妤回答得很是轻松：“我有什么给不起的啊？嫁给你，我乔妤整个人不就都是你的了吗？”

“呵呵。”陆南城盯着她的眼睛半天，忽然勾起嘴角给她一个带着嘲弄的冷笑。

乔妤完全摸不清陆南城现在到底是什么态度，是要她放弃这个孩子并继续将她踢走呢，还是选择留下孩子娶她？

其实，在今晚看秀展之前，乔妤没想过要告诉陆南城她怀孕的事，她打算生下这个孩子自己抚养。可在秀场看着陆南城跟周蓉蓉成双入对，她心里涌上无尽的不甘，所以她临时改变主意了。

她想放手一搏，搏陆南城对她有情，搏自己未来的幸福。

她承认，她爱上陆南城了。

不仅仅是因为他能给她带来巨大的利益，还因为他这个人。

陆南城的手机在这个时候响起，他看了一眼来电显示，眉宇间闪过一丝不耐，不过他最终还是走到一旁接起了电话：“妈——”

陆南城对着手机那端称呼后，乔妤的身体跟着僵了一下，不用想也知道，肯定是今晚的事情被周蓉蓉告到了方慧君那里。

不知道方慧君在那端说了什么，陆南城声音沉沉地回道：“我自有分寸。”

“这就是你的自有分寸？让乔妤连孩子都有了，就是你的分寸？”电话那端的方慧君气得拔高了声音吼，“你让她把孩子拿掉，跟她彻底划清界限！”

刚刚周蓉蓉被郑远川送来陆家，红着眼哽咽着跟方慧君说了乔妤怀孕的事情，她当场差点被气晕过去。

她记得之前她就提醒过儿子不要跟乔妤走得太近，那个时候陆南城说他自有分寸。

现在好了，乔妤都怀孕了，他还跟她说什么自有分寸，她真是压不住火了才吼起来。

“我这边还有事，先挂了。”陆南城没再听母亲继续数落，直接挂了电话，随后又关了机。

将手机丢到一旁，双手叉腰深呼吸了一口气，陆南城决定重新回来面对这个棘手的女人。结果刚转身就见乔妤窝在沙发里可怜兮兮地看着他，说：“我饿了……”

陆南城咬了咬后牙槽，想将她丢出去的心都有了。

现在他们俩什么处境？她竟然还有心思吃东西？还这样理直气壮？

乔妤见他不说话便兀自捂着胃有气无力地说：“这几天都难受得吃不下饭，刚刚又吐空了胃里的东西，浑身都没力气，感觉要晕过去了。”

乔妤的话提醒了陆南城——她现在是一个孕妇，又想到刚刚她那吐到脸都惨白的痛苦模样，他最终转身去了厨房。

乔妤没想到他竟然真的会管她肚子饿这种小事，在心里给自己比了个“耶”，然后跟了过去。

看到陆南城从冰箱里拿出一包速冻小馄饨，这几天一直没什么胃口的乔妤顿时感觉食欲大振，贴着陆南城的胳膊凑了过去，惊喜地说：“哇，小馄饨，你哪儿来的啊？”

陆南城瞥了一眼她压着自己胳膊的某处，没好气地解释道：“远川的妻子包的，他给我送了一些过来。”

郑远川虽然是陆南城的助理，但年纪比陆南城要大一些，他的妻子很贤惠，经常会做一些美食，郑远川总是会让她多准备一些这样的速食给陆南城送过来。

乔妤口水都要流出来了，毫不吝啬地赞叹郑远川道：“没想到郑特助这样贴心。”

“你以为谁都跟你似的，找个助理好看不好用？”陆南城想到今晚她跟白泽在大秀上力压群芳的画面，就忍不住尖酸刻薄起来。

她那个助理白泽，真是除了长得好看，一无是处。

在锅里加了水开始烧，陆南城认命地准备给她煮馄饨。

乔妤毫不拘谨地从后面抱住了他的腰，还催促道：“哎呀，什么时候能好啊？我迫不及待地想吃了。”

女孩子的声音又娇又柔，让他的心也跟着软了下来。

“很快就好。”再开口的时候他的语气不自觉地就缓和了下来。

乔妤将自己往他身上又贴了贴，很是大言不惭地说：“其实你娶了我有很多好处啊，你看我年轻貌美的，别人都会羡慕你有个漂亮的老婆。”

乔妤说着这些话的时候，歪着头仰着脸去看陆南城的表情，然后就看到陆南城的嘴角微微勾起一个弧度来。不过他说出来的话还是那样凉薄：“漂亮有什么用？漂亮能当饭吃吗？”

乔妤哼了一声道：“漂亮能让你赏心悦目、心情愉快啊，也能让你在某方面快乐，不是吗？”

这下陆南城不保持沉默了。他低眉垂眼地看了一眼脸蛋贴在他胳膊上的小女人，无情地打击她道：“我并不这样觉得，你并没有带给我多少快乐。”

乔妤轻咳了一声缓解自己的尴尬，道：“这个、这个我还可以有进步的空间嘛。”

缩了缩脖子，收起自己的手机，乔妤正好瞧见锅里的水开了，于是连忙转移话题：“水开了水开了，赶紧下馄饨吧。”

陆南城深吸了一口气，打开锅盖往里丢馄饨。

乔妤重新贴在陆南城身边，像无尾熊一样抱住他，其实她是真的没力气站住，反正刚刚她这样贴着他，他也没反对，乔妤就继续往上凑了。

而她也是贴过后才发现，这样靠着他结实的身躯感觉好舒服。

身体和心里都舒服，很有安全感。

等馄饨的香气慢慢溢满整个厨房，乔妤闻着香味，就那样靠在陆南城身上轻轻地闭着眼睛说："我知道我的名声很臭，可是你自己最清楚不是吗？那是假的。"

乔妤这句状似无意的话，狠狠戳中了陆南城心里的某一处。

他搅着锅里馄饨的动作顿了顿，不过他依旧沉默着。

乔妤没再说什么，也不再去想什么。

她没有勇气去想陆南城会是怎样的态度，她怕是不好的结果，她会输个彻底。

馄饨熟了后，乔妤毫不客气地坐在餐桌旁开吃了，可能是她实在太饿，也可能是郑远川妻子的手艺太好，她竟然一口气吃了一碗馄饨，没有任何反胃的感觉。

乔妤吃饱喝足，懒洋洋地从餐厅出来，就看到陆南城拎了一件他自己的T恤递给她，吩咐道："去洗澡，准备睡觉。"

"哎，那个——"乔妤想问一下他到底是什么态度，可是最终问不出口。

不敢问。

如果可以不问结果，这样一直跟他相处下去就好了，最终她什么都没说，拿着陆南城给的衣服去了浴室。

乔妤洗过澡出来，陆南城已经在另外的浴室洗过了，正裹着宽松的睡袍半靠在床头看书。

男人眉眼深邃，鼻梁高挺，侧脸完美到让人为之疯魔的地步。

乔好脑海中瞬间就想到了肚子里的孩子，如果是个女孩儿的话，遗传了陆南城的颜值，长大了不知得迷住多少男人。

不过后来她又想，孩子随了她的容貌也没什么不好，她好歹也是盛世美颜级别的。

边这样胡思乱想着，边晃悠到了床边，还没等说些什么，床上的陆南城伸手拽住她，一把将她拉到大床上，自己翻身覆盖过去，乔好都没反应过来，就被吻住了。

陆南城吻她吻得很是凶狠，只差将她吞进肚子里了。

就在陆南城吻得情到浓处，准备做点什么的时候，乔好急忙推着他。陆南城从她身上抬起头来，声音暗哑地问："怎么了？"

"等一下，等一下。"乔好得到说话的机会赶紧解释，"我之前去医院检查的时候，医生叮嘱过了，说是孕早期胎儿还不稳定，很容易流产，所以不能有那种生活。"

陆南城满脸欲言又止地瞪着她，完全不相信自己听到的话。

而为了让他相信，乔好又连忙说："医生还说了后三个月也不可以，容易早产。"

之前，陆南城身边也没有亲近的人怀孕生孩子，所以完全不知道医生说的这些禁忌。但现在他看乔好并不像在说笑，考虑到肚子里的孩子，他还是放下了所有的欲念。

在她身旁躺好，他随手关了床头的那盏灯，压着身体里煎熬着的火，低声说道："睡觉。"

乔好慢吞吞地整理了一下被他弄乱的衣衫，心满意足地往陆南城怀里又靠了靠，老老实实地睡觉。

许是因为最近身体和精神都太煎熬了，乔妤靠在陆南城怀里没一会儿就昏昏欲睡。

快要睡着的时候，她呢喃道：“医生说过了，如果不想要这个孩子的话，最好早点儿做手术，太晚的话孩子长大了，做手术很伤身体，你记得早点儿告诉我你的决定。”

她说完这番话后，没多久就睡着了，而被她拥着的陆南城则是在她睡着后起身去阳台抽烟。

乔妤这个人总是有这样的本事，在搅乱了别人的一颗心后，自己安然无事地该吃吃、该睡睡。

长夜漫漫，乔妤睡得很是舒适香甜。

第二天早晨醒来的时候，她身边已经没了陆南城的身影。倒是在床头柜上发现了一张字条，是陆南城留给她的：我有出差的行程，一周后回来。

其他的再没有别的什么话了，没说是否要留住这个孩子、娶她，也没说让她拿掉孩子将她打入深渊。然而这样不清不楚的态度才是最让人痛苦煎熬的，乔妤盯着男人硬朗的字迹好半天，气得撕了那字条丢进垃圾桶里。

太可恶了。

陆南城分明是故意在折磨她，故意不给她个痛快，让她吃不好睡不香、坐立难安、百般煎熬。

出差是陆南城原本就定好的行程，以他在公司的身份地位，出差是家常便饭，只不过他没想过会在出差前夕赶上乔妤怀孕这件事。

至于他的决定，他昨晚就已经想好了，也可以说在他从停车场带走乔好的时候，就已经本能地做出了。

他故意不给乔好答复，确实是存了折磨她的心。

凭什么他一个人煎熬了好多天，而她却跟没事人似的潇洒自在？

一想到从他们闹僵到昨晚的那段日子，他就意难平，他那几天度日如年，这几天也让她饱受一番折磨好了。

第九章 对她的考验

乔好收拾好自己后打开手机，手机上有N个未接电话，有几个是她熟悉的号码，也有好几个陌生的号码。

乔好自嘲地勾扯了下嘴角，她想知道哪通电话是陆南城的母亲方慧君打来的。

方慧君肯定不会放过她，乔好很有自知之明。

其实乔好倒也不怪方慧君反对她跟陆南城在一起，要是她有个这样英俊优秀的儿子，也看不上自己这样声名狼藉的女人。

还有一通电话是周敬深打过来的，乔好给周敬深回了电话。

周敬深接起电话，乔好在这端轻松地说：“早啊，周副市长。”

周敬深语气还算温和地说：“不早了，已经快要中午了，我已经忙碌大半个上午了。”

乔好轻笑，有时候周敬深其实也不像他的外表那样严肃无趣。

周敬深随后直奔主题说：“你怀孕的事情我听蓉蓉说了，你是认真的吗？”

乔妤早就猜到周敬深找她是为了这件事，懒洋洋地反问道：“我不是认真的还能是怎样？孩子都有了，总不能让我做个单亲妈妈吧？”

周敬深沉默了一下反问：“你确定你能扮演好陆太太这个角色？”

“陆太太这个角色还要扮演吗？做我自己不就行了吗？”乔妤装作听不懂周敬深话语间的暗示，扮演这个词儿，并不善意。

周敬深这种老狐狸，说话处处是陷阱。

做一个男人的太太跟他长相厮守，还用得着扮演吗？

周敬深用这个词，一来是在暗示她跟陆南城之间没什么感情，二来是在提醒她嫁给陆南城要走的路有多艰难，抑或在提醒她跟陆南城之间的差距。

乔妤虽然平日里看起来总是一副没心没肺的样子，但其实她聪慧又剔透，怎么可能听不出周敬深话里的意思？

她还是选择用装傻的方式回怼周敬深，周敬深噎得好一会儿没说话。

最终，周敬深轻笑了一下说：“始于爱情的婚姻，确实是不需要扮演的，既然这样，那我就祝你幸福。”

周敬深说完就挂电话了，乔妤在这端翻了个大大的白眼。

周敬深说什么始于爱情的婚姻，还是在暗戳戳地嘲讽她，她跟陆南城之间哪里是始于爱情？他们之间明明是始于利益。

周敬深结束了跟乔妤的通话，在办公室里沉思了半晌，这才给妹妹周蓉蓉回电话。

周蓉蓉昨天回家后红着眼跟父母说了乔妤怀孕的事情，他们的父母也勃然大怒——因为陆南城那样洁身自好、沉稳自制的男人，竟然真的跟乔妤有了那层亲密的关系，也因为乔妤的不知廉耻。

周敬深也有些头疼现在这样的状况，他可没想过半路会杀出乔妤怀孕这件事。

周蓉蓉着急地问道："哥，乔妤怎么说？"

周蓉蓉没法亲自追问陆南城对乔妤怀孕这件事的态度，而方慧君那里昨晚又被陆南城挂断了电话，她就只能求助于周敬深，让周敬深去替她探探乔妤的口风。

周敬深语气严肃地说："现在不管他们两人是什么意思，既然他们之间有了孩子，那这件事就已经跟你没有关系了！"

刚刚周敬深打给乔妤那通电话，虽然没有什么实质性的谈话内容，但周敬深已然明了了乔妤的态度，那就是她不会主动拿掉这个孩子而跟陆南城划清界限。

周蓉蓉在那端又气又急地说："哥！"

周敬深见她依旧是这副执拗的样子，索性直接命令道："这段时间你最好不要再主动去联系陆南城，也不要去招惹乔妤，我说过他们之间不会长久，你等着就行了。"

乔妤怀孕了又能怎样？

如果方慧君和陆家老爷子不同意乔妤进门，那个孩子就算生下来也只能是个私生子。

但目前这趟浑水，他们周家不适合牵扯进去。

"我还是那句话，不要失了你该有的分寸和姿态。"周敬深又叮嘱了一句就挂断电话了。

周蓉蓉气恼地摔了手机，她哥每次都让她等、让她忍，结果现在她等到乔妤连孩子都有了，再等下去陆南城就要娶乔妤了！

乔妤知道方慧君肯定会找上她，果然，临近中午的时候，她就接到了方慧君的电话，约她出来见一见。

白泽开车送乔妤去见方慧君，去的路上乔妤幽幽地叹了一口气，对白泽说："你说……我会不会被揪着头发暴打一顿？然后被狠狠地骂狐狸精？”

白泽不知道该说什么。乔妤又转头认真地叮嘱他：“到时候你可要赶紧上前保护我。”

白泽提议道：“要不要给陆总打个电话，说一下他妈找你的事情？”

乔妤咬牙说道：“你觉得我打了他就会接吗？那个男人真的是心眼极小，他一走了之就是等着这些人来折磨我呢。”

或者也可以说，陆南城将她丢下，让她独自面对即将到来的风暴，其实是对她的一种考验。

考验她有没有做陆太太的勇气和魄力，考验她对他的感情能有几分，是否坚定到能面对这些风暴的地步。

老奸巨猾啊，老奸巨猾。

方慧君在咖啡厅最角落的沙发上等着乔妤，她穿一件端庄的素雅连衣裙，连喝咖啡的动作都那样优雅。

乔妤走过来落落大方地跟方慧君打招呼：“您好。”

方慧君停下喝咖啡的动作，抬眼看着乔妤，神情恍惚了一下。

乔妤的容颜跟记忆中的那个女孩儿有几分相像，可是气质又是完全不一样的。

那个女孩儿温婉内向，永远是一副小鸟依人的模样，可面前的乔妤眼神里全是肆无忌惮，跟那个女孩儿完全不一样。

方慧君安慰自己一定是想多了，当初那个女孩儿只是跟别的男人过了一夜，不会那么巧就有了孩子。

而且乔妤是乔家的孩子，如果不是的话，乔仁民又怎么可能让乔妤掌管公司？

心里做了好一番建设后，方慧君才终于能平静地回应乔妤道：“你好，坐吧。”

“谢谢。”乔好大方道谢，然后在方慧君对面的沙发上落座。

方慧君开门见山地说道：“我今天为什么找你来，你应该知道吧？”

“是。”乔好秉承着话不多就不会错的原则，惜字如金地回答。

乔好是个孝顺的人，从小被乔仁民还有过世的乔夫人用暖暖的爱养育着长大，她对父母、对长辈本能地敬重，所以她今天来跟方慧君见面，完全没有要跟方慧君闹翻的打算。

哪怕是方慧君真的要暴打她一顿，乔好想着为了不让陆南城夹在中间难堪，她也会忍下去。

“你跟南城不是一路人，这个不用我说，你自己也知道吧？”方慧君间接表达了自己对乔好的不屑。

她口中所谓的不是一路人，是指乔好的名声和身份跟自家儿子差着天与地的距离。

“我知道，可是我爱他，很爱很爱。”对面的女孩子喃喃地说了一句，忽然眼圈一红，眼泪吧嗒吧嗒地就落了下来，倒弄得方慧君一时间很无措。

她说什么了吗？她什么都没说，她甚至都没明说反对他们在一起。

外界不是都说这个乔好刁钻蛮横，很是不好对付吗？她来之前还准备了狠话要羞辱乔好，然而现在是怎么回事？还没等她说什么，乔好倒先哭了起来……

乔好抹了把眼泪，红着眼圈看着方慧君哽咽道：“因为我爱他，所以即便我们不是一路人，我也想跟他在一起。”

女孩子的眼泪让方慧君胸口莫名地涌上一阵烦躁，当下就冷硬地说：“我不会接受你做我们家儿媳妇的，即便你怀了孩子！”

“你知道他跟你在一起将会面临什么吗？这就是你所谓的爱他？”方慧君越说越气，她一点儿都不相信乔好说爱陆南城的话，乔好爱的是她儿子的钱，还有陆家的财富权势吧！

这样的女人有的是，口口声声打着爱情的名义，实际上就是贪图富贵、爱慕虚荣。

就在方慧君控诉乔妤的时候，乔妤只是垂着眼一言不发地默默流泪。

女孩子低眉垂眼的模样让方慧君更加不耐烦了，脑海中还残留着另外一次这样劝别人离开一个男人的记忆。她噌地站了起来，说："反正我今天已经把话说清楚了，孩子你最好早点儿拿掉，尽快跟南城划清界限吧！"

方慧君说完就拿着包头也不回地离开了。乔妤则是抬手擦掉了自己眼角的泪水，一脸轻松地靠在沙发靠背上长长地出了一口气。

但愿在陆南城出差回来之前，方慧君不要再来找她了，她可不敢保证自己还能继续装可怜下去。

其实她有一堆的话想要怼方慧君，比如，凭什么说她跟陆南城不是一路人？凭什么瞧不上她？她有多干净，她儿子最清楚！

乔妤懒洋洋地窝在咖啡厅的沙发里，透过落地玻璃窗看着外面的热闹，心里幽幽地感叹道："唉，爱情啊，让人变得懦弱，连怼人都要束手束脚。

不过方慧君怎么每次都跟不敢看她似的？她有这么凶悍吗？竟然让方慧君这样见过世面的女人都畏惧？

乔妤很是不解地抬手摸了摸自己的脸，有些昏昏欲睡。

那边，坐进车里的方慧君，第一件事就是给陆南城打电话。

昨晚她被陆南城挂了电话，气得一晚上没睡着，今天一早，她继续不依不饶地打陆南城的电话，但陆南城说他要登机出差去，她只好挂了电话。

这会儿看看时间，他肯定早就落地了。

陆南城自然是接了这通电话。方慧君直接就说：“我刚刚跟乔好见面了。”

“嗯。”陆南城的语气很是意兴阑珊，完全没有想知道她们都聊了什么的兴致。

方慧君被自家儿子这副不咸不淡的态度弄得很是火大，对乔好也越发厌恶。

她咬牙说道：“你知道吗？她竟然跟我说她爱你，很爱很爱你，所以死活要跟你在一起。”

陆南城难得地理了她一回，语调带着几分上扬地问：“她说她爱我？”

“是啊，简直是胡说八道！我看她爱的是你的钱还差不多。”方慧君因为火大，所以有些口不择言，“她那种声名狼藉的女人哪里会有什么爱情？谁给她的利益多，她就爱谁吧？”

陆南城听完自家母亲的话，骤然沉默下来，而这份沉默让方慧君心里颤了一下，她隐隐感觉到儿子似乎生气了。

然而她兀自说道：“她还哭哭啼啼地给我装可怜，我什么都没说，她倒先落泪了，弄得我跟多么十恶不赦似的，太可恶了！”

她还想继续往下说的时候，陆南城打断道：“我这边还有公事要处理，先挂了。”

就这样，好不容易接通的电话宣告结束了，方慧君一肚子的话还没说完，她还没好好跟儿子说绝对不能让乔好把孩子生下来。

手机收起来，方慧君深吸了一口气，好不容易才平复好自己的情绪，而也是到了这个时候她才猛然惊觉，乔好今天这样哭哭啼啼着示弱，不会是她玩的手段吧？

故意装可怜，故意装深情，好让她说不出难听的话来骂人，好让她把这个女人哭了的事情转述给儿子，让儿子心疼。

这个女人真的是——

方慧君抬手捂着自己的胸口，觉得被气得快要喘不上气来了。如果儿子真的跟乔妤在一起的话，方慧君觉得自己早晚会被乔妤气死。

乔妤在咖啡厅里坐了一会儿就起身离开了，随白泽一起回公司继续工作。

她没有给陆南城打电话说什么，陆南城也没有打过电话来找她。

乔妤心里愤愤的，有本事他永远别回来。

然而她又咽不下心里这口气，于是拿着手机在通信录里翻找了一下，找到了郑远川的电话直接拨了过去。

因为跟陆氏有业务上的合作，所以她也有郑远川的联系方式，只不过之前从来没有联系过。

陆南城出差，郑远川肯定跟陆南城在一起。

郑远川确实跟陆南城在一起，两人刚刚结束一个商业会谈返回酒店。

刚出电梯，郑远川的手机就响起来，因为从来没有跟乔妤通过话，所以郑远川并没有乔妤的号码。

接通后他疏离地问道："您好，哪位？"

那端传来女孩子轻快的声音："你好啊，郑特助，我是乔妤。"

"乔总？"郑远川惊讶不已，瞬间感觉到原本走在他前面的陆南城脚步放慢了。

郑远川有些头疼，但还是硬着头皮继续问乔妤："乔总找我有什么事吗？"

女孩子的语气轻松，听起来心情没有一点儿不好，笑盈盈地说："没什么事，就聊聊天呗。"

"咯咯——"郑远川完全没法接她这话，也不敢接。

跟老板的女人聊天，他可能是不想继续干这个特助了。

郑远川不接话。乔妤就兀自在那端说："昨晚在陆总家里吃了你太太包的馄饨，太好吃了，郑太太的手艺真是太棒了。"

郑远川噙着笑回道："您喜欢吃是我们的荣幸。"

眼角的余光瞥见陆南城已经到了他自己的房间门口，但没有要进去的意思，郑远川瞬间秒懂老板的用意，连忙将手机按了免提。

于是女孩子带着笑意的清脆声音就那样传入两人耳中："郑特助，你不用总是跟我用您这个敬语，太见外了。"

女孩子似乎是真的打算跟他聊天，又在那端说："没想到郑特助你竟然结婚了啊，我还以为你就三十岁出头。"

郑远川抹了把汗，她也真敢说，三十岁出头那不是跟陆南城一样年纪吗？他这张脸一看就四十岁出头了。

他欲哭无泪地赶紧替自己解释道："没有，没有，我孩子已经上小学了。"

女孩子在那端叹了口气道："真是一点儿都看不出来，没想到你都结婚了，真是太遗憾了。"

郑远川傻眼。

太遗憾了是什么鬼？难不成他不结婚，她还想做点儿什么？

一旁的陆南城脸色已经彻底阴沉下来了。郑远川肝胆都颤了，赶紧说："我、我这边还有事情要忙，先挂了。"

干脆利落地挂断电话，郑远川很是尴尬地看着陆南城，想解释点儿什么："老板，我……"

陆南城瞪了他一眼，沉着脸刷卡回了自己的房间。

郑远川摊了摊手，他一把年纪都有老婆、孩子的人了，到底为什么要为他们两人的别扭付出这么高的代价？

乔妤刚刚那通电话，分明就是吃准了他跟陆南城在一起，所以故意气陆南城。

乔妤快要笑死了，跟白泽吐槽道："郑特助跟陆南城一样，没有幽默细胞，完全开不得玩笑，我说太遗憾了，是想说他没结婚的话可以给他介绍个女朋友，结果把他吓得挂电话了。"

白泽幽幽地看了她一眼说："乔总，你开心就好。"

乔妤笑得眼泪都出来了，欢快地说道："我确实很开心啊，我心情不好的时候气一下别人就心情好了。"

尤其是气到陆南城。

谁让他先气她的？

反正他们俩没一个好的，半斤八两，谁也别说谁。

陆南城出差第二天，乔妤接到一个电话，对方自称是顾惜时的助理。

乔妤一度以为自己听错了，不可置信地问："您说您是哪位？"

对方温和地又说了一遍："我是顾惜时女士的合伙人兼助理，我姓孙。是这样的，惜时想邀请你一起用晚餐，你看你今晚有时间吗？"

乔妤震惊地说："您、您说什么？顾老师要请我吃饭？"

对方轻声笑了起来，说道："是啊，那天在秀场，你改的那件衣服惜时觉得很棒，最近几年她一直致力于发掘年轻的新锐设计师，所以想邀你一起吃饭，顺便聊聊彼此对时装的一些看法。"

乔妤冷静了一下，又正色问道："真的吗？你不会是骗子吧？"

对方这下笑得更愉悦了，道："你来赴约不就知道我到底是不是骗子了吗？"

于是，乔妤恍恍惚惚就答应了晚上跟顾惜时一起吃饭。

直到白泽载着她去赴约，乔妤还觉得自己像在做梦。

这确实太不真实了，她从来都没和顾惜时接触过，却被顾惜时邀请一起吃晚饭，她也未免太幸运了。

晚餐地点在顾惜时下榻的酒店西餐厅，乔妤进去的时候发现餐厅里并没有什么人。

一位五十岁左右，看上去很是精明干练的女性走了过来，笑着对她说："你好，我是孙忆宁。"

乔妤从声音听出这位就是给她打电话的人。孙忆宁主动跟她解释道："因为惜时不想曝光，所以我们包下了整间餐厅。"

乔妤点了点头表示理解，然后随孙忆宁一起走到了里面一张桌子旁。

顾惜时已经等在那里了，就是那天在秀场为她说话的那个妇人。

乔妤有些紧张地说："您好，顾老师，我是乔妤。"

平生第一次，从来都是落落大方的她，在别人面前有了一丝腼腆害羞的感觉。

顾惜时也察觉到了她的紧张和局促，轻轻笑着对她说："那天我看你跟那些人唇枪舌剑的时候，可不是这样的。"

那天在秀场，她站在不远处看到的乔妤，眼底全是璀璨自信的光芒，还带着些许的肆无忌惮和张扬。

顾惜时又宽慰乔妤说："没关系的，在我们面前你做你自己就好。"

那位孙总也笑得很是和气，乔妤简直受宠若惊，她真心没想到顾惜时本人还有她的团队成员会是这样平易近人，于是慢慢地就放松下来，聊着聊着，话也跟着多了起来。

在得知她原本是在国外读设计，因为乔氏出事才中断学业回国的时候，顾惜时很是为她惋惜，道："真是可惜了你这份设计才华。"

不过顾惜时又说："不过你既然是乔家的一分子，为乔家放弃设计，回来挽救乔氏也是应该的。”

乔妤笑着点头说：“我也是这样想的，所以我现在其实很快乐，因为我一点儿都不后悔自己为家族做出的牺牲。”

她的懂事明理，惹得顾惜时忍不住多看了她几眼。

聊完服装设计上的事情又聊了几句家长里短。顾惜时随口问了一句乔妤的年龄，乔妤如实回答，她今年二十四岁，且生日是在冬天。顾惜时表情怔了怔，似乎有那么一瞬间的恍惚。

随后，顾惜时起身想去洗手间的时候，一不小心碰倒了乔妤手边的果汁，洒了乔妤一身。

顾惜时很是抱歉地抽了纸巾帮乔妤擦拭，边擦边说：“不好意思，你看我人老了就是这样手脚有些不利索。”

乔妤摇头笑着说道：“没什么，回家洗洗就好了。”

顾惜时皱眉看了一眼她身上橙黄色的汁液，主动提议说：“这样吧，反正我房间里也有很多样衣，都是今年的最新款，我去找件送给你，你换上再离开。你毕竟也是乔氏的总裁，这样一身狼藉被人看到，怕是影响不好。”

乔妤的重点只在顾惜时要送她衣服上面，开心地说：“您要送我一件衣服？”

顾惜时在乔妤眼中一直是女神一样的存在，这会儿顾惜时说要送她衣服，她激动得简直想哭。

虽然她平日里可以自己去买顾惜时设计的品牌衣服，但现在顾惜时亲手送的，跟她自己买的完全不是一个意义。

“是啊，给你弄脏了这件，就赔你一件好了。”顾惜时笑着说，“反正我们做服装设计的，最不缺的就是衣服了。”

顾惜时都这样说了，乔妤当然不会再拒绝，何况她求之不得。

于是晚餐结束后，乔妤就随顾惜时回了酒店房间。顾惜时从满满一衣柜的衣服中挑了一条酒红色的长裙递给她，说：“我个人觉得这条裙子比较适合你的气质，做宴会礼服也可以，日常上班穿也可以。”

乔妤一眼就喜欢上这条裙子了，顾惜时说得对，很适合她的气质。

酒红色一般人很难驾驭，但很适合她的肤色和相貌，她的五官天生美艳，穿酒红色有种浑然天成的大气。

顾惜时看出了她对这件衣服的中意，于是就催着她说：“你先去换上，看看是否合适。”

“嗯。”乔妤点头接过那件衣服进了旁边的洗手间。

顾惜时站在原地看了一眼洗手间的方向，姣好的容颜上掠过一丝紧张，还有期待。

几分钟后，乔妤走了出来，不过表情有些窘迫，两只手护在自己的腰间，不太好意思地跟顾惜时说：“这条裙子很好看，可是穿在我身上让它有了一点儿瑕疵。”

顾惜时不解地问：“怎么了？”

乔妤松开护在腰间的手，指着自己左边腰际上一块小小的红色胎记说：“我左腰上有一块红色胎记，穿上这条裙子正好露出来，太不美观了。”

乔妤也是在穿上这条裙子后才发现这条裙子腰间两侧是镂空的，其实这个设计很好，堪堪将女人的小蛮腰显露出来，但不适合她。

虽然她腰上那块红色的胎记只有小指腹那么大，但还是挺煞风景，加上她皮肤很白，一露出来就更加明显了。

平日里她很少穿露腰的衣服，有些礼服非要露一下腰际的话，她会选一个小小的文身贴纸遮一下那个小胎记。

但今晚她根本没想到会被送这样一条裙子，所以没准备文身贴纸之类的物品。

顾惜时听了乔妤的话，整个人怔在了原地，视线落在了乔妤腰际那个小小的胎记上，脸色一时间有些白。

乔妤不解地看着她，试探着问道：“顾老师？”

顾惜时因着她的声音回神，浅浅笑了一下说：“你穿这条裙子实在太惊艳了，都把我迷住了。”

顾惜时随后又说：“有个小胎记有什么关系呢，咱们做设计师的还能被它难住不成？”

顾惜时说完，就转身在包里找寻了一通，然后拿出一张小小的文身贴纸来，说：“用这个遮住就是了。”

乔妤笑道：“没想到您包里也随身携带这种东西。”

顾惜时点了点头说：“每次办秀展，这些东西都是必不可少的，说不定哪个模特就能用上。”

可别小瞧这些细节上的小物品，有时候就是这样一个小小的细节足以让一件衣服出彩。

顾惜时说着便弯腰准备给乔妤贴贴纸。乔妤连忙说：“我自己来吧。”

顾惜时摇了摇头道：“没关系的，我这个角度贴正好。”

乔妤受宠若惊地站在那儿，僵着身子任由顾惜时给她贴上了贴纸。

因为她的心情很激动，所以她根本就没注意到顾惜时给她贴贴纸的手微微颤抖。

贴纸贴上后，那枚小小的胎记被遮住，就什么瑕疵都没有了。

乔妤落落大方地站在穿衣镜前，又将自己原本束起的亚麻色长卷发放了下来，如果再踩上高跟鞋的话就更完美了。只不过最近因为怀孕，乔妤都没再穿高跟鞋了。

乔妤对这条裙子很满意，对着镜子照了一圈，开心地跟顾惜时道谢：“谢谢您，顾老师。”

顾惜时站在她旁边，思绪似乎有些飘散。

两人都没有穿高跟鞋，顾惜时的身高比乔妤稍微矮了一些，乔妤看着镜子中不知道在想什么的优雅妇人，忽然发现自己跟顾惜时长得挺像，尤其是眉眼部分。

不过乔妤根本没多想什么，只是在心里偷偷乐了一下，能跟自己的偶像有一丝相像的地方，她觉得很满足。

顾惜时回神，看着她轻轻地说："你喜欢，那就送你这条了。"

顾惜时拉着她的手重新回到衣柜旁，说："这里还有很多衣服，你看看还有没有喜欢的。"

乔妤看了一眼自己被顾惜时拉着的手，又看了看那一柜子的衣服，笑着摇着头说："不用了不用了，这条就足够了。"

她从来不是贪心的人，这一条已经足够。

想到这里的时候，乔妤忽然觉得，好像在陆南城这件事上，她有些贪心了。

她原本只是想要陆南城帮她渡过眼前的难关，可是知道自己怀孕了，她贪心地想要跟陆南城组成家庭，贪心地想生下这个孩子，贪心地想要更多……

时间不早了，乔妤随后就跟顾惜时道别了。

顾惜时在乔妤离开的时候眼底掠过一丝不舍，不过最终她还是将这份情绪压了下来。

送走乔妤，孙忆宁轻声问愣怔地坐在那里的顾惜时："确认了？"

顾惜时点头说："嗯，她腰间那块胎记就是最好的证明。"

孙忆宁又问她："现在你打算怎么办？"

"我不知道，我完全不知道。"顾惜时抬手掩面，很是痛苦地说，"忆宁，你告诉我一下，我该怎么办？”

“世界这么大，大到这么多年我都没有遇见过她，可世界又这么小，小到她在我的秀场出现。我从来没想过有一天会跟她重逢，我完全没有心理准备，可是她就这样猝不及防地闯进了我的视线。”

顾惜时回想着大秀的那天，她习惯隐没在看秀的人群里安静地聆听他们对作品的评价，这样她能够更真实地知道自己的不足。

那天，她一如既往地出现在秀场大厅，听到有人争吵，她抬眼看过去，一眼就看到了那个明艳张扬的女孩儿。

女孩儿眼底的那些飞扬不羁，像极了那个男人，那个狂妄占了她身子的男人。

几乎就在那一瞬，顾惜时就可以断定她的身份了。

再细细看过去，女孩子的眉宇间跟她也有几分相像。

虽然她们之间从未有过交集，但骨子里的血缘让她无法忽视女孩儿被刁难挤对，所以她走过去替女孩儿说话，帮对方解围，第一次在公众场合正式露面。

今晚她故意邀乔好吃饭，故意洒了果汁在乔好的衣衫上，故意给乔好一条腰间镂空的裙子，就是为了确认一下乔好腰间是否有那个红色的小胎记。

现在一切都了然了，她却丧失了思考的能力，茫然而又不知所措。

当年她明明有心仪之人，却被人设计陷害送上了另一个男人的床，她因此怀孕生了一个女孩儿，可因为那不是她心甘情愿的，所以年轻倔强的她狠心将那个孩子丢下，远赴他乡。

冷静过后，她不是没找过那个孩子，可怎么都寻不到。

这些年，她心里一直对那个孩子存着无尽的愧疚，如今那个孩子就这样猝不及防地出现在她面前，她却不知道该怎样面对。

孙忆宁轻声地安慰她说：“既然遇见了，那就是命中注定。”

“可是我当初狠心将她丢弃，这么多年从未尽过做母亲的责任，现在突兀地出现在她的生命里，会不会让她厌恶？”顾惜时说话的时候眼泪也跟着落了下来。

最初那些年，她几乎每晚都在噩梦中哭着醒过来。

“你也有你的苦衷，我看她也是懂事明理的孩子，你跟她说说你的难处，相信她会理解你的。”孙忆宁安慰着顾惜时说，“不然这样吧，我们先不急于一时，不要一下子就让她接受你，你先不说自己的身份，慢慢跟她培养一下感情，等时机合适了再说也不晚。”

顾惜时觉得这个提议可行，轻轻点头答应道：“好……”

然而下一秒，她又微微蹙眉说：“如果要跟她培养感情的话，我势必要留在南城，可是这里又有太多我不想见的人。”

正是那些人，让她的人生成了现在这副模样，她不知道该感谢他们，还是该恨他们。

而也是因为不想见他们，所以这些年她才隐姓埋名，从来不在公众面前露面。

她依旧清楚地记得，当年那个手机号收到的最后一条信息是男人恶狠狠的警告：“有本事你躲一辈子，不然的话下次我见到你，一定将你牢牢地锁在我身边，做我的女人。”

她太害怕那个男人了，那个时候，她爱的是一个儒雅俊朗的男人，像春风一样让人舒服的男人。

顾惜时忽然发现，时隔这么多年，她再想起当初那个让自己着迷的男人时，脑海中已经一片模糊，根本记不清相貌了，反而那张冷峻不羁的面孔却清清楚楚。

孙忆宁知道顾惜时的过去，她也觉得有些棘手，思索良久才说：“惜时，如果你决定跟女儿相认，那这些人我们也只能选择面对。”

“嗯。”顾惜时也释然了很多，老天猝不及防地将孩子送到了她面前，她没理由再错过。

况且，女儿又是这样美好可爱，让她喜欢得不得了。

第十章

陆太太守则

因为跟偶像一起吃了晚餐，又被偶像送了裙子，所以乔妤一晚上睡得很是香甜，甚至做了一个美美的梦。

梦里，顾惜时对她很是温柔，甚至对她嘘寒问暖，百般呵护照顾。

放在床头的手机不合时宜地响了起来，吵醒了她的美梦。

乔妤摸到手机，拿过来接通，睡意浓重地问："谁啊？"

那端一阵诡异的沉默后，陆南城近乎咆哮的声音传入乔妤耳中："乔妤，这就是你想让我娶你的诚意？"

"什么？"乔妤原本就没睡醒，这会儿陆南城又这样没头没脑地来这么一句，她更蒙了。

陆南城咬牙切齿地说："你昨晚跟白泽干什么了？"

乔妤很是无辜地说："我昨晚有个饭局，他来回接送我而已，我跟他能有什么？"

"你自己给我看新闻！"陆南城丢给她这样一句话就挂了电话。隔着听筒，乔妤都能感受到陆南城的火气。

抬手揉了揉自己的长发，乔妤坐起身来，睡眼惺忪地拿着手机看新闻，然后就看到一串辣眼睛的标题：美女老板公然与助理打情骂俏。

下面附的是昨晚她跟白泽在车里的照片，但是这几张照片的角度好像是她趴在白泽肩上。

其实她的手之所以会搭在白泽肩上，是因为白泽说他失恋了，她拍着他的肩安慰了几句。

还有几张照片是她跟白泽说笑的画面，几幅图组合下来，俨然她跟白泽打情骂俏。

至于这则新闻下面的说辞那就不是一般难听了，什么她回国以来各种勾搭南城有钱有势的男人，什么她一双玉臂万人枕、半点朱唇万人尝。

反正就是毫不留情地抹黑她、诋毁她，让她更加声名狼藉。

其实这样的报道，乔妤之前看过很多次，她根本就不在乎。

可是这次看完，她胸口愤愤不已，她气的是陆南城的态度。

在她跟陆南城没有亲密关系之前，陆南城这样看她的话，她不会生气，可是陆南城知道她有多干净，还是打这通电话来质问她。

至于这种抹黑她的行径，乔妤猜测八成是周蓉蓉所为。

不可能是乔玥，因为到目前为止乔玥还不知道她怀孕了。

所以就只能是周蓉蓉了。周蓉蓉清楚地知道她最大的弱点在哪里，这样狠狠地黑她，只怕陆家更厌恶她了。

将手机丢到一边，乔妤滑进被子里准备继续睡觉。

她不想理会这个新闻，也不想理会陆南城的态度。

既然他不信她，那就去信这些捕风捉影的照片好了。

然而刚躺下，胃里忽然涌上不适，她只好匆匆地冲进卫生间。

这几天下来，她也有经验了，一般早晨刚起床的时候胃里比较难受，容易孕吐。

吐完后，她有气无力地从卫生间里出来，陆南城的电话又打了过来。

乔妤没好气地接了起来。陆南城在那端冷冷地说："你的解释。"

"好，我解释。"乔妤也不知道自己为什么忽然又想解释了，或许心底深处她还是想跟陆南城好好的。

"昨晚白泽送我回家，他说他失恋了，所以我就拍了拍他的肩安慰他。"乔妤解释的话语很简短，她并没有为自己开脱，这也间接表明了她的磊落坦荡。

"陆南城，按照你的智商，肯定知道这些照片是怎么被曲解成这样子的，而我的名声被黑成这样又是谁受益，想必你也很清楚，我行得正坐得端，是信我，还是信她，你自己决定好了。"乔妤说完也不管陆南城的反应，径自挂断了电话。

事到如今，乔妤也有些自暴自弃了，陆南城爱娶不娶吧。

她有手有脚又有设计才华，就算她独自生下孩子，难道还养活不了？

白泽的电话在这个时候打了过来。他很抱歉地说："老板，对不起。"

乔妤知道他是为新闻的事抱歉。她平静地回道："有什么对不起的，我们清清白白的，身正不怕影子斜。"

从她招白泽做助理到现在，她跟白泽就没有半点儿暧昧，以前那些说她跟白泽有暧昧的流言蜚语，不过是有心人故意抹黑她，这次也是一样。

乔妤很瞧不上她们这些行径，想抢陆南城不是吗？那就光明正大地来抢，用她们自己的魅力和人格来征服陆南城。

抢不过就背后搞些小动作，她们的格局也就这样了。

尤其周蓉蓉，乔妤还以为周蓉蓉有周敬深那么个老奸巨猾的老狐狸在背后出谋划策，会有多高明的抢夺手段，现在看来也不过如此。

白泽试探着问她："那我今天还去接你上班吗？"

因为怀孕，这几天都是白泽早晚接送乔妤上下班。

“接，怎么不接？”乔妤很是干脆地说，“我们光明正大地站在镜头下让记者们好好拍，让大家好好品一品我们到底有没有暧昧。”

昨晚她跟白泽在车里的那些照片，根本经不起放大去细看，男人和女人之间是否有猫腻其实很容易就能看出来，所以乔妤不惧和白泽面对镜头。

只不过白泽到达乔家后没接到乔妤，因为乔妤被人接走了，而那接走乔妤的人，是陆家老爷子的司机。

乔妤也没想到会被陆老爷子叫去谈话，不过后来想想其实也在意料之中。

在陆家，陆南城的父亲陆云涛并不管事，几年前陆南城接管陆氏，陆云涛就完全淡出了大众视线，像这种家长里短的事情只怕陆云涛就更不管了，所以方慧君找过她后，再找她的也就只能是陆老爷子了，也就是陆南城的爷爷。

其实关于陆南城的父亲陆云涛的传言，乔妤也听说过一些，传言陆云涛无意接管家族企业，他个人比较喜欢设计，但奈何作为陆家那一代唯一的男子，他必须接管公司。

不过掌权后，陆云涛对公司的管理并不上心，如果不是一直有陆老爷子在后面撑着，陆氏根本不可能走到今天。

幸运的是，陆云涛的儿子陆南城极具经商天赋，因为陆云涛无心经营公司，所以陆南城还在念书的时候就入主陆氏管理事务了，学业完成后无缝过渡到公司，成为真正的管理者。

陆老爷子并不住在市里，而是独自居住在郊区一处山清水秀的疗养别墅区，从市区开车过去大约要一个小时的路程。

一路上，乔妤反胃了好几次。

陆老爷子的司机是个五十几岁的男人，每次乔妤要求停车下去吐，他都很是无奈地站在一旁递水、递纸巾的，心里默默感叹着，看来这小姑娘怀孕的事八成是真的了。

等终于到了陆老爷子的住处，乔妤已经吐得没什么力气了，她觉得自己早晚得被陆家的男人折腾死。

陆老爷子一头银发，精神矍铄，端坐在阳光明亮的客厅里，手心握着一根极具威慑力的拐杖。

乔妤进门还没跟陆老爷子打招呼，陆老爷子就震惊地瞪着她问："你跟顾映蓝什么关系？"

乔妤一头雾水地说："谁？"

陆老爷子紧紧地盯着她，表情讳莫如深，一字一句地道："顾映蓝。"

乔妤很是疑惑地摇了摇头说："不认识。"

陆老爷子没再说什么，又深深地打量了她一番，随后没好气地哼了一声道："坐吧。"

"谢谢。"乔妤毫不客气地就坐进旁边的沙发里，她吐得都快要没力气了，实在是站不住了。

刚坐下，就听陆老爷子语气很不善地问："听说你怀孕了？"

乔妤坦然地承认道："是啊，刚刚来的路上吐得死去活来，您住的这儿也太远了。"

陆老爷子很是生气，吹胡子瞪眼地训道："你有什么脸嫌弃来嫌弃去的？"

她企图用孩子上位本来就够无耻的，现在竟然还嫌他这地方远？

陆老爷子还真是没见过这么厚脸皮的女孩子，他要见她，她难道不应该忐忑不安吗，难道不应该懂事地讨好他吗？

他那个孙子可是他一手带大的，最听他的话了。

他要是不同意她嫁进门，他孙子绝对不会娶她。

然而下一秒，那女孩儿就让他更加见识了什么叫厚脸皮。她眼睛眨也不眨地盯着他面前色泽金黄的橙子说："爷爷，我能吃个橙子吗？刚刚吐得胃里难受，感觉吃点儿酸甜的东西会好一点儿。"

陆老爷子深吸了一口气，也不能不让她吃，毕竟她是个孕妇。

于是他冷着脸没好气地说："请便。"

"谢谢啦。"乔妤给了他一个大大的笑脸，伸手便拿过橙子来剥了吃。

她这人就是这样世俗，见人说人话，见鬼说鬼话。

上次见方慧君，为了避免争执，她索性装可怜哭哭啼啼的，这会儿见了老爷子，她决定来个放飞自我。

因着陆南城早上那样的态度，乔妤现在完全破罐子破摔。

刚吃了一瓣橙子，就听陆老爷子又说："你在南城面前也这样厚脸皮吗？"

乔妤歪着头笑盈盈地回道："这怎么能说是厚脸皮呢？我这叫真实自然不做作。"

乔妤真的觉得自己很真实，不故作端庄优雅，像乔玥那样活着，乔妤都替她累。

陆老爷子被她的话噎得好一会儿没回过神，她明明是在顶嘴，可是又说得很有道理，他拿她一点儿办法都没有。

她这样的女孩子，确实是那些试图嫁入他们陆家的女人中的一股"泥石流"。

那些女人哪个不是端庄优雅、矜持内敛的？哪个不是对陆南城唯命是从、对陆家长辈极尽尊敬的？

到了她这里，简直是另外一个极端。

半晌，陆老爷子又说："我问你，你到底怎样才能离开南城？"

乔妤抬手撩了撩自己的长发，懒洋洋地说："我是否要离开陆南城，我说了不算啊。”

陆老爷子皱眉问：“你什么意思？”

乔妤如实回道：“我的意思是陆南城已经知道我怀孕了，如果他说要娶我，那我总不能不嫁吧？”

陆老爷子深吸了好长一口气，才压住自己咆哮的冲动。

听她那狂妄的语气，说什么如果陆南城要娶她的话，她不能不嫁，说得他孙子肯定会娶她似的。

她到底哪儿来的自信？就凭她那张漂亮的脸蛋？

他承认她算是长得出色的，可就凭那张脸就能打动他那个向来薄情寡淡的孙子？

乔妤兀自吃着橙子，顺便掀着眼皮偷偷看了一眼陆老爷子的表情，在瞧见他被自己气得吹胡子瞪眼的时候，她在心里忍不住偷笑了起来。

她就知道，在他们这些循规蹈矩的人面前，不按常理出牌准能赢他们，或者说是准能气到他们。

陆老爷子端过茶杯来大口喝了好几口，然后语气冷硬地打击乔妤道：“如果他不娶你，而且让你把孩子拿掉呢？”

“那我也只能认命了。”乔妤倒也干脆。

陆老爷子刚想松一口气，就听她又说：“但不娶我、让我拿掉孩子这些话，我要听他亲自对我说才作数，你们是不能替他做主的。”

言外之意，无论是方慧君还是他，背着陆南城找她说的这些让她离开、放弃的话，她都不会听。

陆老爷子快八十岁的人了，什么大场面没见过，今天活生生被这个叫乔妤的女孩差点儿气出心脏病来。他气势汹汹地抓过旁边的报纸，摔在乔妤面前，吼道：“就你这样的名声，拿什么跟他配？你最好自己主动拿掉孩子离开！”

乔妤看了一眼那份报纸，将最后一瓣橙子放入口中。

优雅地抽张纸巾，她边擦着自己的纤纤玉手，边对陆老爷子说：“我觉得这件事您实在不应该朝我发火，毕竟不做任何避孕措施的人是您孙子，又不是我。你们男人总是这样自私，享受的时候只字不提，现在女人怀孕了，倒都朝着女人发火，不太好吧？”

闻言，陆老爷子一口气没上来，差点儿被气昏过去。

气乔妤嚣张顶嘴，气乔妤不知廉耻地公然谈论那种事，也气乔妤表面上若无其事，实际上完全是一副反抗的姿态。

陆老爷子气得浑身都颤抖，抬手指着乔妤大声地说：“你给我滚蛋。”

被人撵，乔妤一点儿都没难为情，而是淡定自若地站了起来，笑眯眯地对陆老爷子说道：“您让我滚可以，但是滚远了我可就不回来了哦。”

她说完，转身潇洒走人，身后“哐当”一声，一个茶杯丢了过来。

乔妤面不改色，继续迈着稳稳的脚步离开，反正她知道陆老爷子不是那种没轻没重的人，不会真的将茶杯砸到她身上的。

乔妤离开后，被气得肝胆脾肺都疼的陆老爷子抓过手机来就给陆南城打电话，他将所有的火气都发到了陆南城的身上，咆哮着吼道：“那个乔妤，我是不会允许她进陆家的！”

陆南城在那端沉默了一下，随后他简短地回道：“这是我自己的事情，我会处理好。”

毕竟是自己的孙子，陆老爷子又是那么精明的人，怎么可能听不出陆南城这番话里的意思，当下又拔高了声音吼道：“你什么意思？你这是想娶她，是吗？你是眼瞎了，还是心盲了？她明明处处都在算计你，你竟然要如她所愿娶她？”

陆老爷子还想再说些什么，可陆南城随后轻飘飘的一句，让他整个人的力气瞬间被抽空，就那样挂了电话颓然跌坐在沙发上。

刚刚陆南城淡淡地对他说：“爷爷，我不想再做第二个我爸。”

一句话，成功戳到他的软肋。

当年他儿子陆云涛的婚姻就是他强行干预的，他赶走了陆云涛身边那个出身平凡的女孩儿，逼着陆云涛娶了门当户对的方慧君，于是……他儿子半生都不幸福，并且对他这个父亲冷淡如陌生人。

虽然他一直咬牙不肯承认自己当初的独断专行是错误的，但他心里其实很后悔。

而他这个孙子清清楚楚地知晓他的这处软肋，然后此刻给予痛击。

为了一个声名狼藉的乔妤，他孙子竟然用这样的方式来对付他。

疯了吗？

一个个为了女人成了这副六亲不认的样子，一个沉默不语地恨他，一个在他的伤口上大把大把地撒盐。

乔妤回了市区之后，就直接去公司上班了。庄湛随后进了她的办公室，跟她解释说：“新闻的事我问了乔玥，不是她做的。”

乔妤淡淡地说：“我知道。”

庄湛沉沉看了她一眼，问：“你又招惹谁了？”

乔妤闻言笑了起来，语气里全是嘲弄地说：“庄副总，你实在是没必要这样假惺惺地对我表示关心，难道你背地里暗算我的还少吗？”

如果不是乔玥跑去跟陆南城说了她日记的事，如果不是庄湛算计她，把他们的谈话内容发给了陆南城，她跟陆南城前段时间也不至于走到结束关系那一步。

如果不是她意外怀孕了，可能她跟陆南城真的就要这样一别两宽、各生欢喜了。

庄湛蹙眉为自己解释：“我那是为你好，你继续跟陆南城纠缠下去，只是自取其辱！”

绕来绕去，话题最终又回到了原点。

乔妤看着庄湛自以为是的表情，都不知道自己要跟他说什么了，当然她也完全不想跟他说什么。

她觉得跟庄湛交流很累，她跟陆南城在一起是羞辱还是痛苦都是她自己的事，跟庄湛没有任何关系。

就算她不跟陆南城在一起，也根本不可能考虑庄湛。

正打算开口赶人的时候，乔妤觉得胃里一股抑制不住的恶心感涌上来，她抬手捂住自己的嘴，转身去卫生间干呕起来。

庄湛跟着冲进来，满脸不可置信地说：“不要告诉我你怀孕了！”

乔妤原本不想让庄湛知道这件事，省得他们兄妹俩又弄出什么幺蛾子来，但看现在的情形是掩饰不住了，索性坦荡承认了。

她淡定地说道：“是又怎么样？”

“乔妤！”庄湛止不住怒气，吼着她的名字，额头的青筋暴露了他的愤怒程度，“你是不是疯了？”

乔妤若无其事地抽过纸巾来擦手，什么都没跟庄湛说，不想理会他。

庄湛不依不饶地追问道：“你要留着这个孩子？”

乔妤笑了一下，回道：“庄副总，这是我的私事，没有告诉你的必要吧？”

以前，乔妤还想着对庄湛动之以情，晓之以理，可现在她发现庄湛就像是陷入了一种莫名的执拗里，让人觉得可怕，所以她也只能冷淡对待了。

庄湛目光阴鸷地瞪着她说：“乔妤，你不要再逼我了。”

她再这样肆无忌惮地伤他的心，他不知道自己会做出什么事情来。

乔妤很烦庄湛这副自己欠他很多的样子，没理他，径自出了卫生间。

庄湛盯了她漫不经心的背影半天，也只能咬牙摔门离开。

陆南城给乔妤留的字条是出差一周，不过第五天的时候，乔妤就接到了他的电话，这几天除却陆南城恼火地质问乔妤和白泽绯闻的那通电话，两人完全没联系。

陆南城在电话里说："我今天下午回去，休息一下，晚上去你家拜访，明天再带你见我父母。"

"啊？"乔妤一时间没反应过来他这是什么意思，不过反应过来后更惊了。

双方互相拜见父母，他显然是要娶她的意思。

陆南城说："你已经怀孕，尽快见过双方家长，方便准备婚礼。"

乔妤听到"婚礼"两个字的时候，胸口狠狠地颤了一下。

陆南城见她一点儿反应都没有，忍不住问道："怎么不说话了？你不是想要答案吗？"

乔妤回神，低低地说道："谢谢。"

谢谢他给了未婚先孕的她一个体面的台阶，其实她原本没奢望过婚礼，他能给她一纸证明就足够了。

乔妤的眼圈有些红，不知道自己怎么一下子变得如此多愁善感。

陆南城在电话里沉默了一下，随后淡淡地说道："乔妤，'谢谢'这两个字是你我之间最不需要的东西。"

乔妤无奈地感慨，他也未免太不解风情了吧？她说句"谢谢"，他竟然还不领情？

陆南城说："做出结婚这个决定，是我个人独立思考的结果，所以不需要你说谢谢。"

乔妤有些想笑，他这是在解释他不是被她逼着结婚的？

"知道了，知道了。"她随后又问他，"你几点的飞机到南城？需要我去接机吗？”

陆南城幽幽地说道：“这种事靠自觉，你让别人说出来有什么意思。”

乔好毫不客气地笑了出来，他这是希望她去接机的意思吧？

可真能装，非要逼着她主动说去接他。

她满足了他的愿望，语气轻快地说：“那下午见喽。”

不过陆南城想了想还是说道：“算了，你不是孕吐吗？别折腾了，你去我家等我吧。”

乔好没想到冷漠如陆南城也会有这么体贴的一面，不过她随后又苦恼地说道：“可我怎么进你家呢？”

陆南城跟她说了一串密码。乔好故意说道：“哎呀，这串密码好长啊，太难记了。”

陆南城在那端低声笑了出来，说：“回头换成你的生日，这样好记一些。”

乔好心满意足地结束了这通电话。

下午，陆南城回来，刚进自己家门就被扑了个满怀，馨香温软的女孩子主动上前拥住他，吻上了他的唇。他原本也有几分蠢蠢欲动，现在她正好送入怀，于是扣紧了她的后脑勺加深这个吻。

两人在玄关处吻得颇有几分难舍难分的意味，都说小别胜新婚，还真是如此。

从浴室洗过澡出来，陆南城从公文包里拿出一张纸递给乔好。乔好接过来一看，差点儿昏过去。

那张纸上赫然写着：“陆太太守则”。

一、不准跟除了陆南城之外的任何男人谈笑风生。

乔好心里默默地翻了个白眼，她是乔氏总裁，需要各种应酬交际，难道让她出去谈业务的时候冷着一张脸对人家？

她又不是陆南城那样的身份，可以随便给人甩脸色。

二、有任何事都要告诉陆南城，无论大事小事。

这一点乔妤觉得还可以接受，只要他不嫌她烦就行。

三、戒烟。

乔妤估计这条是因那天在医院停车场被他撞见抽烟消愁才来的，事实上她并不抽烟。

四、不准夜不归宿。

这个嘛，对她来说也能接受，她现在是个孕妇，根本没什么夜生活了。

五、不准衣着暴露。

看到这几个字，乔妤很气愤，她什么时候衣着暴露了？她穿得很保守的，上班的时候都是中规中矩的职业装。

她上次穿的那件尺度很大的礼服，就是第一次倒在他怀里穿的那件，还不是为了接近他、吸引他的注意吗？

六、不准气人。

乔妤看到最后一条忍不住笑了起来，看来他没少被她气到，都特意将这条列出来了。

看完后，她冲陆南城扬了扬手中的纸，一脸嫌弃地说："这种事还要上纲上线？你也太没情趣了吧？"

对于自己被吐槽没情趣这一点，陆南城给了她一个冷眼，说："你要是够自觉，我需要给你列这些？"

乔妤哼了一声，又扬着俏脸问道："那你跟周蓉蓉又是吃饭又是这样那样的，你怎么不给你自己列一条？"

"在你之前，周蓉蓉是我考虑结婚的对象，以后我会跟她保持距离。"陆南城给了她一个解释。

周蓉蓉各方面都符合他妈对未来儿媳妇的要求，所以在他妈妈的撮合下，他跟周蓉蓉吃了几顿饭，打过几次电话。

周蓉蓉出国进修的这大半年，他们之间并无太多联系。

乔妤不是那种不懂事的人，也知道周蓉蓉曾经是陆太太的最佳儿媳妇人选，现在既然陆南城承诺会跟周蓉蓉保持距离，她便没再计较什么。

陆南城小憩了一会儿，便起床跟乔妤去乔家。两人刚走到玄关处，陆南城的手机响了。

乔妤眼尖地瞥见上面显示的是周蓉蓉的名字，当下就一副看好戏的姿态，双手抱臂盯着陆南城，等着看他怎样应对周蓉蓉。

他之前给她列了什么“陆太太守则”，他自己当然要以身作则。

陆南城怎么可能看不出乔妤那些看好戏的心思，不过还是面不改色地从容接起了电话。

周蓉蓉在那端语气温婉地问：“南城，我听说你今天出差回来了？”

陆南城简短地应道：“嗯。”

周蓉蓉又说：“晚上有时间吗？一起吃个饭。”

“周小姐，抱歉。”陆南城一句“周小姐”让那端的周蓉蓉整个人都僵在了那儿，感觉从头到脚一阵透心凉。

在这之前，陆南城虽然行为上对她没有多么亲密，但大多数时候是称呼她“蓉蓉”的。现在他却叫她“周小姐”，周蓉蓉这样敏感的人，又怎么可能察觉不出这里面的意味来。

陆南城继续说：“以后我们不适合再有什么来往了。”

陆南城这番话想要表达的意思其实很清楚，周蓉蓉已经出局。

然而，周蓉蓉还是不死心地颤声问道：“南城，你这话什么意思？难道你真的要娶那个乔妤？”

还没等陆南城说什么，旁边的乔妤忽然开口娇滴滴地说：“南城，你好了没有？什么时候出发去我家啊？”

周蓉蓉整个都惊住了，乔好说他们要出发去乔家，这么说陆南城是真的要娶乔好了，不然他去乔家做什么？

周蓉蓉觉得不可置信。陆南城不是那么冲动且不顾一切后果的人，而且他向来对方慧君很是孝顺，在这之前她刚给方慧君打过电话，方慧君依旧坚决不同意陆南城跟乔好在一起，陆南城这是要忤逆方慧君吗？

她还处在震惊中无法回神，那端女孩子软绵绵撒娇的声音又响了起来："亲一个亲一个……"

"乔好——"陆南城似乎是要阻止她的意思，可是下一秒他的声音就被完全吞没了，然后传入周蓉蓉耳中的就是男女唇齿纠缠的声音。

旖旎又暧昧，周蓉蓉哭着挂断了电话。

其实陆南城在跟周蓉蓉表明自己的态度后，就打算挂电话的，但乔好走过来阻止了他的动作，然后就有了后面她一连串的行为。

确认电话被周蓉蓉单方面挂断，乔好这才满意地从陆南城怀里退了出来。

想跟她斗，得好好掂量掂量自己的分量有多重，不然最后被气死了，她可不负责任。

陆南城有些头疼地捏了捏自己的额头，低眉垂眼地看着俏脸上全是得意之色的女孩子道："满意了？"

乔好坦率地点头承认说："当然。"

击退觊觎她未来老公的女人，她当然满意。

不过乔好随后又对陆南城说："你可不要觉得是我很凶啊，因为你都把话说得很清楚了，她还纠缠不休，我这也是捍卫自己的正当权利，你说是不是？"

"你觉得你有理就行。"陆南城低头穿鞋率先出门，终年几乎没有什么笑意的眼底浅浅绽开了纹路。

不过跟在他身后的乔好并没有看见，而是继续追问："那你说我到底凶不凶吗？"

男人顿住脚步，伸手过来握住她的手，边朝电梯走，边低声："女孩子凶点儿挺好的，不会被欺负。"

尤其等她成了真正的陆太太，要面临的压力肯定还有很多。

她如果软弱无力，势必会被欺负得很惨，而他虽然有心护着她，但总不能事无巨细，所以许多时候还是要靠她自己去应对。

这也是他会出差一周独自将她留在南城不管不问的原因。他想看一看她会怎样面对他妈妈和他爷爷。

很明显，被气到的是他们，而不是她。

所以她的凶悍在他这里，其实是优点。

乔好很是不满地抗议道："你这是等于间接说我凶了啊。"不过乔好接着说，"既然知道我凶，那你以后可要老老实实的。"

闻言，陆南城勾起嘴角笑了起来，她还真是能蹬鼻子上脸。

陆南城拜访乔家的饭局氛围很融洽，乔仁民本身就是温和的人，已经康复出院的乔荞也温婉得体，然而乔好见陆南城家人的氛围就不怎么好了。

陆南城的至亲有父母和爷爷，方慧君跟陆老爷子，乔好之前都见过了，他俩一致认为她配不上陆南城，并且明令让她离开陆南城。

至于陆南城的父亲，她还没见过，不知道陆云涛对她会是什么态度。

陆老爷子是第一个到达酒店包厢的。乔好主动跟他打招呼，笑容又大又甜地说："爷爷，好久不见。"

陆老爷子将拐杖重重地在地上敲了一下，瞪着乔好不满地说："谁准你叫我爷爷的？"

乔好被训斥也没什么尴尬的表情，甚至在陆老爷子入座的时候还细心地上前扶了他一下，然后在老爷子身边笑盈盈地问："那我应该叫您什么？"

陆老爷子还没说什么，她自己主动给了一个称呼道："老陆？"不过她又连忙摇了摇头，否认说，"不对不对，南城的爸爸应该是老陆，那我叫您'陆老'吧。"

陆老爷子真心被她气得胃疼，她还是叫他爷爷吧，不然他不知道她还能给出什么奇葩的称呼来。

一旁的陆南城看了一眼自家爷爷气恼不已的表情，别开眼忍住笑。

他就知道，爷爷也不是她的对手。

嗯，她那脸皮太厚，一般人不是对手。

包间的门随后再次被推开，方慧君跟一位中年男人一起走了进来，乔好一看那男人的相貌就知道是陆云涛了，因为陆南城的眉眼轮廓像极了他。

出于礼貌，乔好随陆南城一起站了起来，迎接陆云涛跟方慧君的到来，乔好脸上是得体的笑容。

然而陆云涛看到她，整个人都僵在原地，瞪着她，一脸的不可置信。

乔好一头雾水，偷偷扯了扯陆南城的袖子，小声地问："我脸上有什么东西吗？还是我这长相太吓人？"

陆南城也因着陆云涛的失态而微微蹙眉，不过还是伸手握住她不老实的小手，语气淡定地回道："你不是对你的长相很有自信的吗？"

陆南城的话等于间接肯定了她的美貌，乔好原本有些不安的心情，也因着陆南城主动握住她的手而淡定了许多。

原本方慧君是不想来吃今天这顿饭的，但是得知陆云涛竟然也答应过来的时候，她咬牙跟着一起来了。

不为别的，只因为她想看看陆云涛看到乔妤的反应，她想看看三十几年过去了，陆云涛心里是否依旧惦记着那个女人。

如今陆云涛的反应让她嘴角勾起冷冷的弧度，她微微朝陆云涛靠了靠，嘲弄地说道："是不是觉得像见了故人？"

下一秒她又毫不留情地打击陆云涛道："然而她是乔仁民的女儿。"

方慧君丢下这句话就迈步走过去坐下，脸上保持着自己的骄傲。

一个长得相像的女孩子就让他这样失态，都三十多年了，他依旧不死心地惦记着对方，对方却未必惦记着他。

乔妤见方慧君走了过来，得体地微笑着说道："伯母，您好。"

方慧君仿若未闻，径自走了过去。陆南城握着乔妤的手微微收紧。

乔妤的指尖挠了挠陆南城的掌心，用这样的方式暗示他不用觉得过意不去，反正她这人向来脸皮厚，这些冷脸是受得住的。

"伯父，您好。"乔妤继续笑眯眯地冲着陆云涛打招呼。

陆云涛在乔妤笑容中回神，礼节性地冲她点了一下头，说："你好。"

乍见之下，面前的女孩子跟他心尖上的那个人是相像的，可是细细端详后会发现，她们又不像。

气质还有神韵截然不同，一个温柔娴静似水，一个美艳娇俏如花。

陆云涛和方慧君入席后，陆南城和乔妤也随后落座，陆南城的手一直握着乔妤的手，乔妤挣扎了一下，示意他放开自己，然而他依旧握得紧紧的，她只好由着他了。

她能感受到对面来自方慧君不满且嫌弃的目光，然而她也很无辜，她也不想当着他们的面秀恩爱，陆南城非要牵着她的手，她能有什么办法啊？

陆南城收紧自己握住乔妤的手，平静地跟三人介绍道："爷爷，爸，妈，给你们正式介绍一下，这是乔妤，我打算娶她为妻。”陆南城的语气淡定且从容。

方慧君态度坚决地反对道：“我不同意。”

陆云涛抿了一口茶，淡淡地看向陆南城说：“你觉得幸福快乐的话，我没什么意见。”

这样一来，陆云涛跟方慧君各持己见，等于一比一打平。

几个人的视线落在了陆老爷子脸上，陆老爷子咬牙说道：“我老了，你们年轻人的事我管不了。”

老爷子心里是一万个不同意的，可想到之前陆南城在电话里对他说的那句不想做第二个陆云涛的话，他就没法将心里的反对表达出来。

老爷子这话等于中立了，而面对着他们三个人各自的意见，陆南城什么话都没说，淡淡地抬手招来侍者点菜。

他不在乎他们反对还是赞同，他叫他们一起吃个饭不过是走个尊重长辈的过场，他的主意已定，任何人都动摇不了。

他不是陆云涛，他的命运和幸福要掌握在他自己手里。

一顿饭吃得索然寡味，陆云涛和方慧君全程没有任何的交流。

看着陆云涛和方慧君的相处方式，乔妤忽然很心疼陆南城。

自小在这样无爱的家庭氛围中长大，也难怪他性子薄情冷淡。

不是都说对孩子最好的教育是父母相爱吗？父母之间都没有爱，孩子又怎么能温暖起来？

饭局总共就持续了半个小时，点的菜都还没上完，方慧君就以自己吃饱了为借口先离开了，随后离开的是陆老爷子，陆云涛也没多逗留。

两人送走陆云涛，重新返回包间，因为乔妤明显一副没吃饱的样子，可能是因为怀孕，她最近特别能吃。

陆南城没什么食欲，默默地坐在那儿看乔妤吃饭。

“抱歉……”半晌，他蹙眉轻轻地对乔妤说。

今晚的氛围跟昨晚在她家吃饭的融洽氛围相比，简直一个地狱，一个天堂。

乔妤很是无所谓地笑着说：“没什么好抱歉的，反正我又不是要跟他们结婚，他们喜不喜欢我不重要，你喜欢我就行了。”

乔妤最后这句话其实有些厚脸皮，她并不知道陆南城心里到底喜不喜欢她，毕竟他从来没说过什么好听的情话。

没想到陆南城竟然应了一声：“嗯。”

乔妤很是惊讶地抬眼看向他，所以，他喜欢她？

两人的视线在空中对视了半晌，乔妤眼神惊讶，陆南城的眼神则是深邃幽远，最终乔妤脸上有些热，垂下眼来继续吃饭。

虽然她向来厚脸皮，虽然他们之间从一开始就是她主动，但此刻面对陆南城隐晦的表白，她还是有些害羞的。

害羞的同时心里是甜甜蜜蜜的，他喜欢她就好，两情相悦的婚姻才能幸福，不是吗？

乔妤吃了几口饭就听陆南城说道：“你跟我妈说，你很爱很爱我，所以不想离开我？”

乔妤刚喝进嘴里的一口汤差点儿喷出来，她那天对方慧君说这番话是为了在方慧君面前装可怜，没想到竟然传到他耳朵里了。

陆南城抽了几张纸巾递给她，冷着脸没好气地说道：“这么激动做什么？难道你说的是假话？”

乔妤还没来得及回答，就见他冷凝着眉眼说：“不管你说的是真话还是假话，我都当真了。”

乔妤怔了一下。陆南城紧紧地盯着她的眼睛，强调道：“在我眼里，感情这回事永远开不得玩笑，你好自为之。”

“我出去抽支烟。”陆南城说完，便起身出了包厢，将思考的空间留给乔好。

乔好回味了一番陆南城刚才的话，勾起嘴角，轻声笑了出来。

她也从来没将感情当儿戏，他这么认真，她必然会比他更认真。

第十一章
公开婚讯

第二天一早，还在陆南城怀里睡着的乔妤被姐姐乔荞的电话叫醒。

乔荞在电话里惊喜地说：“妤儿，陆南城公开你们的婚讯了。”

“啊？”乔妤被惊得睡意全无。

她从昨晚开始就一直跟陆南城在一起，他是什么时候公布的？

还有，这也公布得太快了吧？

乔妤想了想，她最近嗜睡，昨晚很早就睡了，难道他是在她睡着后安排的这些？

乔荞在电话里又开心地说：“他第一时间就公开了婚讯，看来对你是真心的，太好了。”

乔荞知道方慧君和陆老爷子都坚决反对这桩婚事，一直担心陆南城会顶不住压力，没想到今天一早醒来就看到陆南城主动公开婚讯，乔荞总算松了一口气。

婚讯是通过陆氏公关部公开的，很简单的一句话：陆南城先生与乔妤小姐将于近日举行婚礼。

话语简单，但足够引起轩然大波了。

南城名声最好最矜贵的男人和南城最声名狼藉的女人要结婚了，众人大跌眼镜，觉得不可思议，同时难听的话开始传播开来。

自然都是骂乔好的，还有嘲讽她多么不堪，多么配不上陆南城的。

想到这里，乔荞赶紧说："不过你最好不要去看新闻，你知道婚讯公开这件事就行。"

乔好笑着说："是不是评论都说得很难听？"

乔荞用沉默给了她回答。乔好语气轻松地安抚乔荞说："姐，你太小看我的心脏承受能力了，还有，那些人骂我纯属嫉妒我。"

乔荞被乔好的话逗乐了，她笑道："你还真是看得开。"

早在乔荞电话打过来的第一时间，陆南城就醒了。乔好挂掉电话转头问他："你怎么这么快就公开我们要结婚的事情了？"

乔好还以为他会再等段时间，等她跟他家里的关系稍微缓和一下再公开，虽然这点有些不太现实。

陆南城眸色深深地看着她说："既然决定结婚，当然要公开。"

乔好被他眼底的认真恍得有些出神。陆南城又说："下午我约了婚礼策划师，到时候我们一起商量婚礼细节。"

乔好脸上的表情很精彩，先是惊愕和不解，随即绽开笑颜，扑过来抱住他，说："你这效率也太高了吧？"

女孩子眼底都是璀璨，看得出来她很欢喜他这样的安排。

"不然你想等到肚子大了再穿婚纱举办婚礼？"陆南城不用想就知道，她那么爱美，肯定希望婚礼那一天是最完美的新娘。

乔好在他怀里蹭了蹭，然后点了点头说："也是。"

陆南城故意板着脸揶揄她道："平日里看着挺冰雪聪明的，怎么这会儿这么笨了？"

乔妤倒也不生气，反而叹了口气，自我调侃道：“唉，人家不是都说陷入爱情里的女人智商为零吗？”

乔妤也不知道自己这句话戳中陆南城哪根弦了，只见他目光幽幽地盯了她半晌，忽而起身将她按在身下狠狠地吻了起来。这一吻就有些停不下来，可因为怀孕，两人也只能气息紊乱地停下来。

早饭后，陆南城去公司，乔妤则是约了乔荞出去逛逛，既然怀孕了，她也该备一些孕妇用品。

陆南城在陆氏晨会上被公司高层围攻了一番，无非就是围绕着他跟乔妤的婚讯说了一些乔妤配不上他的话，他们义正词严地警告他，说他跟乔妤结婚会对陆氏造成多大负面影响。

陆南城端坐在首位，面对着一堆的抗议一言不发。等他们一个个义愤填膺地讨伐完了，他才不咸不淡地开口说：“首先我要强调一点，陆氏走到今天，靠的是我的能力，而不是我的婚姻。”

众人被他一句话噎得说不出话来。

陆南城又强势地说道：“另外，作为陆氏的总裁，如果我个人的婚姻大事都要经过你们同意的话，那我认为这个总裁不做也罢。”

陆南城说完，就起身离开了，留下一众高层坐在那儿大眼瞪小眼，他们每个人都很气愤，可是又无可奈何。

陆南城的气场太强悍，迄今为止没人敢直接跟他顶撞什么。

而且刚刚陆南城那番话说得太吓人，如果他们坚持反对他娶乔妤的话，他万一真撂挑子不做陆氏总裁了怎么办？

陆南城要是撂挑子了，陆氏倒也不是没人接管，但没人能比陆南城经营得更好。

有人一个电话打到了陆老爷子那里，以为陆老爷子能管一管，结果陆老爷子在那端没好气地说："我要是能管，至于现在连婚讯都发了吗？"

众人彻底泄气了，陆老爷子都管不了，他们又能拿陆南城怎样？

陆南城跟婚礼策划师约在下午两点见面，他在去接乔妤赴约之前先去医院探望了一下方慧君，因为他顶着他们的反对公布了婚讯，刚出院没几天的方慧君再次进了医院。

即便方慧君对乔妤态度很差，反对他俩的婚事，但作为儿子，陆南城心里还是装着自己的母亲，母亲生病，他不担忧是不可能的。

然而陆南城探望完方慧君刚要离开，又遇到了乔妤。

乔妤的状况让陆南城差点儿发疯。从护士口中大致了解到乔妤的遭遇，陆南城直接怒了。原来乔妤被人从楼梯上推下来了，意识还算清醒，但肚子里的孩子情况不妙。

乔妤被送进医院的时候腿间殷红一片，陆南城眼前一片刺目的白，什么都看不清了。

回过神来，他才大步迈了过去，握着乔妤的手随着急救人员一起往手术室冲，担架上的乔妤脸色惨白得吓人。

"陆南城，我……"她话没说完眼泪就落下来了。

陆南城认识她这么久，还是第一次见她这样惊慌无措地掉眼泪。

一颗心疼得不知道该如何安放，他握紧她的手低声地说："不会有事的。"

乔妤随后被推进了手术室，陆南城和一起赶来的乔荞都被隔离在了外面。

乔荞难过地哭着跟陆南城解释："我们吃完饭出来刚走到扶梯，准备下楼，乔玥也不知道从哪里跑了出来，疯了一样地扑向妤儿……"

"对不起对不起，都怪我，都怪我没护好妤儿。"乔荞哭道。

陆南城没有责怪乔荞什么，虽然他此时快要被愤怒和心痛逼疯，但他不是那种不能明辨是非的人。

他看了一眼乔荞身上的血迹，淡淡地说："我在这儿守着就好，你去处理一下身上的伤。"

这件事并不是乔荞的错，乔玥既然存了报复的心思，就算不是今天，也会是别的时候对乔妤下手。

罪魁祸首是乔玥，陆南城想到这一点，想要乔玥下十八层地狱的心都有了。

孩子终究没保住，陆南城捏紧手中的笔在手术同意书上签了字。

因为麻醉药效还没彻底散去，乔妤意识还有些涣散，躺在病床上昏昏沉沉地睡了一会儿。

陆南城在病床边守着，沉默不语。

同在医院的方慧君听到乔妤流产的消息，坐在病床上好一会儿没回过神来，后来心里又止不住地欢喜起来，这样，儿子就不用非得因为孩子而娶乔妤了。

在方慧君眼中，陆南城之所以同意娶乔妤，主要是因为乔妤怀孕了。

既然现在孩子没了，乔妤也就没有什么能拿捏她儿子的了，她得赶紧让儿子跟乔妤划清界限，一拍两散。

方慧君回过神来，又连忙给周蓉蓉打了个电话，说了说乔妤流产的事情。

那厢周蓉蓉听了真是又惊又喜，原本她都已经要放弃陆南城了，毕竟他婚讯都公布了，没想到现在竟然出现了反转，她怎么能不高兴？

周蓉蓉跟方慧君一样，都认定陆南城是因为孩子才会娶乔妤的，现在孩子没了，乔妤也就出局了。

好半天，乔好的意识才慢慢地清明。

耳边有隐隐约约的说话声，她努力分辨了一会儿，听出说话的人是陆南城跟方慧君。

方慧君语重心长地对陆南城说：“南城，妈知道你现在情绪不好，失去的那毕竟是你的孩子，但有些话我还是要说。”

乔好看不到陆南城的表情，她只能听到他声音漠然地对方慧君说：“如果您觉得您说出来的话不怎么好听，那就别说了。”

“南城，你——”方慧君被他噎得有些无语。

她终究是长辈，被儿子噎得有些恼火，当即就没好气地说：“既然你是这样的态度，那我也就不跟你拐弯抹角了。孩子没了，你早点儿跟她撇清关系，反正你会娶她也是因为孩子。”

陆南城眼底已经有风暴在聚集，他压着火反问方慧君道：“谁告诉你我是因为孩子才娶她的？”

方慧君一脸理所应当地说：“难道不是吗？”

“不是。”陆南城干脆而又毫不客气地否认了方慧君的话，一点儿面子都不给方慧君留。

因为乔好这样一个声名狼藉的女人，他们母子两人快要反目，方慧君心里别提多堵了。

还没等回过神来，陆南城又对她下了逐客令：“没事的话您请回吧。”

方慧君气得快要喘不上气来，视线再次落在病床上的乔好脸上，却发现她不知道什么时候醒过来了，正平静地看着她。

这样平静且丝毫不张扬明艳的乔好，方慧君那一瞬间将她看成了另外一个女人，脸上的神色瞬间就变了。

陆南城察觉到方慧君的异样，急忙回头的时候也发现乔好醒了。

陆南城的脸色沉了几分，因为乔好分明将刚刚方慧君说的话都听进了耳中。

方慧君胸口各种情绪翻滚着，对乔妤的不喜连带着对那个女人的厌恶，两种情绪交织之下，她大声对病床上脸色苍白的乔妤说："既然你醒了，那我也就明说吧，孩子没了，你也没什么筹码了，别再厚脸皮地缠着我们家南城不放了。"

"妈！"陆南城这次是真的怒了。

失去孩子的不仅仅是乔妤，还有他。

那也是他的孩子，他心里此时已经够痛的了，可他的母亲还在这样不管不顾地伤着乔妤，也伤着他。

方慧君被他的吼声吓了一跳，陆南城没忍住，上前扳过方慧君的肩，径自将方慧君带出了病房。

方慧君简直要被陆南城这样不敬的行为气死了。陆南城带着她出了病房后，她愤怒地挣扎开来，一个耳光就甩到了陆南城的脸上，大声地吼道："陆南城！我是你妈！"

这是这么多年来方慧君第一次动手打陆南城，响亮的一声不仅仅让方慧君自己怔住，也让病房里的乔妤缓缓地闭上了眼睛。

她忽然觉得好累。

身体累，心也累。

这样的结果不是她想看到的，她没有想过要伤害任何人，更没有想要让别人母子反目。

这么久以来，她第一次后悔自己当初不顾一切接近陆南城的行为。

都是她的错，是她太自私，是她太过分。

半晌，她倔强地抬手抹掉了眼角的眼泪。

失去了孩子，身体上的疼痛无所谓，她心里的伤又有谁能懂？

她也是满心期待着这个孩子降临的啊，可是她一睁开眼，就有人在她耳边无所谓地说着孩子没了让她离开陆南城的话。

至于门外的方慧君跟陆南城母子，方慧君怒极之下打那一耳光用了很大的力气，陆南城的脸颊上瞬间就浮现出个通红的巴掌印。

方慧君看着他的脸，眼圈红了。

陆南城用了最大的力气将心底的暴躁和火气压了下来，咬牙对方慧君说："不送。"

他说完，头也不回地重新返回乔妤的病房，方慧君气得眼泪掉下来。

重新返回病房，陆南城第一件事是去病床边问乔妤："有没有哪里不舒服？"

乔妤看着他脸上清晰的巴掌印，感觉眼底的泪水要控制不住地涌出来了。

"对不起。"她哽咽着说了一句。

除了乔夫人去世的时候，乔妤从没有像现在这样觉得眼泪不受控制。

陆南城避开自己挨了一巴掌这事，握着她的手，温柔地安抚她道："你还年轻，我们以后还会有孩子。"

乔妤的眼泪终究还是落了下来，她抽回自己的手，别过身去无声地抹眼泪。

陆南城知道她说对不起并不仅仅是因为失去了他们的孩子，还因为她害他被方慧君打，害他跟母亲反目。

他将乔妤的身子扳回来，边抬手帮她拭去脸上的泪水，边说："医生说了，小产也要好好休养，别哭了，会伤眼睛的。"

乔妤刚手术完，身体很虚弱，原本想要挣扎一下的，最终还是被他搂在怀里。

这样靠着他结实温暖的胸膛，乔妤不可避免地就想到了他们那个失去的孩子，忍不住揪紧他的衣襟，难过地说："孩子……"

她真的很心痛，虽然这个孩子在她的肚子里的时间很短。

陆南城拥紧她，声音艰涩地说："是这个孩子跟我们没有缘分，别难过了，现在好好养身体最重要。"

说实话，陆南城并不是一个会安慰人的人，也不是一个擅长说温软贴心的话去哄人的人，可是现在这样的时刻，他必须安慰她哄着她，因为她心里的难过他都懂。

那是他们两人共同的孩子，他也同样心痛。

待乔妤的情绪平复了一些，陆南城又说："我已经让律师起诉乔玥了，不会放过她。"

"嗯。"乔妤应了一声，往他怀里蹭了蹭。

她现在不能提乔玥，一提到乔玥，她就会想起自己从楼梯上跌下的那惊魂一幕。

乔玥肯定是被陆南城和她的婚讯刺激到了，所以发了疯想要她的命。

乔玥这样阴险恶毒的人，她怎么可能放过？有其母必有其女，庄文如设计陷害乔荞的事已经被法院受理，牢狱之灾庄文如是逃不掉了，她们母女两人可以在监狱相聚了。

护士在这个时候敲门进来，询问了一下乔妤的情况，说："麻药散了就可以回家了，回家注意卧床休息，有什么不舒服的及时来医院。"

护士离开后，乔妤看着陆南城问："这几天我想回我家住，行吗？"

决定结婚后，陆南城提出让乔妤搬到他那里，乔妤答应了，谁知道还没等住两天就出了这样的事。

护士说她最少要休养半个月，这半个月陆南城不可能整天在家里陪她，而如果陆南城不在家的话，她自己一个人孤零零的，她怕想多了会出事。

乔家至少有乔仁民、乔荞，可以陪着她说说话。

陆南城其实并不想让乔妤回乔家，他想每天都能看到她，但是考虑到她现在身体和精神状况都不济，所以也没有勉强她什么，给她办了出院手续就开车送她回乔家。

从病房出来到停车场的路上，陆南城一直抱着乔妤，乔妤别提多尴尬了，几次三番挣扎着想要自己走，都被陆南城用行动直接回绝了。

而被陆南城抱在怀里的乔妤，不知道自己是什么样的心情，只觉得脑海里乱了又乱。

一切都乱了。

陆南城刚将乔妤送回家，庄湛就到了。陆南城从楼上下来，扫了庄湛一眼，毫不客气地说道："滚！"

虽然这是乔家，但陆南城也有赶庄湛滚的资格。

乔仁民和乔荞正在楼下，他们也并不欢迎庄湛，甚至，乔仁民还打算找东西揍庄湛。

乔仁民向来疼爱乔妤，得知乔妤被乔玥推下楼，他差点儿气昏过去。

庄湛站在那儿不为所动，他抬眼看向走下来的陆南城说："玥儿最近精神受了很大的打击，我为她的行为向你道歉。"

陆南城冷笑道："我并不需要你们的道歉，法庭上见。"

庄湛沉默了，其实他来这里除了想要看一眼乔妤，还想要探一下陆南城对这件事的态度。

果然，陆南城是要追究到底的。

原本被陆南城安置在床上休息的乔妤，听到楼下传来的声音，起身走了出来。

她站在二楼的楼梯处，扶着栏杆低眉垂眼地看着楼下的庄湛，冷冷地说：“庄湛，你这是打算让乔玥装疯卖傻来逃避责任吗？”

刚刚她听到庄湛的话了，他说乔玥最近精神受了很大的打击，言外之意打算用乔玥精神有问题来解决这件事。

这样卑鄙龌龊的招数，是庄湛一家人的风格没错了。

庄湛抬眼看向楼上的乔妤，她脸色苍白，憔悴脆弱，这还是庄湛第一次见到乔妤这副没有生机的模样。

不过庄湛对她没有一丝一毫的心疼，他只觉得是她活该，谁让她固执地选择跟陆南城在一起？她如果跟他在一起的话，乔玥自然不敢这样对她。

乔妤迎着庄湛并不怎么善意的视线又说：“庄湛，你好像忘记了，我从小就吃不得一点儿亏，乔玥要是真疯了也就罢了，她要是没疯，我不介意真的将她弄疯。”

乔妤用这样的话向庄湛表明她会对乔玥追究到底的决心，庄湛想起从小到大乔玥欺负她时她反击的那些招数，咬了咬后槽牙，转身离开。

走到今天这一步，庄湛深知他跟乔妤已经永无可能了。

既然得不到，那就毁了她吧，他曾经部署的计划该提上日程了。

陆南城上楼将乔妤重新抱回床上，并且交代道：“这些都不是你要操心的事，我会处理的。”

乔妤听出了咬牙切齿的意味，轻轻地点了点头说：“我不管你怎么处理，但我一定要让乔玥付出代价。”

“好。”陆南城答应得很快，却无比坚定。

顾惜时还没从乔妤和陆南城婚讯公开带给她的震惊中缓过神来，就又听说了乔妤流产的消息，整个人都踉跄着跌坐在椅子里。

流产了？

流产了！

还是被人恶意从楼梯上推下去的！

顾惜时根本不敢去想那些画面，只心疼得恨不得马上就去乔妤身边，好好照顾她、疼爱她。

她早上看到陆南城公布他和乔妤婚讯的消息时，当场泪流满面。而她之所以情绪这样激动，是因为她跟陆南城的父母之间有并不算美好的回忆。

她年轻的时候爱过陆南城的父亲陆云涛，可因为陆老爷子反对，陆云涛被迫放弃了她。

方慧君为了让陆云涛彻底忘掉她，算计她，将她送上了另一个男人的床，而乔妤就是她跟那个男人的女儿。

所以她才会在看到婚讯的时候哭出来，为什么是陆南城？为什么是陆家人？南城那么多的青年才俊，乔妤怎么就偏偏跟陆南城走到了一起？

这不是孽缘吗？

还没等调整好心情面对这件事，乔妤流产的消息又传来了。

孙忆宁在一旁轻轻叹了口气，然后安慰她道："孩子没了说不定也是一件好事，你不是说方慧君肯定不会同意她跟陆南城在一起吗？若是方慧君真的反对，他们之间没有孩子，以后分开的话会少很多麻烦。"

顾惜时和孙忆宁都不看好这段感情，因为她们对方慧君的性格了解得极其彻底。

方慧君最势利了，她心目中的儿媳妇家世必然要好，现在没落的乔氏，方慧君肯定看不上，更别提乔妤还声名狼藉、风评不好了。

对方慧君来说还有更致命的一点，那就是乔妤那张脸和顾惜时有几分相像，整天面对着跟昔日情敌相像的一张脸，方慧君能同意这桩婚事才怪。

顾惜时担忧地说：“如果他们俩断了也就罢了，可如果他们坚持在一起，我怕方慧君会针对乔妤，你知道的，方慧君那个人并不好惹，当初她能用那样卑劣的方式对付我，如今同样可以对付乔妤。”

顾惜时说到这里又红了眼，她咬牙狠狠地说：“如果方慧君真的敢对她做什么的话，我一定会跟方慧君拼命！”

顾惜时生性温柔，可这一刻她眼底也掠过了一丝决绝，她好不容易找到的女儿，怎么可能任由方慧君伤害？

乔妤一整个下午都浑浑噩噩，情绪极差，开始胡思乱想，想她跟陆南城之间的结局。

想累了，又迷迷糊糊地睡了一觉，醒来竟然看到陆南城坐在她床边的椅子上。

此时外面天色已经暗了下来，陆南城打开她床头的小台灯，静静地坐在床边看着她。

乔妤刚刚在梦里还梦到过他，一时间有些分不清眼前的是梦境还是现实。

她看着他英俊的面容，喃喃地问道：“你怎么来了？”

乔妤的问话让陆南城心里堵得慌，可是考虑到她现在的状况，他还是压下了那些负面情绪，盯着她说道：“你在这里，我还能去哪儿？”

乔妤眼圈一红，差点儿落下泪来。

也不知道怎么了，许是今天她一直沉浸在失去孩子的悲伤里，眼睛很容易酸，也很容易落泪。

她别开眼，想偷偷擦一擦眼角，一抬手却愕然发现自己左手无名指上多了一枚戒指。

戒指奢华大气，正中间镶嵌着一枚璀璨的钻石，克数一看就是许多女孩儿梦寐以求的，乔妤盯着那枚戒指好一会儿都回不了神。

陆南城握住她的手，轻声地说：“我自己选的款式，不知道你喜不喜欢。”

他想传达的意思已经很明显了：即便孩子没了，他也依然会娶她。

乔妤看向他艰涩地说：“陆南城，我们——”

陆南城冷凝着眉眼打断她：“我现在情绪很差，你最好不要说我不爱听的话。”

乔妤看着他张了张嘴，最终将所有的话咽了回去。

陆南城起身说道：“晚饭准备好了，我抱你去洗漱，下楼吃饭。”

乔妤赶紧拦着他说：“我自己去就好。”

她的身体除了虚弱一些，其他都还正常，小腹也没什么不适，生活完全能自理。

陆南城却不管她的提议，直接将她从床上抱起来去了她房间的浴室，乔妤只能顺从他这霸道的行为。

坐在餐桌旁吃饭的时候，因为乔妤无名指上的钻戒太耀眼，乔仁民和乔荞第一时间就看到了，也瞬间就明白了陆南城的态度。两人心里都暗暗松了一口气，没有人比他们更希望乔妤能幸福。

考虑到乔妤刚流产，为了给她补身体，保姆专门为她炖了鸡汤，可乔妤一点儿都喝不下，她从来都不爱吃油腻的东西。

乔仁民和乔荞都劝乔妤尽量喝点儿，哪怕一小碗也好，但乔妤皱着眉坚决不喝。

一旁始终优雅吃饭的陆南城，在乔妤再次拒绝喝汤后，转头看向她说：“要我一口一口喂你？”

乔妤完全没想到陆南城会说出这种话来，当即僵在那里。

瞥到对面的乔荞在憋笑，乔妤窘得要命，狠狠瞪了陆南城一眼，她脸上微微发烫，端起鸡汤来一口气喝了一小碗。

她老老实实地喝了鸡汤，陆南城他们皆大欢喜，继续和谐融洽地吃饭。晚饭后，乔妤又被陆南城抱回卧室。乔妤体贴地说道："时候不早了，你早点儿回去休息吧。"

陆南城闻言看了她一眼，神色间有些不悦，不过他随后就转身离开了，一句话都没说。

乔妤以为他就走了，虽然不知道他为什么有些不太高兴。

结果没一会儿，陆南城又回来了，手里拎了一个小型旅行袋。

乔妤愕然，他这是要留宿？

而依旧一言不发的陆南城随后用行动证实了她的猜测，他打开行李袋，拿出自己的居家衣物来，径自朝她的浴室走去。

乔妤赶紧说道："陆南城，你……"

陆南城转身看向她。她垂下眼喃喃地说道："你这样合适吗？"

现在外面关于他们的流言满天飞，之前他公开他们的婚讯已经引起了一场轩然大波，随后她流产的消息也传出来了。

全网都在骂她活该，骂她企图让陆南城奉子成婚，活该遭了报应。他在这个时候留宿的话，那等于是一点儿都不给他自己留退路。

其实，他大可以借机宣布取消他们的婚礼，甚至直接跟她断绝关系。

原本乔妤对跟陆南城的这段感情还挺自信，他虽然从未表白过，但也曾经暗示过是喜欢她的，可经历了流产，她瞬间心灰意冷起来，甚至，她也相信自己失去孩子是报应，为此她哭了很久。

陆南城站在原地看着她，若无其事地说："有什么不合适的？你住在我那儿没人照顾你，那我就来这里陪你。"

他对他们之间未来会怎样这件事始终避而不谈，乔妤的暗中提醒次次都像撞在了棉花上，她心灰意冷地拿过手机，准备继续刷微博。

她想说她也不怎么需要人陪，因为有手机和网络，既然他要留下来，那就留下来好了。

陆南城那人像是能看透人心一样，盯着她说了一句："是不是想说不需要我陪？"

乔妤看了他一眼，虽然没说话，但神情已经给了他答案。

陆南城瞥了一眼她手里的手机，说："以后我在的时候，你别想看一眼手机。"

乔妤无语极了。陆南城继续说："医生说了，小月子更要认真对待，手机这种电子产品你最近还是不要碰了，回头我跟你姐说一下，让她监督你。"

闻言，乔妤要疯了，这年头没有手机，人怎么活下去？

她坐直身子，想要跟陆南城抗议他的霸道条款，但陆南城直接给她一个背影，乔妤气得要命。

于是这一晚陆南城就留在乔家，睡在乔妤身侧。

所有媒体都在关注着他的一举一动，他留宿乔家的消息很快就被曝光，许多人也开始揣测陆南城此举的用意。

有人说陆南城对乔妤是真心的，不管有没有孩子，他都在乎她。

也有人说陆南城不过是做做样子，乔妤流产了，他要是在这个时候不闻不问，岂不是显得他很不近人情？等乔妤养好了身体，两人必定一拍两散。

第二天，乔妤醒来的时候，陆南城已经离开了，她抬起左手愣怔地看着无名指上的钻戒，好一会儿才起身缓缓去浴室洗漱。

昨晚睡觉的时候，陆南城的手一直放在她小腹上，她能感受出来他在用这样的方式怀念着那个孩子，她愿意相信陆南城是真的很难过，因为失去这个孩子。

从这段日子的相处，她能看出来，陆南城虽然表面上很凉薄，但实际上他善良温热。

她想，或许她应该振作一些、积极一些，再给他们之间一次机会，继续好好经营这段感情。

可是事与愿违，刚吃过早饭没一会儿，庄湛就带着乔氏一众高层找上门来。

让乔好微微蹙眉的是，庄湛除了带着董事会的人，还带了方慧君，以及一帮记者。

乔好原本是站在门口等庄湛还有董事会的人的，在看到方慧君时，她怔了一下。

方慧君终究是陆南城的母亲，所以乔好冷静下来后，礼貌地看向方慧君问："伯母，您这是……"

方慧君很是厌恶地冷冷别开了眼，对乔好不理不睬。

当着庄湛还有公司董事会成员的面，当着乔仁民、乔荞两个人的面，方慧君这样给乔好冷脸确实让乔好下不来台，但她也不能当场发飙，于是直接选择无视。

乔好转头淡淡地浅笑着，看向庄湛问："庄副总，记者是您带来的？"

她瞥了一眼前方的记者，他们已经长枪短炮地对准她了。

庄湛面色冷凝地说："今天我们乔氏会有大事发生，自然要让南城所有人都知道，不然外人还真的会以为我夺权上位呢。"

庄湛提到了"夺权上位"这个词，乔好心里已经大体明白庄湛想要做什么了，只不过她不太懂庄湛这样兴师动众是为什么，他想要乔氏的话大可以直接动手夺取就是了。

乔妤不懂庄湛的企图，乔妤身后的乔仁民却是明白了，他抖着手冲庄湛吼道："庄湛！"

庄湛看了一眼乔仁民，冷冷地笑了下，说："伯父，事到如今，我只能说抱歉了，我这个人就是这样，我得不到的，我宁愿毁掉也不想让别人得到。"

庄湛说完，转身看向身后的记者："各位，我今天将大家召集到这里，是有一件事要宣布。"

顿了顿，庄湛一字一句地说："乔妤，也就是我们乔氏现在的总裁，其实并非我们乔家人。"

庄湛的话音落下，记者们先是交头接耳，随后便对着乔妤一阵狂拍。

乔妤脸色泛白，满脸的不可置信，她紧紧地盯着庄湛，仿佛觉得庄湛说的是什么天大的玩笑话。

她不是乔家人？

她怎么可能不是乔家人？她明明是乔仁民无比疼爱的小女儿！

庄湛看着满脸震惊的乔妤，嘲笑地开口道："妤儿，你没有听错，你确实不是伯父的亲生女儿，他跟伯母的小女儿刚出生没几天就因病夭折了，后来他从医院抱了你回来，将你当成他们的小女儿养大。如果你不信的话，看看伯父此时的脸色就能判断出我说的到底是真的，还是假的了。"

乔妤急急转头去看乔仁民，就见乔仁民满脸的歉疚与自责。

他颤声说道："妤儿，在我心里，你永远是我的女儿。"

一旁的方慧君重重地冷笑了一声，发话道："既然乔小姐并不是乔家的亲生女儿，那我们陆家就更不能接受这样的儿媳妇了，谁知道你的生父生母是什么人，又是什么样的品行。”

方慧君的话，无疑在乔妤的伤口上狠狠撒了一把盐。

方慧君说完这番话就转身离开了，她根本没有兴趣参与乔家的争斗，她想要的只是让所有人觉得乔妤配不上她的儿子。

即便她清清楚楚地知道乔妤的生父生母是谁。

第十二章 真正的身世

半个小时之前，方慧君接到庄湛打给她的电话。

庄湛在电话里说：“陆夫人，我们见个面吧，我想我们有共同的目的，让您儿子跟乔妤的婚事告吹。”

庄湛只用这样简单的一句话，就成功让方慧君跟他见了面，然后庄湛就将乔妤不是乔仁民亲生女儿的事告诉了方慧君。

方慧君当时听完，整个人如同跌入冰窖里，再仔细想了想乔妤的年纪还有生日，最担忧的事终究成了真。

因着乔妤的相貌，她曾经怀疑过乔妤是顾映蓝的女儿，但她又完全没有证据，她以为乔妤不过是跟顾映蓝有几分相像。

现在庄湛亲口跟她说，乔妤不是乔仁民的亲生女儿，那就可以确定乔妤是顾映蓝的女儿了。

原来，当初顾映蓝被她设计后是怀了孩子的。

方慧君在最初的震惊过后又是满脸的苦笑，她方慧君这辈子真是要被顾映蓝折磨死了，顾映蓝霸占了陆云涛的心不说，现在顾映蓝的女儿又霸占了她儿子的心！

是老天给她的报应吗？

方慧君的情绪起伏太大。庄湛微微蹙眉问："陆夫人，您还好吗？"

对庄湛来说，方慧君知晓乔妤的身份会震惊是可以理解的，但不应该这样惊骇。

方慧君在庄湛的视线中回神，勉强勾起嘴角笑了一下，说："放心吧，我没事。"

她不可能让庄湛这样精于算计的人知晓他们那一辈的隐秘往事，方慧君还顾忌着庄湛会不会对陆南城出什么损招。

所以，她敛起情绪，平静地问庄湛："你希望我怎样配合你？"

知晓了乔妤是顾映蓝的女儿，她就更不会同意儿子娶乔妤了。

如果乔妤真的进了门，她会整天做噩梦。

陆云涛想必会更加沉浸在对顾映蓝的怀念里，虽然现在没有人知道顾映蓝到底在哪儿。

庄湛给方慧君说了自己的计划，于是就有了现在发生的一切。

方慧君当着所有媒体的面公开宣称不会接受乔妤嫁进陆家，陆南城若是执意要娶乔妤的话，那就是正面跟亲妈杠了。

要是真这样的话，大抵他会背上个不孝的罪名。

为了个女人，竟然跟亲妈翻脸？他那样有头有脸的人物，丢不起这个人，所以陆南城八成会放弃乔妤。

方慧君离开后，乔氏董事会里很有名望的一个人神色严肃地对乔仁民说："老乔，在乔沐和乔荞出事后，我们一直支持乔妤当乔氏的总裁，那是因为她是你的女儿，现在既然她不是你们乔家人，那我们一致决定让她退出乔氏。"

这人的话音落下，其他几个乔氏董事会的人跟着附和说："虽然庄湛也不是乔家人，但他有本事、有能力，我们当然支持他！"

"乔好有什么？不就有张漂亮脸蛋吗？"

董事会几个人无情的话语让乔仁民眼前一阵天旋地转，口腔中的血腥味也越来越浓。

他拼命将那些不适压下，咬牙一字一句地说："在我心里，好儿就是我乔仁民的亲生女儿，我心甘情愿将乔氏的未来交给她，你们看不惯的话，可以自行选择退出！"

乔仁民不是不知道，他说出这样的话等于将乔氏彻底分裂开来。

这段时间，在庄湛的操作之下，大部分的人都已经被收买了，现在又爆出乔好不是他的亲生女儿的料，乔氏大半以上的员工将会随着庄湛一起出去自立门户。

即便是那样，乔仁民也要在这样的时刻拼命护着乔好，他不能让乔好被灰头土脸地赶出乔氏。

向来在人前无论遭遇多大非议和伤害都能坚强扛住的乔好，听完乔仁民的话，红着眼落下泪来。

不过随后她又抬手抹掉了眼泪，当着所有记者的面，粲然又明媚地笑着说："庄副总，谢谢你送给我的这份大礼。"

庄湛费尽心机地设计了这么多，无非是想要她灰头土脸，想要她后悔跟陆南城在一起，她偏偏就不如庄湛的愿，偏偏就要越被打压伤害越笑得开心。

庄湛盯着乔好满脸的笑容，咬牙低低地说："是你逼我的。"

乔好嘲弄地看了庄湛一眼，没再理他。

她转头笑盈盈地看着董事会的人还有那些记者，轻松地说："好了，戏都看完了，大家也都散了吧。"

那些记者自然不会放过她，冲上前想要采访她此时的心境。

“乔小姐，请问刚刚陆总的母亲都那样说了，你跟陆总的婚事还能继续吗？”

“你不是乔家的女儿，那你以后该何去何从呢？”

记者的话真的很伤人，乔荞那样温婉的人都想抬脚去踹那些记者了。

乔好无视那些记者的问题，转身跟乔荞一起扶着乔仁民回家，将庄湛还有那些兴风作浪的人全部挡在了门外。

庄湛眼底阴云密布，没有看到乔好惊慌无措，他心里一万个不甘心。

可是现在乔家大门紧闭，他也只能带着人离开。

他这次弄这一出也不是一无所获，最起码乔氏即将成为他的了。而乔好跟陆南城的婚事，被方慧君这样公开一反对，就更不会那么顺利了。

现在对庄湛来说，能不能得到乔好无所谓，陆南城也得不到乔好的话，那他就胜利了。

乔好扶着乔仁民进门，乔仁民浑身颤抖地抓着乔好的手说：“好儿，对不起，这件事一直瞒着你——”

在乔好的身份被庄湛公开之前，乔仁民从来没有想过要告诉乔好，她不是自己亲生的，因为在乔仁民心中早就将她当成亲生的孩子了。

乔仁民也怕说出这个实情，乔好会接受不了，可没想到庄湛今天会来这么一出，反而将乔好伤得更重。

乔好冲乔仁民摇了摇头，红着眼哽咽地说：“我不怪您，一点儿都不怪您……”

她怎么能怪乔仁民呢，她感激他都来不及。

幸亏当初乔仁民将她抱回家了，不然她现在还不知道什么样，而且乔仁民还有过世的乔夫人，加上哥哥乔沐、姐姐乔荞，他们共同给了她一个温暖的家，她感恩而又知足。

也只有在屏蔽了庄湛那些人后，在乔仁民还有乔荞面前，她才能不管不顾地掉眼泪，在他们面前，她永远不用故作坚强。

她现在心里真的很难受，失去了孩子，又被方慧君那样羞辱，现在又被告知自己不是父母亲生的……

哪怕她一直以来是阳光明朗的女孩子，也受不了这一连串事情的打击，乔妤觉得现在的自己已经濒临崩溃了。

乔荞在一旁也跟着掉眼泪，乔仁民更是老泪纵横，他抬手将乔妤搂进自己的怀里，父女两人抱在一起哭。

半晌，乔仁民忽然松了乔妤，脸色涨得通红，呼吸也跟着急促了起来。一旁的乔荞先看到了乔仁民的异常，惊恐地喊了一声："爸爸！"

乔仁民眼前一黑，昏倒过去，乔妤顾不上哭，赶紧叫了救护车。

乔仁民被紧急送往医院，经过检查，医生给出的诊断是急性中风，也幸好他们及时送医，不然后果不堪设想。

然而乔仁民还是不可避免地留下了后遗症，暂时失语，以及半边身体失去知觉，如果后期康复的话还好，否则生活没法自理了。

姐妹两人听到这个诊断结果，心情都很沉重，乔妤蹲在医院走廊里难过又自责，捂着脸哭了起来。

乔妤自责，是因为她觉得都是她的事才导致了乔仁民中风，庄湛还有方慧君今天做的一切都是冲着她来的，如果不是因为这些，乔仁民不会这样……

是她不好，都是她不好。

乔仁民手术结束，被推进病房，依旧在昏睡中，乔荞让她先回家休息，乔妤神色落寞地点头离开了。

只是，她并没有回家，而是开着车漫无目的地在街上游荡。

她的手机一直在响，是陆南城打来的，还有顾惜时打来的，以及许多她认识的、不认识的号码。

乔妤边开车边自嘲地笑了起来，想必是庄湛跟方慧君之前去乔家刁难她的事情已经被曝光了，想必所有人都知道了她不是乔仁民的亲生女儿。乔妤不想接任何人的电话，尤其是陆南城的。

虽然方慧君的行为不代表陆南城的态度，但她心里没法做到一丝芥蒂都没有。

陆南城今天有一个很重要的项目要签，结束谈判、签完项目出来看到新闻的他，在办公室里抿唇坐着，良久没有声响。

陆南城的表情有愤怒、有悲痛，但更多的……是绝望和心灰意冷，对方慧君这个母亲的绝望和心灰意冷。这就是他的母亲，为了阻止他的婚事，跟别人联手去伤害他在乎的人。

也重重地伤了他。

以后他会照顾方慧君，会赡养方慧君，但那仅仅只是出于自己身为一个儿子的责任，而不是出于感情。

在感情上，方慧君一次次将他珍视的亲情无情摧毁。

方慧君通过各种方式阻止他跟乔妤的婚事，这根本不是爱，而是一种自私。

如果他是不懂事、易冲动的小男孩儿，方慧君这样不信任他，也就罢了，可他是成熟男人，他所做的决定考虑了各方面的因素，然而现在……

陆南城抿紧了唇，重新拿过手机来给乔妤打电话。

可乔妤的电话一直打不通，陆南城的心情三十二年来第一次焦躁到了极点。

他跟乔妤的关系因为乔妤失去了孩子，原本就处在水深火热之中，现在庄湛联手他的母亲闹了这样一通，陆南城心里的不安越来越浓。

乔好的电话打了几遍没打通，陆南城又收到了纪杭的电话。

纪杭语气很沉重地说："乔好的爸爸刚刚被送来了医院，急性中风。"

纪杭是参与救治乔仁民的医生之一，他换下手术服第一件事就是给陆南城打电话。

现在事情闹成这样，乔好肯定不会主动跟陆南城说乔仁民住院的事情，作为朋友，纪杭只能赶紧让陆南城知道，毕竟乔仁民这次出事，跟方慧君脱不了关系。

陆南城听完纪杭的话，沉默了半晌，最终声音干涩地回道："我知道了。"

纪杭又说："乔好的身体也还在恢复，乔荞刚刚让她先回去休息了，状态不怎么好。"

陆南城淡淡地应了一声便挂电话了，纪杭不说，他也知道她的状态不好。

接连遭遇了这么多的事情，她的状态又怎么能好？

失去孩子已经够让她难过的了，虽然她从来都没有将那个痛字说出口。连他一个大男人都觉得难以忍受，更何况是她一个娇弱女子？

如今被他的母亲当着整个南城人的面羞辱，被庄湛赶出乔氏，最致命的是，她还被告知不是乔仁民亲生的。

陆南城清清楚楚地知道乔家人对乔好的重要性，所以他现在也知道乔好心里有多难过。

庄湛这一招真的够恶毒阴险，对乔好一招致命，足以将她击垮。

想到这里，陆南城根本没有办法淡定地在办公室里办公，他起身拿了手机和车钥匙，一边给乔好打电话，一边冲了出去。

这一次乔好的电话忽然通了，她很疲惫，声音沙哑地说："我知道你担心我，但是我现在确实很需要一个人静静，我不会有事的，抱歉了。”

她说完就兀自挂断了电话，陆南城说一句话的机会都没有。

他顿住了打算出去寻她的脚步，转身回办公室，颓然将自己丢进沙发里。

她说自己不会有事，可他有事怎么办？

他很想现在陪在她身边，很想在她遭遇这些事情的时候给她安慰。

乔妤接了陆南城的电话，简单说了几句原本打算关掉手机，但是顾惜时的电话正好在这个时候打进来，乔妤抿唇犹豫了一下接起来。

对于顾惜时，她也不知道自己怎么了，总是有那么多莫名的依赖和亲近。

比如此刻，脆弱到极点的她，在看到顾惜时的名字在手机屏幕上亮起的时候，忽然很想哭，忽然很想去见顾惜时，跟她倾诉自己的委屈和难过。

于是，十分钟后，乔妤出现在顾惜时所在酒店的房间。

顾惜时红着眼眶将她领进房间，脸上全是对她的心疼。

现在网络信息这样发达，此时乔妤的身世还有方慧君对她的刻薄态度已经铺天盖地曝光了，吃瓜群众的评论无一不是对乔妤的鄙夷和嘲讽，更有人带节奏将她的身世往不好的方向上引，说什么她来路不明，说不定生父生母很不堪，总之是发了狠地将她往泥泞里踩。

一瞬间，她从乔氏总裁成了来路不明的让人唾弃的女人，所有人都在嘲笑她，人家都是从丑小鸭变成白天鹅，而她是从骄傲的白天鹅变成灰头土脸的丑小鸭。

乔妤在顾惜时面前哭得不能自已。

“他们为什么要这样对我？我到底做错了什么？

“庄湛以前整天说爱我，这就是他爱我的方式吗？让我被所有人骂，让所有人将我踩在脚底下，就是他爱人的方式？

“还有方慧君，至于对我这样恨之入骨吗？身为人母，她难道不希望自己的孩子幸福吗？她这样不惜一切代价毁了我，她儿子就快乐幸福了吗？”

乔妤说到这里的时候，顾惜时张嘴想要说些什么，可是看着乔妤此时失控的状态又暂时将那些话压了下去。

顾惜时想说，方慧君对乔妤的不满有很大一部分原因是来自她，可是她又不忍心在乔妤这样濒临崩溃的状态下再让她崩溃一次，于是只能暂时将那些话咽下去。

乔妤的相貌跟她有几分相像，如今方慧君又知道了乔妤不是乔仁民的亲生女儿，自然就猜到乔妤是她的女儿了。

想必正是因为这一点，方慧君才会果断地跟庄湛联手闹了今天这出。

顾惜时心里别提多后悔了，都怪她，如果当初她第一时间与乔妤相认，告诉乔妤她跟方慧君之间的恩怨，乔妤是不是会早点跟陆南城分手？

那样的话，乔妤今天就不用被方慧君这样羞辱了，可当时她又怕自己贸然相认会吓到乔妤，所以想先跟乔妤慢慢相处、培养感情，然后再找合适的时机说出来。

可是，计划总是赶不上变化，无论她做出哪一种选择，乔妤都是受到伤害的那一方。

想到这里，顾惜时自责地落下泪来，乔妤一看顾惜时被自己弄哭，一时间也有些不好意思。

她抽过纸巾来，擦了擦眼泪，然后抱歉地对顾惜时说：“抱歉啊，顾老师，我的负能量太多了。”

顾惜时连忙摇头说：“没关系，你承受了这么多，应该发泄出来。”

顾惜时说着，抬手温柔地帮乔妤擦掉了脸上的泪水，轻声叮嘱道：“不过你身体还没恢复好，还是不要再哭了。”

女孩子流产对身体伤害也很大，而且她还遭遇了这么多事。

顾惜时心疼得眼眶再次红了起来。

曾经方慧君那样设计陷害她，她都没有追究，但这一次方慧君伤害了乔妤，顾惜时发誓以后要好好守护乔妤，再也不要让乔妤遭受这些了。

等她想好了怎样跟乔妤解释她的身份，她会联系孙忆宁，让孙忆宁帮她发个公告，公开声明乔妤是她的女儿——是她时装界泰斗顾惜时的女儿。

她才不是什么父母不堪、来路不明的女孩子，她母亲的光芒足够罩着她，狠狠打那些嘲笑她的人的脸了。

乔妤情绪崩溃，身体又虚弱，顾惜时留她在自己房间睡了一觉。

乔妤没有任何排斥，顾惜时扶着她去里面的卧室躺下，然后给她拉上了厚重的窗帘，让她能够睡得安稳踏实。

来到外面客厅的顾惜时，独自在窗前站了良久。

她要公开乔妤的身份，自然就会牵扯到乔妤的生父。

她也很烦躁，对于那个男人，她的心思到现在都很复杂。

不可否认，她是恨着他的，恨他当年强行夺取了自己的清白，可是又因为他们之间有了一个女儿，这恨也不够彻底了。

这些年她之所以远离南城隐姓埋名，都是为了躲他。

乔妤睡了一觉精神好了很多，顾惜时留她吃午饭，从酒店餐厅订了各色美食，都是对女人小产后身体大补的食材，乔妤很是感动。

两人刚坐好准备用餐，门铃忽然响了起来。

顾惜时起身去开门，整个人却僵在了原地。

乔妤察觉到情况不对，跟着起身过去查看，就看到门外站着一个身材高大、气势非凡的中年男人，乔妤也跟着有些怔。

她怔的原因是这个男人她知道，也不能说认识，准确地说是她听过他的名号。

他是南城赫赫有名的大人物景元海，听说他年轻时在南城呼风唤雨，很是风光，现在已经隐退多年了。

就在三人相对无言的时候，顾惜时先开口打破了沉默，跟之前乔妤见到的那个优雅温柔的顾惜时不同，此时的顾惜时无比慌乱失措，她颤抖着声音对景元海说：“你、你怎么来了？”

景元海挑了挑英挺的眉毛，说道：“我怎么不能来？我的女人和我的女儿都在这儿，我当然要过来。”

顾惜时像是一下子失去了所有力气一样，踉跄着后退了一步，乔妤根本顾不上顾惜时怎么样了，因为她被景元海的话惊蒙了。

他的女人和女儿？

他的女人，她可以理解为是顾惜时，可他的女儿是什么意思？

这房间里没有其他人，难道他是说……她是他的女儿？

顾惜时崩溃地抬手推人，边推边喊道：“你走！”

景元海握住顾惜时的胳膊趁机一扯，顾惜时就被他搂进怀里，随后他迈着长腿轻松踏进了房间。

见乔妤依旧愣在门口，他又抬手揉了一把乔妤的头顶，说：“愣着干什么？进来坐。”

语气熟稔得好像他们已经见过很多面了一样。

乔妤回过神来，抬眼看向脸色发白的顾惜时，顾惜时被景元海搂在怀里，脸色本来就不好，这会儿乔妤一看她，她顿时更无助了。

“我——”顾惜时张了张嘴想说点什么，却发现完全不知道从哪里说起。

她本来就没想好要怎么跟乔妤说这件事，景元海又突然找上门来，她的世界全乱套了。

过了一会儿，乔妤也慢慢冷静下来了，如果她今天没有被爆出不是乔仁民的亲生女儿，她肯定不相信眼前发生的事情，可知道了自己的身世，乔妤看着顾惜时那张跟自己相像的脸，便不得不相信了。

她竟然是顾惜时的女儿，而且是顾惜时跟面前这个让人惊骇的男人的女儿。

三人心情各异地在酒店桌旁坐下，景元海招呼顾惜时跟乔妤："边吃边聊。"

说着，他给乔妤盛了一碗汤放在她面前，道："你现在的身体需要好好补补。"

乔妤流产的事情现在全南城的人都知道，景元海自然也知道。

顾惜时完全没有胃口吃饭，她现在除了闹心，还是闹心。

乔妤倒是挺有胃口，看着面前的汤，对景元海说了声"谢谢"，又对两人说："能跟我说说你们俩的故事吗？"

虽说生父生母以这样突兀的方式出现在自己面前，但乔妤适应能力很强，对他们没有丝毫排斥。

这个问题是景元海来回答她的，他先是看了一眼身旁的顾惜时，然后才说道："首先要告诉你的一点是，我一直很喜欢你妈，当年追了她好久，她都不答应我，非得惦记着那个陆云涛。"

顾惜时在一旁接话，为自己解释道："我没有惦记好不好？"

她不喜欢景元海，跟她惦不惦记陆云涛没关系，那个时候，她跟陆云涛已经因为陆老爷子的反对分手了，陆云涛也已经跟方慧君结婚了，她惦记一个有妇之夫做什么？

她只是单纯地觉得自己跟景元海不合适，比如这么多年了，他还是脸皮这么厚，进门就对她拉拉扯扯，她受不了。

“陆云涛？”乔好以为自己听错了。

景元海点了点头说：“这也正是我接下来要告诉你的一个很不幸的消息，那就是当年我们发生关系，是因为你妈妈被陆南城的母亲算计了，把她送上了我的床。”

乔好震惊到眼珠子都要掉出来了。而就在她的震惊中，景元海又说：“因为你妈妈不喜欢我，所以她逃掉了，我直到今天才知道她当时竟然怀孕了。

“如果我当初知道她怀孕了，无论如何都不会放她走。

“当年我也是意气风发的人，她的一走了之让我也颇受打击，我觉得自己很失败，所以找了她多次找不到，我就放弃了。”

景元海的一番讲述让顾惜时微微红了眼圈，她看着乔好很是内疚地说开口道：“对不起，好儿，我当初不该抛下你一走了之，我当时太害怕太矛盾了，我——”

顾惜时说到最后便哭了起来，一个劲儿地说道：“对不起，真的对不起，都是我的错，是我太自私、太懦弱。”

景元海见不得顾惜时哭成泪人儿，递了纸巾给她，沉声说：“说对不起的人应该是我，我明知道你不是心甘情愿，还是碰了你，是我太自私、太着急，我以为你是我的人了就会好好跟我在一起……”

乔好静静地看了两人半晌，然后笑了笑说：“我不怪你们。”

他们都有自己的不得已，尤其是顾惜时。而且，这些年她在乔家也备受宠爱，没有受一点苦，她很感恩。

她只是没想到，他们跟陆南城的父母之间还有这样的恩怨，尤其是方慧君，竟然对顾惜时做过这样卑鄙龌龊的事。

怪不得周蓉蓉演出那晚，方慧君第一次见她时表情那么惊骇，怪不得陆老爷子见她第一眼就问她认不认识顾映蓝。

方慧君的行为等于害了顾惜时的一生，这让乔妤愤怒，也难以接受。

原本她跟陆南城之间的关系就岌岌可危，如今乔妤觉得，这桩往事好似一把利斧，在她跟陆南城之间劈了一道很深很深的沟壑。

尤其是方慧君，她怎么可能接受旧日情敌的女儿做她的儿媳妇？

她跟陆南城之间隔着这样又远又深的距离，还怎么继续走下去？

景元海跟顾惜时都看出了乔妤眼底的那抹黯然，顾惜时心疼不已，景元海则是说道："我来的时候已经拟好公关稿了，你如果同意的话，我立刻就发布出来，公开你是我们的女儿。"

顾惜时有些惊讶地看了景元海一眼，她没想到这件事他们竟然想到一起去了，她也打算发声明公开乔妤是她的女儿。

景元海冷笑着说："那些人竟然敢瞧不起你，还说什么你来路不明，现在我就让他们对你高攀不起！"

景元海昔日南城霸主的身份地位加上顾惜时设计界泰斗的名气，足够让乔妤成为南城最高不可攀的名媛，足以将那些踩她的人狠狠反踩到脚底下。

顾惜时也点头附和道："就是，要让他们知道你才不是来路不明的野孩子，你是我们的女儿，是这个世界上最美好的女孩。"

乔妤感动极了，哽咽着说："谢谢你们……"

在她被全网疯狂谩骂的时候，他们给予她这样温暖的依靠，她感动又欢喜。

顾惜时轻轻地握住了她的手，说："为什么要对我们说谢谢？这都是我们应该为你做的。"

也可以说是他们欠乔妤的，他们缺席了她的人生这么多年，现在除了对她掏心掏肺，他们不知道还能为她做什么。

景元海随后打了个电话安排了这件事，乔好是景元海跟顾惜时女儿的声明正式发布了出去。

想都不用想，外界肯定又炸了。

不过一家三口在酒店继续吃饭聊天。顾惜时主动对乔好说："方慧君跟我之间的恩怨，我并不想迁怒到她的儿子陆南城身上，可是我不迁怒并不代表方慧君也不迁怒，所以你跟陆南城……"

顾惜时的话没说完，乔好已经知道她要表达什么意思了，她不是顾惜时的女儿，方慧君就已经很不喜欢她了，现在她成了顾惜时的女儿，方慧君只怕是厌恶死她了。

乔好低眉垂眼地看着自己左手无名指上的钻戒，顾惜时说得没错，顾惜时可以胸怀大度地不计较，可以平心静气地接受陆南城，可方慧君做不到。

想到这些，乔好嘴角勾起了一抹自嘲的笑容，她潇洒地抬起左手，将那枚戒指褪了下来。

景元海跟顾惜时都懂得了她的决定。景元海重重地哼了一声说："断了挺好，方慧君看不上你，我还没看上她儿子呢！"

顾惜时则是内疚地说："好儿，如果可以，我真心希望你能幸福，我能接受陆南城，你也不用太在意我们的感受。"

乔好抬眼看向两人，笑了笑说："其实这段感情已经让我很累了，没有你们这些过往，我也想结束，你们不用自责。"

在失去孩子的时候，乔好就想跟陆南城说结束，如今方慧君跟顾惜时旧日的恩怨成了压倒她的最后一根稻草。

一顿午饭吃完，乔好跟景元海还有顾惜时彻底熟稔了起来。

她能感受到他们两人对她的歉疚，当然也能感受到他们对她的疼爱呵护，或许是血缘的缘故，她很是顺利地就接受了他们。

午饭后，景元海主动开车送乔好回家，让乔好没想到的是她竟然在自家门前看到了等在那里的陆南城。

景元海没好气地重重冷哼了一声，也不怪景元海对陆南城没有好态度，方慧君那么卑劣可恶，他自然恨了。

“您先别生气，我会跟他谈好的。”乔好回头安抚了景元海一句。

她口中所谓的谈，自然是跟陆南城谈分手。

景元海并没有跟陆南城打招呼，也没理会陆南城，放下乔好后兀自驱车离开。

乔好若无其事地走向陆南城，微微笑了一下说：“你怎么过来了？”

按理说，现在是工作时间，按照陆南城的忙碌程度，他应该在公司办公。

陆南城黑眸紧紧地盯着她说：“你身上发生了这么大的事情，我怎么能不来？”

先是一早被庄湛赶出乔氏，又被曝光不是乔仁民亲生的女儿，临近中午时分景元海跟顾惜时发布了联合声明，她摇身一变又成了他们俩的女儿。

一上午的时间，她经历了从被黑、被万人唾骂到如今的万人艳羡，她的情绪可想而知也经历了天翻地覆的变化。

陆南城第一时间就想跟她沟通，只不过她的手机一直处于关机的状态。在公司也根本无心工作，他干脆来了乔家门口等。

陆南城的话让乔好的眼神躲闪了一下，她别开眼说道：“进来吧。”

陆南城迈步上前，想要牵她的手一起走，却蓦然瞥见她左手空荡荡的无名指，当即脸色就沉了几分。

考虑到现在乔家外面也蹲了记者，他克制住自己的火气，牵着乔好的手进了门。

进门后，陆南城第一件事就是语气冷凝地质问乔好："戒指呢？"

乔好原本也要跟陆南城说分手的事，既然他现在主动提到了戒指，她索性不再拖泥带水，她看向陆南城，平静地说道："陆南城，我们分手吧。"

陆南城没有一丝犹豫就回："我不同意。"

乔好弯起嘴角，笑得有些自嘲："你妈都进两次医院了，你总不会想要气死她吧？"

陆南城面色不变，盯着她说："我妈身体本来也不好，会频繁进医院也并非全部因为我们。"

陆南城虽然神色未变，但语气里已经有几分咬牙切齿了，似乎乔好再敢说一句分手，他就能掐死她。

乔好因着陆南城的话沉默了一下。而在乔好沉默着的时候，陆南城径自上前一步，抓起她的手来，再次冷声逼问道："戒指呢？"

乔好被他捏疼，没好气地直接回道："摘了！"

陆南城的火气这下全部爆发了，男人的眼底全是怒火，绷着脸狠狠地瞪了她半晌，然后拽着她的手就往楼上走。

乔好挣扎道："你放开我！你干什么！"

"去找戒指，然后给你重新戴上！"陆南城边这样说着，边拽着她往楼上走。

乔好挣扎不成，只好愤愤地骂道："你发什么疯啊？结婚这种事难道不是两情相悦的吗？我现在不想跟你结婚了，你凭什么强求我啊？"

陆南城拽着乔好进了她的房间，踢上门一把将乔好按在门上，说出来的每一个字都像是浸在寒冰里："现在不想跟我结婚了？当初是谁跑到我跟前，大声地跟我说她怀孕了？当初又是谁问我要不要娶她的？你现在跟我说你不想结婚了？我告诉你乔好，没门！”

陆南城根本不给乔好开口说话的机会，又兀自决定道：“这个婚你想结也得结，不想结也得结！”

乔好也来了火气，拔高声音道：“陆南城，你是不是疯了？”

许是被陆南城的强硬逼得有些走投无路，乔好的大脑一时失去理智，她从自己的口袋里摸出那枚被她褪下来的戒指，疾步走到窗口，动作干脆地丢了下去。

她的房间下面是乔家别墅的花园，翠绿的草坪铺满了整个花园，戒指那样小的东西丢过去，瞬间消失得无影无踪。

“乔好！”身后传来陆南城震天的怒吼。认识陆南城以来，乔好还是第一次经历陆南城这样的怒火。

她抿了抿唇转身，看向陆南城的视线多了几分冷然。

她抱臂站在窗前，轻飘飘地对陆南城说：“陆南城，你该不会不知道吧？我根本不爱你啊，我当初接近你是为了乔氏的利益，后来用孩子拿捏你则是为了我自己的利益，现在我觉得跟你结婚的伤害要远远大于利益，自然就不想跟你结婚了。”

乔好企图用最难听的话语来刺激陆南城，好让他痛快地答应跟她分手。关于过去方慧君对顾惜时的所作所为，乔好只字不提。

她不提的原因，一是不想日后被方慧君说她用这些旧事破坏他们的母子情，二是不想让陆南城在她面前难堪。

他是那样骄傲的人，如果她亲口说出方慧君的不堪，肯定很伤他的自尊。

既然已经无法走下去了，那她就为他保留最后一丝颜面吧。

陆南城垂手站在原地，下巴紧紧绷着，似乎只有这样的方式才能让他冷静下来，不然的话他怕自己会上前将乔妤从窗户丢出去。

而他那双原本深邃好看的黑眸，看向乔妤的时候掠过一丝沉痛，当然还有一抹浓浓的失望。

乔妤和陆南城只对视了一眼就迅速别开了眼，她语气冷漠地撵人：“你走吧，我们以后不要再联系了。”

在乔妤说了这样难听又伤人的话后，陆南城依旧站在原地紧紧盯着乔妤白皙的面庞一言不发。

乔妤被他盯得越来越心虚，忍不住恼火地瞪着他说：“你赶紧走，行不行啊？”

他怎么回事？

他的性格应该是受不了这种委屈的人，她都说不爱他了，他难道不是应该恼羞成怒地掉头离开，这辈子再也不想见到她？

陆南城凝视着她，忽然轻笑了一声。

乔妤被他突兀的笑声弄得很是恼火。陆南城趁机反问她：“你确定你不爱我？”

乔妤被他的话逼得一时有些气结。陆南城往前迈了一步继续逼问道：“你看着我的眼睛，再说一遍你不爱我。”

陆南城这人本来就气场极大，尤其现在还咄咄逼人。

乔妤腿软，差点儿就后退了，但是她生生压下自己的心虚，站在那儿直直迎着陆南城的眼睛说：“我不爱你，我要跟你分手。”

每一个字都狠狠戳着陆南城的心，也戳着乔妤自己的心。

陆南城终于失去了所有的风度，上前一把掐住她的脖子，眯着眼恶狠狠地说：“我曾经对我自己说过，如果你敢提分手的话，我就掐死你。”

面对陆南城这样的威胁，这次换乔妤轻轻笑出了声。

虽然被陆南城这样制着，她说话有些困难，但还是坚持说道：“陆南城，我怎么都不知道，你竟然是这样一个拿不起放不下的人。”

陆南城凑近她，眉眼颇有几分得意，说：“我就是拿不起放不下，又能怎样？我就是逼着你跟我结婚，又能怎样？”

乔妤被他噎得说不出话来，她还是第一次见识到他的厚脸皮，完全不知该怎么应对。

她刚刚口是心非，还用了激将法，陆南城都不为所动，她真是黔驴技穷了。

陆南城松开她的脖子，低眉垂眼边地整理着自己的袖扣，边若无其事地宣告：“我不同意分手，婚礼会照常举行。”

乔妤气得咬牙，她都把话说得那么不留余地了，他竟然还要跟她结婚，他是受虐狂，还是无赖？

“你好好休息，好好养身体，我明天再来看你。”陆南城平静地说完，就转身兀自离开。

乔妤瞪着陆南城潇洒离去的身影咬牙切齿，恨不得扑上去挠花他的脸，然而她现在的身体实在是太虚弱，斟酌了一下扑上去的后果，最终只能将这个念头压下。

陆南城走到乔妤房间门口的时候脚步顿了一下，然后慢悠悠地转身看向乔妤。

乔妤还没反应过来，他人已经折了回来，狠狠地将她扣进怀里，俯身过来吻住她的唇，辗转肆虐。

等最后松开乔妤的时候，陆南城这才觉得胸腔里的那股郁气消散了几分。

陆南城心情好了，乔妤却要气炸了。

她抬手指着自己的房间门口，冲陆南城吼道："你给我滚蛋！"

这次，陆南城倒是痛快地离开了，没再逗留，也没再刁难她。

陆南城离开后，乔妤气得将自己丢上床，陆南城这样的态度简直让她生无可恋。

第十三章
我们分手吧

乔好晚上睡得并不好，被陆南城的所作所为气得睡不着。

天快亮的时候，好不容易迷迷糊糊地睡着了，没眯一会儿，又被外面机器轰隆隆的声音吵醒。她郁闷地裹上衣服拉开窗帘，想一探究竟，就见一辆挖掘机正停在她家花园后面，那轰隆隆的响声正是这大型挖掘机发出来的。

而更让乔好差点儿惊掉眼珠子的是，那挖掘机旁边还站着一个人，分明就是陆南城，不知道在跟那挖掘机司机说着什么，反正那人手指的方向差不多是她窗户下面的位置。

乔好要气死了，这人带了辆挖掘机来，是要拆了她家的房子吗？

她的房门正好在这个时候被敲响，家里的保姆急促地说：“小姐，不好了，陆先生带了挖掘机来挖后花园，说是要找什么戒指。”

保姆根本不敢招惹陆南城，不过是见陆南城这样兴师动众，所以鼓起勇气上前问了一句，陆南城便给了她这样的回答，她只好匆匆地来找乔好汇报情况。

“花园里种的可都是乔老爷喜欢的花呢，就这样挖了的话，乔老爷得多心疼啊。”保姆在门外很是无奈地说着。

乔妤咬牙愤愤地说：“我知道了，我马上下去。”

陆南城绝对是个神经病，她昨天是把他送的戒指丢了，但他不至于为了找个戒指就这样兴师动众的吧，连挖掘机都派上了。

换了衣服，连脸都没洗就冲下楼，在门口对上陆南城，她毫不客气地开骂道：“陆南城，你是不是神经病？谁给你的权力擅自动我们家的花园？”

陆南城眯着眼凉凉地看着她说：“你跟我讲权力？那你倒是报警来抓我好了。”

乔妤气得眼冒金星。不等乔妤说什么，陆南城又朗声道：“我的东西掉在你家花园里了，我有权用任何方式寻找。”

乔妤没好气地说：“什么你的东西？那戒指你送给我了，就是我的东西了！”

跟乔妤的气急败坏不同，陆南城全程都神色平静。

他盯着她因生气而瞪大的漂亮眸子，淡淡地说：“你不是不要了吗？你不要了我还要。”

其实陆南城之所以闹这么大动静，不过是想要表达他对这场婚姻的重视。

这就像是小孩子，得不到自己想要的糖果或者心爱的玩具时，就会用很大声的哭泣来换取大人的心疼，大人一心疼，自然会满足小孩子的愿望。

陆南城此时也是一样，他要用这样夸张的行为来引起乔妤的注意，让她知道他是绝对不会同意分手的。

乔妤郁结得胸口起伏了半天，好不容易才压下情绪，她转而看向陆南城，冷笑着说："既然你这么看重这枚戒指，动用挖掘机干什么？难道不应该是你亲自去找才更能彰显你的诚意吗？"

昨天夜里刚刚下过一场雨，不大但足以湿透整个后花园的地面，陆南城此时一身高档昂贵的西装，进去一脚踩下去就狼狈了。

乔妤分明是故意刁难他：你不是矫情地拿那枚戒指说事吗？那你倒是去找啊，自己亲自去找才更能彰显你的诚意不是吗？

陆南城闻言笑了一下，黑眸灼灼地看着乔妤，说："如果我亲自去找了，也找到了，你就不分手？"

乔妤双手环臂，轻飘飘地说："分不分手总要你先找到再说，不然我会说既然婚戒都没有了，那还结什么婚呢。"

乔妤笃定陆南城不会亲自去找，他那人是有轻微洁癖的，怎么可能去满是雨水和泥泞的草丛里翻找东西？

结果陆南城欣然应道："好。"

他在乔妤讶异的视线中边脱自己的西装外套，边说："我去找。"

乔妤整个人都惊住了，同时又有密密麻麻的刺痛感从她心底涌上来。

为什么？他到底为什么要这样作践自己？

乔妤不信他听不出她是故意刁难，也不信他不知道，就算他找出戒指来，她也会坚决地提分手，但他还是要去找。

他这是什么心思？

这样虐他自己，他很快乐？

就在乔妤心绪复杂的时候，陆南城将脱下来的西装随手丢给乔妤，然后立在原地，低眉垂眼地卷着自己的衬衫袖子。

男人穿着黑色西裤、白色衬衫，身姿挺拔，姿态优雅，此时认真整理袖口的样子，似乎要去赴一场高级的谈判，而不是去刚下过雨的后花园草丛找戒指。

卷好袖子，陆南城直接推开后花园的铁门，迈步走了进去。

估摸了一下昨晚戒指被乔妤丢下来的位置，他弯下腰就开始细细找寻，丝毫不顾草丛上的雨水和泥会弄脏他高档的皮鞋和西裤，还有他那双从未做过这些脏乱事的手。

乔妤抱着他的西装，从他进入花园开始就浑身僵硬起来，此时看着他弯腰在草丛里仔细寻找的模样，胸口的疼一波又一波地涌上来，像是有人拿着锋利的刀子在一寸一寸地扎。

“陆南城，你就是个疯子！”乔妤承受不住之下终于失控，猛地将陆南城的西装丢出老远，狠狠地骂了陆南城一句后，她转身跑回房间。

直到这一刻，乔妤才终于明白，陆南城这样虐自己，也是在虐她。

他想要用这样的方式让她心疼他，让她难过，从而让她妥协、不分手。

他是笃定她会心疼他的吗？

她都说她不爱他了，都说只是利用他了，他到底哪儿来的自信，认为她会心疼他？

可是在她丢下陆南城的衣服跑回房的那一瞬，她的行为就泄露了她的心疼，这场心理战她彻底输给陆南城了。

乔妤躲回自己的卧室，好一会儿都没缓过气来，胸口那种被人揪着的感觉实在是让她窒息。

她给乔荞打电话，哽咽着问：“姐，爸爸的情况现在怎么样？”

因为她还在休养，所以昨天乔仁民入院后，一直是乔荞在照顾。

乔荞回道：“爸爸的情况比昨天好多了，发生什么事了吗？”

乔妤声音里的异样乔荞一下子就听出来了，所以很是关心地询问她。

乔妤边跟乔荞讲述着陆南城偏执的所作所为，边走到了窗边。陆南城身上的白衬衣已然脏了一大片，而因为抬手擦汗的动作，他英俊的脸颊上也沾上了泥巴，那形象要多狼狈就有多狼狈。

而这样的形象也狠狠地刺痛了乔妤的眼睛和胸口，她的眼泪一下子就落了下来。

她缓缓地蹲了下来，哭着对乔荞说：“姐，我撑不住了，我想见一见爸爸，然后离开这里。”

继续待下去，她跟陆南城只是互相折磨。

他不虐她，而是自虐，她受不了，胸口疼到要窒息。

当初故意接近他的是她，当初拿孩子拿捏他的也是她，羞辱她的是方慧君，而陷害了顾惜时，让她心里有疙瘩的人也是方慧君，他有什么错呢？

他明明什么错都没有，可他因为她们这些人而饱受折磨。

如果她离开，陆南城见不到她应该就消停了，再过段日子，他也就忘了她了。

而且昨天顾惜时邀请她一同去香港生活，这样她既可以休养身体，又可以疗心里的伤。

乔妤哭成这样，乔荞心疼不已，以前的乔妤没心没肺、乐观开朗，几乎没有什么事能让她伤心到大哭。

可现在电话里的乔妤，哭得停不下来。

是因为陷入爱情里了，所以才这样心痛吧。

楼下的陆南城找了大约有半个小时，终于找到了那枚昨天被乔妤狠心丢弃的戒指，将那已然被泥巴包围的戒指捏在指尖的时候，他听到了自己的心脏恢复正常跳动的声音，胸口的郁气也跟着消散了几分。

从昨天乔妤把戒指丢了后，他就气得胃疼。

她还真是没良心，竟然说丢就丢了，一点儿都不心疼。

倒是害得他一晚上都没睡好，咬牙切齿地想着要怎样折磨她，让她也跟他一样狠狠地痛，只有这样，他才觉得解气。

直起腰来，眯眼看向乔妤房间的那扇窗户，只见窗帘被拉得严严实实的，不过这都无所谓了，刚刚她丢下他的衣服跑掉的时候，他就知道她肯定痛得难受，他的目的也达到了。

他就是要让她痛，只有痛过了才知道珍惜，等她痛得受不了的时候，就不折腾着要分手了。

走出乔家后花园的时候，陆南城身上一片狼藉，保姆也不敢叫陆南城进家洗手，毕竟刚刚陆南城跟乔妤闹得很僵，她只拿了毛巾来让陆南城擦了擦手。

擦完手，陆南城就带着自己找到的戒指离开了，连同那轰隆隆的挖掘机一起。

他今天来这里闹腾一通的目的，一是找戒指，二是让乔妤痛。

现在两个目的都达到了，他也就不逗留了。

直到陆南城车子引擎发动的声音消失，乔妤才从床上缓缓地坐起身来，她拿过手机来给顾惜时打电话，她想让顾惜时尽快带她走，如果可以，今天就离开。

顾惜时听了她的决定后说："那我过去接你，我们一起去医院看望乔先生，探望过后我们就走。"

乔仁民也同意乔妤随顾惜时一起离开，南城现在的氛围对乔妤来说太不利了，根本不适合她调养身体。

看到乔妤找到自己的生父生母，乔仁民也很欣慰，很替乔妤开心，以后有景元海跟顾惜时护着她，没有人敢再欺负她了。

从医院回到家后，乔妤简单地收拾了行李就离开了，没有跟陆南城告别，也没打算跟陆南城纠缠什么。

如果可以，她也想跟他好聚好散，但是他那副样子，她只能先斩后奏。

在出发去机场之前，景元海先帮乔妤发了一条通告给各大媒体：乔好方面宣布，跟陆南城的婚约取消。

陆南城的电话打过来的时候，乔妤他们已经到了机场，准备办理登机手续，乔妤抿唇看了一眼自己的手机，最终接了这通电话。

陆南城的声音在那端已经近乎阴鸷了，他咬牙说道：“乔妤，你今天滚了就永远别回来。”

乔妤努力让自己的语气轻快一些：“陆南城，我们之间不过就是一场感情游戏，你干吗这么较真啊？”

乔妤故意说得满不在乎，陆南城的火气隔着电话乔妤都能感受出来。

他一字一句地质问她：“当初你问我要不要娶你的时候，我问过你，我说，我要的你能给得起吗？”

乔妤胸口一阵令人窒息的刺痛传来，然后就听陆南城自嘲地又说：“现在我告诉你，我要的你根本就给不起。乔妤，你就是个骗子。”

陆南城这样近乎嘶吼地说完，就干脆地挂断了电话。

明知道当初她的回答根本不走心，可他偏偏就是信了她。

是他自找的，活该！

陆南城挂断了电话，将手机丢到一旁，然后疲惫地将自己丢进了椅子里。

他以为她会坚定不移地跟他站在同一条战线上，跟他一起对抗那些阻力，现在看来是他一厢情愿了。

她是个懦夫，才刚开始就退缩了。

这一场情感的痛之于他来说，伤筋动骨。

如果可以，一定不要去爱。这是他在这段短暂的感情里得出来的刻骨铭心的经验。

被挂断电话的乔妤脸色并不怎么好看，她不是没投入感情，所以又怎么能不痛？

一开始，她确实没想过要太投入，只想利用陆南城帮她和乔氏渡过危机，可谁知道后来跟陆南城相处越来越久，她的心也不受控制地沦陷了。

今天陆南城一身泥泞地在后花园里找戒指的时候，她的心彻底沦陷。

可偏偏在她彻底爱上的时候，她不得不结束这段感情。

是她没有能力去牵起他那样优秀男人的手。

死死咬着自己的唇，她才克制住，没让眼泪流出来。

乔妤宣布跟陆南城的婚约取消并且离开了南城，心情最好的当然是方慧君和周蓉蓉。

只要陆南城不跟乔妤在一起，方慧君就又是那个慈爱完美的母亲了。

至于周蓉蓉那里，看到新闻简直开心得要疯了，她等他们分手这一天等得好辛苦。

因为情场失意，所以陆南城晚上拖了纪杭出来喝酒。

陆南城向来是成熟隐忍的人，也是自控力很好的理智的人，借酒消愁这样的行为他向来很不屑，然而今晚他一杯接一杯地喝了起来。

作为医生，纪杭只能尽力阻止道："酒是穿肠毒药，还是少喝为好。"

陆南城不为所动，杯中的酒瞬间就见了底。

纪杭只好又说："借酒消愁，本质上并不能真正消除你心底的哀愁。"

陆南城又给自己倒了一杯。纪杭见状，愤愤地说："不就是个女人吗？你跟我说说乔妤哪儿好了？除了长得漂亮，她还有什么值得你惦记的？"

"性格不够温柔，还总会气人，还是气死人不偿命的那种，她有什么好？"

其实纪杭之前对乔妤的印象也挺好，不然也不会各种帮她，可乔妤今天一则取消婚约的通告，让纪杭对她心生不满。

纪杭跟陆南城目前都不知道上一代人的那些恩怨，所以纪杭不解乔妤为什么忽然这样决绝，他认为乔妤很是没良心，要是陆南城做了什么对不起她的事，她这样无情也就罢了，可陆南城从未伤过她，甚至对她百般纵容，她怎么就能狠下心说分手？

当初千方百计要接近陆南城的人是她，现在把陆南城撩得动了心，她说离开就离开，纪杭觉得乔妤这个女人真是个祸害。

陆南城那人的性格有多凉薄，纪杭最清楚不过，可是遇见乔妤后，在乔妤面前的陆南城简直就像换了一个人。

可以用这样一句话来形容陆南城：他是南城最凉薄寡情的人，却只为乔妤狂热。

陆南城又一杯酒下肚，手机响了起来，纪杭瞥见了，是陆老爷子打过来的。

陆南城意兴阑珊地接起电话。陆老爷子没好气地在那端说："你跟那个乔妤最近的事情，我也都听说了，既然孩子没了，又是她先提出取消婚约，也不算我们陆家对不起她了。"

"呵呵——"陆南城冷笑了一声。那端的陆老爷子瞬间皱眉质问道："臭小子，你这是什么意思？"

陆南城醉醺醺地说："没什么意思。"

他能有什么意思？

他现在就算有什么意思也晚了不是吗？那个狠心的女人已经远走高飞了。

陆老爷子听出了他声音里的异样，忍不住问："你在哪儿呢？怎么听上去醉醺醺的？"

陆南城一只手拿着手机接听陆老爷子的电话，一只手摇晃着手中的酒杯，自嘲地说："我在哪儿又是什么样的精神状态，你们有人在乎吗？"

但凡他们真的在乎他关心他，当初就不至于那样反对他娶乔好。

“陆南城！”陆老爷子在那端气得吼道，“不就是个女人吗？你至于这样要死要活的？”

不就是个女人吗？还是个相处了没多长时间的女人，他至于这副样子吗？

陆南城低低地笑了一声，对陆老爷子说：“我就是活不下去了！”然后径自挂断了电话。

一旁的纪杭睁大了眼惊愕地看着陆南城，他竟然连活不下去这种话都说出来了。

认识陆南城这么久，纪杭第一次被陆南城吓到。

惊吓之余，他连忙劝道：“这世上没谁离了谁不能活，你何必这么较真？”

理论上，纪杭觉得陆南城不是那种为情所困的人，但陆南城现在的状态，纪杭实在是不敢恭维。

不过情正浓的时候骤然被分手，正常人谁能受得了？

除非那个人一点儿感情也没投入。

陆南城不介意乔好狼藉的名声，也不介意孩子没了，更不在乎母亲方慧君的反对，而且给予她的还是婚姻。

陆南城都做到这一步了，乔好为什么还要分手？

想到这里，纪杭又说：“你有没有觉得乔好这场分手来得有些牵强？按理说，她不是无理取闹的女孩子。”

陆南城微微眯了眼，反问他：“你是说她有什么难言之隐？”

纪杭点了点头，陆南城抿唇沉默了下来。

其实乔好走得这样果断，他也一直隐隐感觉不太对劲，却又找不出具体原因来。

他不信乔妤对他没感觉，她的眼神骗不了人，哪怕她一开始接近他的目的不是因为爱情。

而且按照她的性格，如果她对他真的无情，不会跟他磨叽到现在才提分手，她肯定是想过跟他走下去的。

凌晨两点，纪杭把喝得烂醉如泥的陆南城送回家，却在陆南城的家门口看到了等在那里的陆老爷子，还有陆云涛和方慧君。

三人都面色沉重，纪杭跟三人打过招呼后问："老爷子，是发生什么事了吗？"

陆老爷子没好气地说："他都说不想活了，我们能不过来看看吗？"

纪杭笑了一下，安抚着老爷子："他心情不好乱说的，他怎么可能真的不活了？"

说起来纪杭也是心机深沉的人，此时故意说陆南城心情不好，让陆老爷子和方慧君他们心里不好受。

毕竟如果当初他们没有那么强烈地反对陆南城跟乔妤在一起，说不定他们俩现在不会走到这一步。

果然，听闻此言，陆老爷子和方慧君的脸色难看到了极点，方慧君看向陆南城的眼神满满的心疼。

陆南城醉得很厉害，纪杭将陆南城扶进家，又在陆云涛的帮助下将陆南城抬到床上，方慧君手脚利落地去拿了湿毛巾来，细心地帮陆南城擦着手和脸。

无论她跟陆云涛之间如何，陆南城终究是她的亲生儿子，是她十月怀胎生下来的孩子，她不心疼是假的。

纪杭前脚刚走，床上的陆南城就冲到卫生间吐了一通，方慧君看着陆南城吐得很是痛苦的样子，心疼得直掉眼泪。

陆南城吐完踉踉跄跄地往外走的时候，方慧君想要扶着他，陆南城似是没想到方慧君会出现在这里，醉眼惺忪地看着她说："妈？你怎么来了？"

方慧君抹着泪说："你都这样了，我们怎么能不来看看？"

"你们？"陆南城微微蹙眉，蹒跚着去了客厅，然后就看到了一脸肃穆坐在那儿的陆老爷子还有陆云涛。

只看了那么一眼，陆南城就转身又朝自己的卧室走去，顺便对几个人冷淡地说道："你们走吧，放心好了，我死不了。"

"南城！"方慧君的眼泪再次掉了下来。

陆老爷子气得噌地从沙发上站了起来，手中的拐杖在地板上重重地戳了一下，他说："瞧你那点儿出息！"

然而陆南城没什么反应，回了卧室，重新将自己丢到床上继续昏睡。

方慧君上前想要帮他脱了身上的衣物，被他很是排斥地躲开了。方慧君看着床上的儿子，胸口无比酸涩。

她一直以为她跟陆南城的关系不错，这么多年来他们一直母慈子孝，可直到今天这一刻，直到看到他为了乔妤醉成这副样子，她才猛然惊觉，她跟这个儿子，其实……陌生得很。

上前拉了被子来给陆南城简单地盖了一下，方慧君转身关上卧室门出去了。

陆老爷子见她出来，没好气地对两人说："等他醒来，你们想想怎么跟他说你们过去那点儿破事。"

陆老爷子说到这里，又狠狠地瞪了一眼方慧君道："尤其是你！"

陆老爷子当初也没想到方慧君会走那一步，将现在改名为顾惜时的顾映蓝送上了景元海的床。

在陆老爷子看来，方慧君当时都成功嫁给陆云涛，也生了孩子，陆云涛心里有谁已经不重要了，整个陆家都是她儿子的，她还有什么不满意的？还折腾什么？

现在好了，她自己作下的孽报应在了儿子陆南城身上。

她的宝贝儿子三十二年来不曾为哪个女人动过心，如今却爱上了被她设计后的顾映蓝生下的女儿。

陆老爷子又交代道："把这些恩怨都告诉他，也好让他对那个乔妤死心。"

他们两人之间隔着这些恩怨，想想就知道不能再在一起，也省得陆南城再这样颓废了。

陆老爷子吩咐完就走人了，陆云涛跟方慧君随后也离开了，不过他们是各自离开的。

方慧君在临走之前给陆南城倒了水，并把水杯放在床头柜上，又用电饭煲给他预约了清淡的粥，等明天早晨他醒酒就能喝上。

在香港的第一个晚上，乔妤睡得很舒服，跟远在南城醉酒的陆南城是截然不同的状态。

陆南城第二天早晨醒来的时候头疼得要命，眯着眼抬手去摸床头柜上的杯子。昨晚他依稀间记得床头柜上是有水杯的，却摸到了一只属于女人的柔软的手。

陆南城整个人僵了一下，不想睁开眼睛。

那一刻他心里想着的是，乔妤其实并没有随顾惜时去香港，而是重新回到了他身边，在他喝醉的时候照顾他，不再跟他提分手的事情。

然而下一秒钻入耳中的声音又让他瞬间清醒了过来，女人声音温柔似水地说："南城，你醒了？"

这根本就不是乔妤的声音，乔妤很少叫他南城，乔妤的声音也没有这个女人这样温柔，可他偏偏爱听她清脆中带着无限生机的声音。

猛地抽回自己的手，睁开眼，就见周蓉蓉满脸关切地站在他床边，她表情里还带着几分娇羞，应该是因为他刚刚握了她的手。

一想到自己刚刚抓的是周蓉蓉的手，陆南城整个人都不好了。

从床上坐了起来，他冷着脸问："你为什么会在这里？"

其实陆南城不用问也知道周蓉蓉为什么会在他家，肯定是方慧君授意的。

周蓉蓉很是无辜地解释道："昨晚伯母给我打电话说你喝醉了，她身体又不好，所以我就过来照顾你了。"

周蓉蓉说话也是经过深思熟虑的，从头到脚她都没明说到底是方慧君叫她来的，还是她自己主动来的，打太极的功力不一般。

周蓉蓉说完又看看陆南城的脸色，关心道："你还好吗？头还疼吗？我去帮你倒点儿水。"

"不必了。"陆南城没有任何犹豫就拒绝了，然后冷漠地撵人，"抱歉，周小姐，我这里并不欢迎你，你请回吧。"

陆南城之前觉得周蓉蓉还算端庄识大体，所以才会将她列入结婚人选之列。可是周蓉蓉回国后的所作所为，次次让他失望，现在已经到了让他厌恶的地步。

周蓉蓉被他的冷漠弄得很是尴尬，也颇有几分潸然泪下的意思。

陆南城厌恶地别开眼，顺便从床的另外一边下去了，他看都没看周蓉蓉就说："过度的聪明，会让人倒尽胃口，毕竟别人也是智商在线。"

陆南城说完就径自出了卧室，对周蓉蓉不理不睬。

周蓉蓉独自站在陆南城的卧室内，双手死死地揪住自己的衣角，为什么？这到底是为什么？

为什么他都这样了，还不肯看她一眼？她到底是哪里不好？

昨晚她都要睡了，方慧君给她打来电话，言语间明里暗里地告诉着她，她可以到陆南城家照顾陆南城，趁机跟陆南城拉近关系，说不定还可以跟陆南城生米煮成熟饭。

可现在陆南城说她让人倒胃口，周蓉蓉忍不住落下泪来，转身捂着嘴哭着跑走了。

早饭陆南城没吃方慧君给他熬的粥，上一次方慧君跟庄湛联手伤乔好，这一次方慧君又跟周蓉蓉联手设计他，对这个母亲，陆南城真是失望透顶。

不过他随后还是给方慧君打了个电话，电话一接通，他就说："是不是我真的死了，你才会停止对我的伤害？"

事到如今，陆南城连一声妈都不想叫了。

方慧君很是委屈地说："南城，我什么时候伤害过你？我所做的一切都是为你好啊，我是你妈妈，天底下最希望你过得好的人就是我了。"

"你希望我过得好？"陆南城冷笑了一声道，"你怕是只想你自己过得好吧？"

方慧君情绪失控地吼道："陆南城！我是你妈，你跟我说这样的话，考虑到我的感受了吗？"

陆南城用平静到近乎冷漠的语气说："正因为考虑了你的感受，所以才说这样的话。"如果不考虑方慧君的感受，陆南城跟方慧君断绝母子关系的心都有了。

方慧君一下子歇斯底里起来，在电话那端凄厉地吼道："好，既然你这样怨我，那我就再告诉你，顾惜时就是你爸心头上的那个女人，而乔好就是我当初把顾惜时送上景元海的床的产物，你跟乔好之间夹杂着这么多的恩怨，这辈子你都别想再跟她在一起了！"

"你要恨我，那就使劲恨吧！"方慧君一通嘶吼便直接挂断了电话。

陆南城整个人都僵在了原地，好长一段时间才消化完方慧君刚刚那番话。

他一直知道陆云涛有一个心上人，但他怎么都没想到那个心上人是顾惜时，也就是乔妤的生母，怪不得当初陆云涛第一次见到乔妤的时候，神色惊愕地紧紧盯着乔妤。

而更让陆南城震惊的是，他妈当年还做了那样的事。

陆南城想到这些，胸口忽然不受控制地绞痛起来。

难怪乔妤会走得这样干脆，换作是其他人，知道了这样的往事也断然不会再跟他在一起，更别提方慧君从一开始就对乔妤各种嫌弃羞辱了。

昨天乔妤绝情地宣布解除婚约，他心里恨她、怨她，可今天知道真相后他才明白，她的决然离去是为了给他留一份体面。

她没有不爱他。

她是因为爱着他，所以才选择走这一步。

陆南城浑身血液翻涌，一瞬间有种不管不顾飞到香港找她的冲动。

可他很快又冷静下来，因为他还有很多事情要做。

他要重新赢回她，那就必须让方慧君跟老爷子妥协，接受她，正好她现在也在小月子休养中，他就暂时不去打扰她了。

等他把他们之间的障碍扫清，再去找她。

一个月而已，咬一咬牙就过去了。

那天，陆南城去参加一个酒会，席间遇到了庄湛。

所谓冤家路窄，两人一个眼神不对就当场大打出手，郑远川跟庄湛的司机试图拉开两人，然而无济于事。

两人闹得动静太大，最终惊动了警方被带进了警局。

办案的民警面对这样的两个人物很是头疼，试图劝两人和解，赶紧回家，该干吗干吗去，但两人竟然谁都不接受和解。

民警的头更疼了，而他们闹得更凶。

尤其是陆南城，抿唇坐在那里，一脸决绝，似乎非要将庄湛告上法庭讨个公道才肯罢休。

庄湛还好一点儿，情绪冷静得比较快。

庄湛原本无意跟陆南城对簿公堂，但庄湛没想到陆南城竟然没完没了，起诉的事情是陆南城先提出来的，庄湛总不能能认输，于是两人就又对峙上了。

郑远川小声劝了陆南城几句，他觉得实在没必要闹成这样，对陆南城这样的身份来说，打架斗殴已经够有损形象的了，再闹上法庭……

然而郑远川劝过后，陆南城依旧没有收手的打算。郑远川也束手无策了。

半晌，陆南城起身叫了郑远川到外面，吩咐道："给老爷子打电话。"

郑远川一头雾水地问："啊？"

饶是郑远川跟在陆南城身旁多年，也一时不能理解陆南城为什么要让他给陆老爷子打电话。

未成年人打架斗殴才需要叫家长的不是吗？陆南城这都三十二岁的成年人了，完全没必要叫陆老爷子不是吗？

就算需要人的话，陆氏律师团随便一个人来就可以。

陆南城径自说道："告诉他我跟庄湛打架斗殴进了警局，你劝不下，于是只好找他了。"

郑远川看了他一眼，说："好。"

郑远川想他应该能明白陆南城这样做的意图了，故意闹腾出这些事来，好让陆老爷子他们感觉到他的疯狂。

因为被乔妤甩掉后生无可恋而疯狂，因为过得不幸福，所以什么都不顾了而疯狂。

郑远川随后给陆老爷子打电话过去，没多久陆南城就接到了陆老爷子打过来的电话。

陆老爷子咆哮道："陆南城，你到底想干什么？"

大半夜的，陆老爷子原本都要休息了，结果郑远川一通电话硬生生将他气得差点儿从床上跳起来。

陆南城不是一般的人，他打架斗殴影响的是陆氏的形象，是陆家的形象。

这个孙子长这么大，陆老爷子从来没见他做过这么疯狂的事，他不生气就怪了。

陆南城看了庄湛一眼，不咸不淡地回道："没想干什么，看对方不顺眼就动手了。"

陆老爷子肺都要气炸了，吼道："你以为你是小混混吗，看不顺眼就动手？"

一旁的庄湛听到陆南城接陆老爷子的电话后，就瞬间明白了，他今晚被陆南城拽着来警局闹个没完没了，完完全全是陪陆南城演了场戏。

陆南城不顾一切地向陆老爷子、方慧君表示反抗，反抗他们不同意他跟乔妤在一起。

意识到这一点，庄湛咬牙瞪了陆南城一眼，起身头也不回地带着自己的助理离开了警局。

从他跟陆南城一起进警局的那一刻起，他就落入了陆南城的算计中，他已经输了，如果他继续跟陆南城耗下去不过是徒增笑料。

陆南城看着庄湛愤然离去的背影，嘴角勾起了一抹冷笑，陆老爷子还在那端继续吼着，他根本就懒得去听陆老爷子说些什么，反正他的目的已经达到了。

“你周末给我滚过来，我们谈谈！”陆老爷子最后又吼了一句，然后就挂了电话。

陆南城对这个结果很满意，结束通话，他看向旁边的民警，说：“抱歉，给您添麻烦了。”

庄湛已经走了，陆南城原本也没打算要追究什么，所以签字后，他跟郑远川也出了警局。

郑远川深呼吸了一口气，外面的空气真新鲜，他差点儿以为自己今晚出不来了。

他转头问陆南城：“您觉得这样做会有效果吗？”

陆南城在抽烟，闻言眯着眼说：“如果我直接去说服我妈接受乔好，我妈肯定又要恼，让老爷子出面去劝比我要好使。”

如果他还想跟乔好有未来，首先要让他妈改变对乔好的态度。

他并不强求他妈有多喜欢乔好，他只要求她不要再反对，也不要再给乔好冷脸和难堪。

上次他醉酒，加上这次打架斗殴，够让老爷子头疼的了，也足以让老爷子妥协了，老爷子那人向来嘴硬，其实心里很疼他这个孙子。

老爷子必然不愿意看他继续堕落下去，加上有被陆云涛怨恨半辈子的心结，这次只怕是拿他一点儿办法都没有了，由老爷子出马来说服方慧君，陆南城觉得比自己有用多了。

郑远川幽幽地看了一眼陆南城，没再说什么。

他曾经在电视里看过，有人为了爱情费尽心机，没想到今天在现实中也上演了一出。

第十四章
长跪不起求来的姻缘

周末，陆南城如约驱车去了郊区陆老爷子的住处，嘴角以及脸颊颧骨处还带着之前他跟庄湛打架留下的瘀青。

陆老爷子一看他这副样子，拐杖差点儿招呼到他身上，怒不可遏地冲他吼道："你给我过来！"

陆南城神色自若地跟老爷子来到了书房，书房一角有一个原木的五斗柜，上面摆放着已经去世的陆老太太的黑白照片，一个很慈眉善目的老太太。

陆老爷子用拐杖狠狠地戳着地板，绷着脸冲陆南城说："跪下！"

陆南城没什么意见地走过去，双膝落地在陆老太太的照片面前跪了下去，不过脊背依然挺得笔直。

陆老爷子见不得他这副暗戳戳对抗的姿态，没好气地一拐杖抡在了他后背上，说："你奶奶活着的时候多疼你？你现在堕落成这副样子，你对得起她吗？"

陆老爷子一想到陆南城顶着一张挂彩的脸去公司上班就闹心，他难道就一点儿羞耻心都没有了？是不是跟乔妤那个厚脸皮的臭丫头在一起时间长了，他也跟着脸皮厚起来了？

陆南城吃痛地皱了一下眉，不过嘴上是一点儿都没有悔改的意思，说："我不认为我哪里堕落了，我失恋了难道还不能发泄一下坏心情？如果奶奶还活着的话，她一定会支持我的选择，绝对不会让我爸的悲剧在我身上重现。"

"你——"陆老爷子被他拿捏住软肋，气得说不出话来。

一个没忍住，他又一拐杖抡到了陆南城身上，打完他又恨恨地咬牙说道："既然你这么不思悔改，那你就先在这儿给我跪着好了！"

陆老爷子说完就转身离开了书房，将陆南城一个人晾在了这儿。

陆南城没什么反应，反正他今天来的目的就是要让陆老爷子妥协，不管付出什么样的代价。

跪就跪。

陆南城是早上过来的，陆老爷子也是下了狠心，这一跪竟是让陆南城从早上跪到了中午午饭时分。

管家准备午饭的时候过来征求陆老爷子的意见，道："要不要准备南城的那份午饭？"

陆老爷子绷着脸沉默了半天，最终也没回答管家到底要不要准备陆南城的饭，而是重重踩着脚步再次去了书房。

陆南城依旧脊背挺拔地在那儿跪着，即便额头已经因为膝盖酸疼而有细密的汗珠浮现，也不曾有过一丝一毫的妥协和退让。

陆老爷子看着他这副固执的样子只觉得心力交瘁，走过去语重心长地问道："你是没见过女人还是怎么了？到底为什么就觉得她好？"

陆老爷子想来想去，觉得可能是因为他这孙子这么多年来都没谈过恋爱，所以才会一谈恋爱就被乔好迷住了。

“爷爷，您错了。”陆南城有些虚弱地开口说话，让陆老爷子又是好一番心疼。

陆南城有些自嘲地笑了一下，说：“这些年我在这个位子上什么女人没见过？而正因为见过了太多的女人，所以才会觉得她好。”

他有着出色的外表和优渥的家世，几乎在少男少女情窦初开的年纪就已经有女孩子主动往他身上贴。

后来他掌管陆氏，各种各样想攀上他的女人多如过江之鲫，乔好并不是第一个试图攀上他的女人，可只有她成功了。

陆老爷子看着他这副非乔好不可的表情就来气，瞪着他说：“如果我非不同意的话，你打算怎么办？难道你要在这里一直跪下去？”

陆南城笑了一下，看着老爷子真诚地说：“那倒不会，毕竟我身上还有陆氏这个责任和担子，我不会这么任性地丢下这些。”

“你知道就好！”陆老爷子松了一口气。陆南城紧接着说道：“只不过以后您就不要对我结婚生子抱什么希望了，我花了三十二年才遇到一个让我愿意结婚的女人，可能要再花个二三十年才能遇到下一个想让我结婚的女人。”

陆老爷子差点儿被陆南城这番话气昏过去。

再等一个二三十年？到时候他都五六十岁了，那他们陆家在他这一代还能有后吗？

陆老爷子被这个孙子折腾得筋疲力尽。

他就知道他这个孙子不好对付，臭小子这一套一套的招数往他身上砸，陆老爷子觉得就算他再年轻个几十岁也斗不过陆南城。

他冲自己的好孙子摆了摆手，无力地骂道：“滚出来吃饭。”

就这样吧，他认输了。

对峙了一上午得到这样的结果，陆南城对此表示很满意。

膝盖上的酸疼也就不算什么了，只不过起身的时候他还是因为腿麻而踉跄了一下，连忙扶住旁边的柜子，才勉强撑住了自己的身体。

早上的时候他特意没吃早饭过来，为苦肉计做足了准备，他倒是没想到会被老爷子罚跪。

陆南城下楼的时候，午饭已经准备好了，陆老爷子冷着脸坐在餐桌旁，陆南城洗了手坐下，一口气吃了两碗饭，也没顾得上跟老爷子说什么。

陆老爷子看他饿成这副样子，瞬间就想到了他有可能是故意把自己弄得这么惨，好让自己爷爷同情心疼，想把他赶回去继续跪着的心都有了。

老爷子咬牙说道："你在我这儿用苦肉计有什么意思？之前你要娶她的时候，我不是都没什么意见了吗？有本事你去你妈面前跪着，让她心疼让她妥协。"

陆南城自嘲又无奈地说："您觉得我去她面前跪了，她就能真的放下心里的那些芥蒂吗？"

顾惜时跟景元海可以为了乔妤放下那些恩怨真诚接纳他，但是他母亲很难做到，这也是为什么他会来找陆老爷子帮忙。

陆老爷子一时间没说话。陆南城诚恳地看着陆老爷子说："爷爷，这么多年我没求过您，但是这一次我需要您帮我，您去劝她比我自己去劝有用，您是长辈，说话比我有分量。"

陆老爷子抿了抿唇，最后说："我只能说我尽力，我也不能保证能劝好你妈，你妈那个人心结向来比较重，不然当初也不会害人家。"

方慧君并不是一个能轻易看开和放下的人，不然当初就不会都跟陆云涛结婚了还去陷害顾映蓝。

陆南城说："您肯帮我，我已经很感激了，对结果并不强求。"

陆老爷子没好气地说："你不强求结果？你不强求结果，你会跪一上午？”

陆南城低眉垂眼地吃饭，不说话，老爷子也不想再多说什么。

午饭后，陆南城就离开了，陆老爷子斟酌了许久才给方慧君打电话。

方慧君问道：“爸，您找我有事吗？”

陆老爷子深深叹口气，说道：“上午南城来我这里了，在他奶奶面前跪了一上午。”

“什么？”方慧君听到这话都不知道是该震惊还是该心疼。

陆老爷子解释道：“是我让他跪的，我是想让他跪在那儿反省他自己，先是醉酒又是打架斗殴，他还想不想当这个陆氏总裁了？他到底要为了一个女人跟我们对着干到什么时候？”

老爷子说的这些事方慧君都知道，陆南城跟庄湛打架闹到警局的事情后来都传开了，她也没想到陆南城会做出这种极端的事情来。

后来她打电话给陆南城，想要询问一下他的伤口，结果他冷漠地回一句“死不了”便挂了电话。

他们之间的关系，从那天晚上她安排周蓉蓉去他的房子开始，就彻底恶化了。

即便没有乔妤，他们之间的关系也越来越差。

方慧君不是不懂陆南城极端的目的，他就是在用这样的方式发泄着自己对他们的不满。

老爷子继续说：“结果他一跪就一上午，一点儿都不妥协，最终只能我妥协。”

老爷子说到这里重重叹了一口气，语重心长地劝着方慧君道：“如果可以，放下过去那些往事吧，南城毕竟是你唯一的儿子，作为过来人，我深深知道那种被自己儿子怨恨着的滋味，我不想你也跟我一样。不管你们上一代之间的恩怨如何，南城跟乔妤是无辜的，你不能把你们的恩怨强行加诸他们身上，这对他们不公平！”

陆老爷子的这番话让方慧君沉默下来。

这个道理她自然是懂的，可心里……

就算乔妤不是顾惜时的女儿，她也对乔妤那样的女孩子看不顺眼。

太张扬太美艳，性格也不好驯服，一看就不是能好好居家过日子的人啊。

“该说的我就说到这里了，你自己好好考虑考虑吧，也为南城想一下，作为母亲，你总不能一直跟他关系这样僵着，总不能一直看他这样闷闷不乐，极端下去。”陆老爷子说完这些就挂电话了。方慧君捏着手机愣怔地坐在那里，半晌都没有动弹。

老爷子说得对，被亲生儿子怨恨着的滋味真的不好受。

她不知道该用什么词来形容自己现在的心情，说痛不欲生似乎丝毫不为过。

方慧君看着手里的手机，有心给陆南城打个电话说些什么，可最终又黯然放下了手机，现在无论她说什么，他都不会信了吧？

母子两人的关系一直僵持着，直到方慧君出了一场车祸。

她因为精神恍惚，开车的时候不小心撞在了路边的隔离带上，幸好方慧君只是受了伤，并无性命之忧，也没有误伤其他无辜的行人。

终究是自己的生母，陆云涛又对方慧君不闻不问，陆南城只能匆匆赶去了医院。

方慧君见到他，虚弱又抱歉地说：“不好意思啊，南城，你看我这也没什么依靠，只能连夜把你叫来了。”

“没什么好抱歉的，这是我的责任。”陆南城语气淡淡地说，“医生说你身体没什么大碍，重要的是好好养伤，其他的事情你不要多想了。”

方慧君愣怔地看着自己的儿子，眼圈一红，忽然就落下泪来。

陆南城只以为她是受伤后没人在身边陪伴而觉得伤感，于是又说：“你还有我。”

方慧君哭得更凶了，边哭边说：“如果你非乔妤不可，那你就跟她在一起吧。”

陆南城表情惊讶地看向她。方慧君又哭着说道：“以前都是妈的错，是我太糊涂，也是我太偏执，一心只想要我自己心里痛快，却忽略了你的感受。”

车子撞向隔离带的那一刻，她忽然就什么都不计较了。

她想只要她能活着，她就什么都可以放下。

“谢谢。”陆南城接受了方慧君的道歉。

他等方慧君这一句同意，等得太不容易。

而等到了方慧君的这句同意，他就可以没有后顾之忧地去重新赢回乔妤的心了。

陆南城又看着方慧君说：“妈，乔妤是个好女孩，相信深入了解她以后，你会喜欢她的。”

方慧君抹了把眼泪别开了眼。

她一直知道她们母女俩很好，只是她一直不肯承认她们的好。

想到顾惜时，方慧君又自嘲地说：“我打算跟你爸离婚，这样无爱的婚姻继续下去也没什么意思了。”

陆南城再次惊讶于她的决定，不过他随后又说：“我说过了，你还有我。”

或许这次劫后余生的车祸，真的让方慧君看开了。

只是，人为什么非要等到经历过生死，才能看淡一切呢？如果当初她不那么针对乔妤，说不定他跟乔妤现在不会分手，说不定……

陆南城心里无数个说不定到这里就戛然而止，因为人生没有如果，一切都不会重来。

每个人唯一能做的，就是珍惜现在。

一转眼乔好到香港已经一个月了，这一个月来她的日子过得很是惬意，顾惜时每天变着花样给她做好吃的补身体，母女两人相处得很是愉快。

那天她跟顾惜时在外面餐厅吃饭，放在一旁的手机忽然响了起来。

乔好看着手机屏幕上显示的陆南城的号码，表情微微发怔。

她没想过陆南城会联系她，毕竟这一个月来他们从未联系过，乔好以为陆南城大概已经忘了她了。

这通电话乔好还是接了，语气淡淡地问："哪位？"

乔好故意跟陆南城装陌生人，不然她不知道他们现在还能是什么关系。在她这里，分了手没法做朋友，那就只能做陌生人了。

陆南城同样语气浅淡地回道："你未婚夫。"

乔好一时间有些气结，没法再跟他装陌生人，她只好礼貌笑了一声，说道："我们的婚约都解除了不是吗？"

陆南城不疾不徐地反问她："单方面的解除能算数？"

"你、你什么意思？"乔好因着陆南城这句话慌了一下。

陆南城说："我的意思是，我就当你宣布解除婚约是任性跟我闹闹脾气，回来后，你还是我陆南城的未婚妻。"

这下乔好不能淡定了，她咬牙说道："陆南城，你是不是疯了？"

乔好不仅仅是因为他说他们的婚约还作数而骂他，还因为他之前做的那些疯狂事。

虽然她人不在南城，可她跟乔荞还保持着密切的联系，所以他又是酗酒又是跟庄湛当街打架这些事，她都知道。

他那样的身份地位做那种出格的事，不是疯了是什么？

陆南城语气平静地说：“我没疯，是你太天真而已。”

是她太天真，以为一段感情可以简单地说断就断。

既然开了头，哪有那么容易就结束的道理？

乔妤被噎得狠了，恼火之下干脆挂断了电话。

对面的顾惜时见她情绪不稳，关心地问道：“陆南城给你打的电话？”

乔妤长嘘了一口气，说：“是。”

还没等顾惜时再说什么，乔妤的手机又响了起来，还是陆南城打过来的。

乔妤接了电话，忍无可忍地低声吼道：“你到底想干什么？”

跟她的恼火暴躁相比，陆南城显得平心静气极了。

他温柔地问道：“身体恢复得怎么样了？”

乔妤心尖上像是被针扎了一下，疼得她恶狠狠地回道：“跟你有什么关系？”

陆南城理所当然地说：“当然有关系，你怀过我的孩子，是因为我才遭的这番身体上的罪，我当然要关心你。”

乔妤无语极了，一个月没见，这人怎么从高岭之花变成无赖了？

向来伶牙俐齿的她，招架不住之下再次选择挂断电话，并且这次干脆将陆南城拉黑了。

顾惜时待她情绪平复几分后，这才说：“他怎么忽然给你打电话？”

乔妤一时间不知道该怎么跟顾惜时说，刚刚陆南城在电话里传达的意思，她也怕气着顾惜时，因此愤愤地说道：“谁知道他发什么神经，不说他了，咱们继续吃饭。”

顾惜时见乔妤并不想说也没再勉强，因为她知道，有些时候不想说是因为心里兵荒马乱。

她的女儿分明没有忘记陆南城，不然又怎么会因为陆南城的一通电话就乱了心呢？

顾惜时转移了话题，轻声说：“对了，待会儿吃完饭，咱们去逛逛商场，给乔先生买点儿礼物吧，过几天不是他六十大寿吗？你现在身体也养好了，到时候咱们一起回去给他祝寿。”

原本乔妤很期待回去给乔仁民祝寿，可因为刚刚陆南城那通电话，她一点儿都不想回去了。

可是也不能不回去，六十大寿对一个老人来说很重要，于是饭后乔妤心不在焉地随顾惜时去买了礼物。

乔仁民的六十大寿办得很热闹，只是所有人都没想到陆南城会不请自来，还带了贵重的礼物，一幅极其名贵的国画。

大家看向陆南城的表情很是一言难尽，毕竟之前乔妤宣布取消婚约的事情闹得满城风雨，他此时突兀地出现在乔仁民六十大寿这样重要的场合，所有人都被他惊着了。

陆南城不理会众人的吃惊，命人将自己带来的画放下，兀自看向主位上的乔仁民，道：“伯父，祝您福如东海，寿比南山。”

不等乔仁民说什么，他又看向众人说：“我今天来这里，一是给乔伯父祝寿，二来也想跟在座的长辈宣布一件事，我跟乔妤的婚约当初是她单方面宣布解除的，我并没有同意，所以在我这里这场婚约还作数。”

陆南城的话音落下，景元海噌地就站了起来，瞪着那神色自若的年轻男人骂道：“我看你是欠揍！”

景元海年轻时是叱咤风云的人物，这会儿，陆南城在他面前跟他的宝贝女儿玩霸道，他吼完更想上前挥拳揍人。

只是他的拳头还没挥出去，乔妤冲过来抱住他的胳膊，喊道：“爸爸。”

景元海转头看过去的时候，就看到了女儿眼底的心疼。

景元海一下子气馁极了，他还没打到陆南城身上呢，她就心疼了。

今天是乔仁民的六十大寿，他怎么可能不顾场合揍人，他刚刚只是做做样子想要吓唬陆南城，结果就测出了女儿的真心。

“我跟他谈谈，您先回去坐吧。”乔妤安抚了景元海一句，然后上前把陆南城拽走了。

乔仁民的寿宴是在酒店举行的，乔妤拽着陆南城出了宴会厅，在走廊拐角处找了个僻静的地方停了下来。

两人站定后，乔妤没好气地松开陆南城，问道：“你到底想干什么？”

他刚刚出现在宴会厅，乔妤差点儿被他吓死。

陆南城神色晦暗地盯着她，一字一句地说道：“我说过了，在我这里，我们的婚约还作数。”

乔妤气到跺脚，咬牙狠狠说道：“想必你已经知道我们之间都隔着什么了吧？我们还怎么在一起？难道你想气死你妈？”

陆南城接着她的话说：“我妈已经同意了。”

“什么？”乔妤一度以为自己听错了。

陆南城郑重地重复了一遍：“我说她同意我们在一起了。”

乔妤不可置信地睁圆了眼看着他，怎么可能？方慧君那么固执又执拗的一个人，怎么可能同意陆南城跟她在一起？

不怪乔妤不信方慧君，实在是方慧君之前待她太刻薄，伤她也太深。

“是真的。”陆南城认真解释道，“她说如果我真的非你不可的话，就跟你在一起好了，她不会再反对。”

乔妤依旧摇头道：“不可能！她怎么会同意？”

陆南城倒也不着急，徐徐地说道：“想知道她为什么会同意？”

乔妤抬眼看向他，虽然没说话，但她的眼神泄露了一切：她当然想知道。

陆南城勾了勾嘴角，说道：“那你亲我一下，亲我一下就告诉你。”

乔妤差点儿被他这耍流氓的话气昏过去，回过神来她转身就走，他爱说不说。

胳膊被陆南城握住，他一把将她拽回来，紧紧搂在怀里。

乔妤刚要挣扎，就听他搂着她在她耳边呢喃道：“我跪了一上午换来的。”

乔妤整个人都僵住了。

他……跪了一个上午换来的？

都说男儿膝下有黄金，而他又是天之骄子，她见惯了他高冷矜贵的样子，无法想象他跪一上午是什么样的画面，乔妤的胸口一瞬间被塞得满满的。

陆南城搂着她继续说：“加上她前段时间出了次车祸，经历过生死，可能就看开了。”

“所以，你现在不用顾忌她。”陆南城最后一句话落下的时候，乔妤的情绪轰然崩溃，眼泪瞬间湿透了他的衣衫。

她边哭边说：“陆南城，你为什么要这样？为什么要这样做？”

他就知道自虐，然后虐她。

她长这么大没哭过几次，可最近这几次掉眼泪都是因为他。

陆南城什么都没说，只搂紧了她让她靠在自己怀里哭。

看到她哭成这样，他也心疼，如果可以，他也不想惹她哭，可也没办法，他们之间就是这样情路坎坷。

这次是他最后一次让她掉眼泪，他心里这样暗暗发着誓，又收紧臂膀将人搂得更紧。

分别了一个多月，其实他想说的、想做的还有很多，但他都克制住了。

适可而止的道理他比任何人都懂，所以他在乔妤的哭声慢慢停止后就松开了她。

他看着乔好哭得通红的眉眼，低声缓缓地说道：“这是我的诚意，希望你能重新考虑我们之间的关系。”

他说完就转身离开了，没再继续逼迫乔好非要给他一个答案。

陆南城离开后，乔好无力地靠在旁边的墙上，眼泪不停地淌下来。

当初别有用心地接近他，她一直觉得自己很坏，所以他干吗要对她这个坏女人这么深情？

她不配。

见乔好一直没回来，担心乔好出状况的乔荞直接找出来，好一会儿才在这僻静之处发现乔好。而乔好则靠在墙上流眼泪，脸上精致的妆都哭花了。

乔荞吓了一跳，赶紧快步走了过来，问她：“怎么了？陆南城欺负你了？”

乔好无力地摇了摇头，说：“不是。”

因为乔好的情绪实在不太好，所以乔荞随后去跟酒店要了一间休息室。在休息室里，乔好红着眼将陆南城的所作所为告诉了乔荞。

乔荞听了后又震惊又感动，她感慨万千地对乔好说：“好儿，我觉得他对你是真心的，既然他妈都不反对了，不如你们重新在一起吧。”

虽然跟陆南城分开了一个多月，但乔荞知道，乔好并未放下过陆南城，不然现在也不会为他哭成这样了。

乔荞的话让乔好再次红了眼眶，她有些自嘲地笑着说：“可是，姐，现在他开始不依不饶了，我退缩了怎么办？你说我这么坏，怎么配得上他啊？”

乔荞看着曾经自信飞扬的乔好这般黯然神伤，别提有多心疼了。

可她也知道，乔妤是因为爱上了陆南城，所以才会这样患得患失，才会这样不由自主地自卑。

乔荞安抚着她说道：“你哪里坏了？你很好。”

乔荞说着又上前给了乔妤一个大大的拥抱，说：“你在我心里是全世界最善良、最美好的女孩。”

乔妤被乔荞安慰了一番，忍不住破涕为笑。

因为是乔仁民的寿宴，所以姐妹两人也不能多逗留，乔妤补了一下妆，两人便重新出去了。

乔仁民的寿宴，酒店门口蹲了几个记者。

他们主要是想蹲乔妤，乔妤可是他们南城的风云人物，她现在是景元海跟顾惜时的女儿，要多风光就有多风光，更别提她一个月之前还甩了陆南城。

结果他们没想到还蹲到了陆南城，记者们看着陆南城从自己的豪车里下来，还吩咐着后面一辆车里的人搬出一幅画。几个人面面相觑了一番，拿着话筒围了上去。

“陆总，您这是？”一个记者瞥了一眼那幅画，差点儿被那画上的大师落款闪瞎眼。

记者之所以问得这样不确定，是因为全南城的人都知道陆南城跟乔妤的婚约解除了，乔仁民的寿宴，他带着价值连城的名画来祝寿，合适吗？

陆南城倒是淡定得很，语气浅淡地回道：“来给未来岳父大人祝寿。”

那记者张了张嘴，一时间不知道该问什么。

另外一个记者赶紧接过话去问道：“可乔妤不是宣布跟您的婚约取消了吗？”

陆南城脸上挂着一抹公式化的微笑，说：“闹闹脾气而已，难道你女朋友跟你吵架的时候没说过分手？”

那记者眨了眨眼，好像确实是这样的。

男女朋友吵架吵到气头上会忍不住提分手，夫妻吵架也难免会有说离婚的时候。记者于是又赶紧问道：“那您的意思是，你们的婚约还算数，婚礼还会照样举行，是吗？”

“当然。”陆南城回答得干脆。

记者惊讶之余又恭维地笑了几声，连忙趁机发问：“陆总，那您对乔小姐可是真爱了，您能跟我们说一说您眼里的爱情是什么样吗？”

“我眼里的爱情？”陆南城微微思索了一下便给出了答案，“我眼里的爱情就是乔妤。”

陆南城说完这句话就走人了，他实在是懒得回答记者们这些没营养的问题。

今天要不是为了宣告他跟乔妤的婚约未取消这件事，他一个字都不会对记者们说。

陆南城虽然人走了，可他丢下的这句话极其温柔。

他说他眼里的爱情就是乔妤，也就是说只要那个人是乔妤，就能给他爱情的感觉。

这分明是在赤裸裸地秀恩爱，记者们一个个都酸了。

陆南城的这段采访，乔妤是在乔仁民的寿宴结束后，回到家才看到的，看完之后，乔妤都不知道该用什么言语来描述自己的心情。

他毫不客气地称呼乔仁民为未来岳父大人，可谓厚颜无耻。又公然跟记者说他们的婚约没取消，甚至说什么她只是在跟他闹闹脾气，脸皮之厚气得她胃疼。

可他最后说的那句“我眼里的爱情就是乔妤”又让她没法继续气起来，甜言蜜语哪个女人不爱听？只是她没想到高冷寡淡的陆南城有一天也会说情话。

陆南城说让她重新考虑一下他们的关系，乔妤一晚上都没睡好。

隔天一大早她就接到了陆南城的电话。他在电话里开门见山地问：“考虑好了没有？”

乔妤没好气地回道：“没有。”

陆南城直接就说：“那就别考虑了。”

言外之意，她是否考虑好都不会影响他的决定。

乔妤气结，脑海中忽然出现一个解决他们现在这种尴尬局面的好办法。她委婉地说道：“陆南城，你不觉得之前我们在一起很仓促吗？”

陆南城干脆地回道：“不觉得。”

乔妤有些无言以对，他这态度，她怎么把后面的话说下去？

好在陆南城又问：“你想说什么？”

乔妤连忙说：“我想说我们之间其实彼此了解得并不透彻，不如我们先试着相处一下再说？”

乔妤又解释道：“说不定我们正儿八经相处了，你就不喜欢我了，尤其在看到我的各种缺点以后。”

陆南城在那端沉默了半晌，似在思考她的提议是否可行。

半晌，他回了她一句：“随你。”

乔妤开心地笑了起来，然后正色提议：“那今晚咱们一起去泡吧？”

陆南城在电话那端捏了捏额头，道：“好。”

“那晚上见喽。”乔妤语气里的笑意更浓了，丝毫不掩饰她的不怀好意。

陆南城听着她轻快的语气，忍不住笑了起来，他仿佛看到了之前那个活力满满又狡黠的她，不过她这活力是建立在气他的基础上，让他有些有苦说不出。

—

她明知道他不喜欢她去酒吧那种场合，还故意约他去。

换作以前，他一定毫不客气地命令她不准去，可现在他只能依着。

他不是看不出她提议先试着相处一下的目的，估计会变着花样气他。

她要闹腾那就随她好了，反正她再怎么闹腾也翻不出他的手掌心。

乔好提议试着相处一下是有一定原因的，她想要对陆南城公平一些。

之前她跟陆南城会在一起，全是她故意接近的缘故，正常男女朋友该有的交往相处、彼此了解，他们之间全没有，走到结婚那一步也纯粹是因为她怀孕了。

现在他们之间什么牵扯都没有了，她给陆南城一个机会了解真实的她，如果了解后，他还决定牵着她的手继续走下去，她自然义无反顾。

晚上，陆南城开车来接乔妤去酒吧，乔妤化了烟熏妆，穿着也很清凉，一截小蛮腰露得肆无忌惮。

陆南城瞥了一眼她的装扮，深吸了一口气，没说话。

乔妤坐进车里，看到着一身正装的陆南城，忍不住笑了起来，说道："你这是去酒吧谈判？"

跟他平日里西装革履的商务装扮相比，此时的陆南城无非就是将领带摘了，衬衣的扣子解开了几粒，还是一本正经的样子。

陆南城无视她对自己暗暗的讽刺，驱车载着她直奔酒吧而去。

第十五章 只为她一人狂热

到达酒吧停车场，乔妤刚一下车，肩上便罩下了陆南城的西装外套。

乔妤抖了下来递给他，不满地说：“你这样就没意思了吧？”

宽大的男士西装外套将她整个人都罩在里面，无论是她的背还是她的腰都遮得严严实实，她精心打造的泡吧装扮岂不是毫无用武之地了？

陆南城幽幽地瞥了她一眼，乔妤已经率先迈步走人了。

乔妤一进去就吸引了酒吧里男人们的视线，她颜值在线，气质在线，身材也在线，不吸引男人的目光就怪了。

不过因为她身后跟了陆南城这样一个自带低压气场的男人，没什么人敢去招惹她，尤其陆南城昨天还当众宣布他跟乔妤之间的婚约没取消。

也不知道这两人没事来酒吧做什么，这不是馋人吗？

男人们眼馋乔妤这样娇艳的美人儿，女人们则是眼馋陆南城这样高冷出众的钻石男。

两人找了位置刚坐下，陆南城的西装外套就重新落在了乔妤肩上，将坐在那儿的她整个都裹了起来。

陆南城一脸正色地解释说："空调开得太冷，别感冒了。"

乔妤白了他一眼。

他安的什么心，她难道还能看不出来？

就是因为她穿得太清凉嘛，所以他特意把她裹起来。

陆南城问她："喝点儿什么？"

乔妤裹着他的外套，双手托着下巴，说："你喝吧，我不喝。"

她有些害怕自己酒后乱来，所以宁可不喝。

她跟陆南城有过酒后乱来的经历不是吗？加上陆南城现在看她那眼神恨不得将她吞掉，所以她不敢冒险。

陆南城坐在她对面，闻言低声笑道："不喝？那你来酒吧干什么？"

乔妤哼了一声，美目流转着看向场内的男人们，说："来看帅哥啊，小鲜肉啊，大叔啊什么的，都是我的菜。"

她说完，又继续托腮认真欣赏起酒吧里的男人来，顺便还指了一个给陆南城看，道："你看吧台那边的那个小鲜肉，哇，太正了，颜值很高啊，身材也很不错，啧啧，真是人间极品。"

陆南城淡定自若地说："想那些男人有什么意思？根本不现实，他们又不会跟你在一起，不如想点儿现实的。"

陆南城这番话等于间接暗示乔妤，欣赏那些有的没的，还不如好好欣赏一下面前这个男人。

乔妤自然知道他什么意思，不过她故意装傻，有些生气地哼了一声，道："什么叫他们又不会跟我在一起？你这是赤裸裸地鄙视我的魅力。"

她说着作势要起来过去撩一撩那男生。陆南城直接沉了脸，说："你要是敢离开这儿一步，我打断你的腿。"

乔妤"扑哧"一声笑了出来，重新在椅子上坐好，她故意将自己修长白皙的美腿往椅子边缘伸了伸，顺便语气委屈地说："你也未免太粗鲁了吧，我觉得我浑身上下最美的就是这双长腿了，你竟然要给我打断？”

陆南城没好气地看了一眼她的腿，目光暗了暗。

她可真是够能折磨人的，不知道他都禁欲一个多月了吗？

不让她去撩别人，她倒把他撩得口干舌燥了。

酒不能喝，天不能聊，坐了一会儿，乔妤就觉得没意思极了，于是提议道：“我们回去吧。”

陆南城挑眉问：“你确定？”

“嗯。”乔妤没好气地应了一声，率先起身离开。

本来是想拽着他来酒吧气他的，结果一点儿都没意思。

乔妤走在前面，刚一出酒吧的门，她就缩回来惊呼了一声：“怎么下雨了？”

随后跟出来的陆南城正好将缩回来的乔妤拥进了怀里，因着这突如其来的雨，乔妤都顾不上自己被陆南城抱住了。

她转头看着他说：“这下怎么办？我们都没有带伞。”

他们刚刚来的时候明明天气挺好，怎么去酒吧待了这么一会儿就下雨了，而且这雨还不小。

陆南城将自己披乔妤身上的西装外套裹紧，低声叮嘱道：“我去开车，你在这儿等我。”

陆南城说着便要往雨里走，乔妤忽然拉住他说：“等一下。”

陆南城顿住脚步。乔妤看着他挑衅地笑着说：“停车场也没多远，不如我们就来个雨中漫步，步行过去吧？”

乔妤是故意刁难陆南城的，两人这么一路走到停车场肯定淋成落汤鸡，她自己无所谓，反正也没什么形象。

倒是陆南城，她很想看一看平日里总是西装革履一丝不苟的陆南城，被淋成落汤鸡会有多尴尬狼狈。

陆南城眯着眼看着她，半晌没说话。

乔妤笑道："怎么？不敢吗？"

陆南城看了一眼她一脸的浓妆，淡淡地说："我有什么不敢的？只要你不怕你这一脸的浓妆花了就好。"

乔妤微窘，她怎么忘了这个重要问题了，待会儿一淋雨，妆肯定花了。

她是想看陆南城淋成落汤鸡的狼狈，可不想看自己花了妆的狼狈。

刚想撤回自己这个提议，陆南城已经一把握住她的手，拽着她走进雨雾里，带着几分坏坏的故意。乔妤"啊"地尖叫了一声，本能地就把身上陆南城的西装扯了上来蒙住了脸。

人可淋，妆不能花。

而她这副样子也成功逗乐了陆南城，男人低沉愉悦的笑声毫无顾忌地在她头顶上方响起来，气得乔妤要命。

好在陆南城也没有那么恶劣，伸手过来帮她把西装好好整理了一番，以便能好好遮住她的头，又抬手搂住她，提醒道："看好脚下。"

乔妤被陆南城搂着一路快走起来，男人将她护得很紧，也护得很稳。

因为有陆南城全程护着，所以坐进车里的乔妤身上没怎么湿，妆也没花。

陆南城的情况就不那么好了，全身都湿透了，发型也乱了，不过一点儿都不显得狼狈，反倒有种别样的性感。

乔妤想看他的狼狈没看成，反而被迷了一把。

不过看着他湿透的白衬衣紧紧地贴在身上，她又心疼了起来，也很内疚。

"你车里有毛巾吗？赶紧擦一擦吧。"她记得他车子里好像备有这些日常用品。

"没事，反正也不冷。"陆南城说完就发动车子驶离酒吧。

因为雨太大，所以乔妤没注意陆南城开车走的哪条路，等车子停好，她才发现这里并不是乔家，也不是陆南城之前的住处。

他们此时是在一幢三层独栋别墅前面，看周围的环境应该是这几年新建的，跟乔家那种老式别墅区截然不同。

乔妤不解地问他："这是哪儿？"

陆南城回道："我们的婚房。"

乔妤不可置信地睁圆了眼，婚房？

陆南城瞥了她一眼，说："我们都淋雨了，湿衣服套在身上时间长了会感冒的，这里就在附近，所以我就开车过来了。"

乔妤更郁闷了，敢情还是因为她的提议才给了他带她来婚房的机会。

她悔得肠子都要青了，她现在一点儿都不想提他们婚约的事情。

陆南城又说："走吧，赶紧下车换衣服，免得感冒。"

他说完，又解释了一句："我把你放在我那儿的东西都搬过来了。"

乔妤失去孩子之前刚搬到陆南城那里，后来因为去香港走得仓促，所以放在他那里的东西她并没有拿回来，谁知他一起搬到这里了，所以不怕没有她的换洗衣服。

见乔妤坐在那儿不动弹，陆南城又说："要我抱你进去？"

乔妤没好气地瞪了他一眼，下车匆匆跑到了别墅的廊檐下躲雨。

陆南城随后慢悠悠地踱步过来开了门。这栋别墅原本就是他准备的婚房，他之前的住处不够大，以后他们有了孩子，还要请月嫂、保姆，肯定需要更大的住处，只不过当时都还没来得及跟她说。

陆南城带着乔妤径自去了二楼浴室，说："赶紧脱了湿衣服冲个热水澡，别感冒。"

他边说边慢条斯理地抬手解自己的衬衣扣子。乔妤吓了一跳，紧张地拦住他，问："你干什么？"

陆南城看了她一眼，说：“当然是脱衣服，不然你想我们都一直穿着湿衣服？”

乔妤僵在那里瞪着他，说：“你——”

就算他们要脱湿衣服，他就不能去别的浴室脱吗？当着她的面脱像话吗？

这栋别墅足足有三层，肯定还设有别的浴室，他就是故意要流氓调戏她。

陆南城失笑地看着她满脸的不自在，故意促狭地说道：“你又不是没看过，有什么好害羞的？”

“你先处理自己吧。”乔妤哼了一声，不想理会他，转身打算出浴室。

陆南城抬手拉住她，说：“我去别的浴室。”

他也只是逗逗她，难道就只能她气他，他不能气气她让她恼一恼吗？

虽然他承认他的行为有些幼稚，但他乐此不疲。

只有在她面前，他才有这样幼稚的兴致，在其他人面前，他都是喜怒不形于色的陆氏总裁陆南城。纪杭说得对，他只为了她一个人狂热，也只在她一人面前做真实的他。

等陆南城离开浴室，乔妤这才松了一口气，赶紧脱了衣物冲了个舒服的热水澡。

她明明是想要陆南城难堪的，结果被陆南城一路护着回来了。

而她也没想到陆南城会这样呵护她，她的妆没有花，衣服也只淋湿了一点儿，虽不能说完好无损，但至少他是拼了全力在护着她。

乔妤从未想到，陆南城会对她满腔深情和如此温柔。

不知道过了多久，浴室门被人绅士敲响，陆南城在外面说：“给你拿了干净的衣物放在外面，我冲了姜茶，赶紧出来喝点儿驱寒。”

乔妤道谢后，陆南城便离开了，她换好衣服出来，陆南城递给她一个杯子。

乔妤看了一眼杯中已然冲泡好的姜茶，心里越发内疚起来。

她张嘴想说些什么，陆南城先开口说道："先把姜茶喝了，有什么话喝完再说。"

乔妤胸口骤然温暖得一塌糊涂。

一杯姜茶喝完，她放下茶杯，看向面前身材挺拔的男人，无比真诚地道歉："抱歉，刚刚害得你淋雨……"

陆南城静静地看着她。乔妤又说："我刚刚是故意想让你淋雨，好看你狼狈的，但现在我后悔了，后悔拿我们两个人的身体健康来闹腾。"

乔妤从来就是那种敢做敢当的女孩子，她承认她刚刚的行为很作、很折腾，但她现在也能坦然而勇敢地承认错误。

陆南城面上没什么表情地说："我知道，我们一个愿打，一个愿挨，所以你没什么好道歉的。"

乔妤自己挺坦荡，倒是没想到陆南城也这样坦荡，完全纵容她为所欲为。

她别开眼，低声说道："我这么作，你难道不厌恶吗？"

陆南城笑了起来，抬手揉了一下她的头顶，无奈地说："你如果真的作的话，就不会来跟我道歉了。"

不管她怎么闹腾，她心底终究是温软善良的，不然又何必良心不安地跟他道歉？

乔妤被陆南城这个突如其来的摸头杀弄得有些蒙，感觉自己在他面前一下子像个小女孩。

以前的她，在面对陆南城的时候总将自己伪装得无坚不摧，总想让陆南城看到自己坚强能干的一面。

就在她发怔的工夫，陆南城不知不觉将她抱进了怀里。

男人胸口的温热宽厚让乔妤回神，她挣扎着推着他，说："放手。"

她今晚提议去酒吧实在是个错误的决定，谁能想到被陆南城带到了他准备的婚房里，现在外面下着雨，他们又孤男寡女的，气氛要多暧昧就有多暧昧。

乔妤让陆南城放开她，不是因为排斥陆南城的怀抱，而是因为太迷恋了。

一靠近他就不想离开，好想让自己放纵沉沦在他的怀抱里。

"放手？"陆南城搂着她，在她耳边低喃道，"从我走进你布下的局开始，我就没想过放手。"

乔妤整个人都被惊着了，满眼愕然地看向他。

陆南城一字一句地说："你以为我是随随便便就能被一个女人撩动的男人？你以为我看不穿你接近我的目的？

"我知道你的所有企图，却依旧如你所愿，你以为是什么原因？

"因为我……心甘情愿。"

乔妤惊到呼吸都有些困难，愣怔地说："难道你从一开始就想跟我、跟我天长地久？"

"不然你以为呢？"陆南城俯身过来轻吻着她的嘴角说，"我从一开始，就是以结婚为目的的。"

乔妤大脑一片空白，丧失了所有的判断力，也没有任何力气抵挡男人灼热的吻，她在他怀里闭上了眼，任由男人的唇舌攫取了她的全部气息。

她以为陆南城不过是跟她玩玩，她以为陆南城后来会同意跟她结婚不过是因为她怀孕，却不想一切都是他的将计就计。

男人的唇齿间带着淡淡的姜茶味道，一步一步攻城略池，吞噬乔妤所有的呼吸。

乔妤觉得，此刻在陆南城怀里的这个人根本不是她自己，此时的她理智崩掉，脑袋乱成一团糨糊，明明她跟陆南城连最亲密的事情都做过了，可偏偏这次接个吻，她都乱成这样。

她甚至可以预见，接下来若是发生更亲密的事，她也不会排斥。

不过陆南城吻过她后就打住了，他将她按在怀里，边平复着自己的气息，边说："等你的身体再恢复一些。"

她之前失去孩子也不过休养了一个多月，他不想再伤了她。

乔妤因为他这句话而红了脸，他这分明是在表达他对她的渴望。

后退一步从他怀里撤了出来，她别开眼说："送我回家吧，不然我爸他们会担心。"

现在乔仁民还有景元海和顾惜时他们的态度是，由她自己决定是否跟陆南城在一起。

虽然他们没有明确反对，但那也不代表她刚跟陆南城见面就要跟他一起过夜，想必景元海会直接杀过来将她拎回去。

说起景元海来，她这位生父对她可是百般疼爱。

景元海其实不想让她跟陆南城重新在一起，因为景元海讨厌方慧君，更讨厌陆云涛，陆云涛算是他的旧日情敌。

但景元海又只能听顾惜时的，原因无他，景元海现在在追求顾惜时。

景元海年轻时在遇到顾惜时之前结过一次婚，但他妻子没几年就因病去世了，给他留下一个儿子景贤胜，后来景元海遇到顾惜时便一门心思地追求她。

顾惜时失踪的这些年，景元海一直独身，如今重遇顾惜时，他再次展开了热烈的追求，乔妤对此表示支持。

陆南城倒也没有勉强乔妤，随后拿了车钥匙送乔妤回家。

车子停在乔家别墅，乔妤和陆南城道了声谢就打算下车。陆南城拦住她说：“就这样走了？”

乔妤回头眨着眼明知故问道：“不然呢？”

陆南城抬手就将人拽了回来，紧盯着她咬牙问道：“是不是同意我们重新在一起了？”

乔妤没好气地瞪了他一眼，他亲都亲过了还问这个问题，不是故意让她尴尬吗？

因此她也故意回道：“看你的表现呗。”

陆南城挑了挑眉道：“好。”

他说完，俯身过来，重新覆住她樱色的唇狠狠亲了一番才松开她。

乔妤气得都想判他出局了，他这分明是在无视她说看他表现的话。

不想再理他，乔妤推开车门赶紧跑下车。

回家后，她去更衣室想换居家服，却在衣服的口袋里摸到了一枚戒指，正是之前陆南城送她的那枚婚戒，当初被她丢到了花园里，陆南城亲自捡了回来。

原本乔妤看到这枚失而复得的婚戒心情应该比较复杂，可想到这枚戒指是以这样的方式重新回到她身边，心里除了恼火还是恼火。

她拿过手机来拨通陆南城的电话，她还没说什么，陆南城先开口说：“想我了？”

乔妤都顾不得理会他的自作多情了，咬牙说道：“你干吗把戒指放在我口袋里？”

陆南城理所当然地回答：“那本来就是属于你的。”

乔妤愤愤地控诉他：“陆南城，第一次，这枚戒指你趁我睡着的时候偷偷摸摸地给我戴上，第二次又偷偷放在我的口袋里，你根本就没有一点儿诚意！”

其实乔妤的本意，并不是想控诉陆南城没有诚意，一个男人肯给予一个女人婚姻，其实已经很有诚意了。

她恼火的只是陆南城这些暗暗算计她的小心思，他以为把戒指偷偷塞回她的口袋里，她接受了这枚戒指，就等于跟他和好了？

她气势汹汹地控诉了一通，陆南城沉默了半晌，随后他平静地说道：“好，我知道了。”

乔妤没好气地问道：“你知道什么了？”

陆南城认真回答：“我想我需要准备一场求婚，这样我就可以把戒指光明正大地套到你手上了。”

乔妤很是心累地赶紧解释说：“我没有！我不是！我一点儿都不想要什么求婚，你千万别闹。”

天地良心，她根本就没往求婚这种事情上想。

她已经够在风口浪尖上了，他千万别再弄什么求婚把她送上热搜了，她回来才两天就一直在热搜上挂着，她再也不想被关注了。

陆南城给了她一个选择，他说：“求婚和婚礼，你选一个办得盛大。”

如果陆南城此时在乔妤面前，乔妤一定会挠花他的脸。

他给她两个选择：一个求婚，一个婚礼，完全不给她拒绝的机会。

乔妤气得胃疼，这两个她一个都不想选。

最后没办法，她只好胡乱地说道：“时间不早了，我睡了，再见。”说完，她就挂了电话，用这样的方式逃避陆南城咄咄逼人的问题，可这样一来，她就等于间接接受了这枚戒指。

乔妤将自己丢在床上，只觉得好累，陆南城可真是个不折不扣的老狐狸，步步为营地在算计她。

入夜，周家别墅。

周蓉蓉又一次醉酒归来，等在客厅里的周敬深黑着脸起身走向她。

周蓉蓉本就喝得醉醺醺的，被她哥阴沉的脸色吓得腿一软就跌坐在地。周敬深居高临下地咬牙骂道："他那么高调地宣布他跟乔好的婚约继续有效，已经非乔好不可了，你还惦记着他有什么意思？

"这个世界上只有一个乔好，也只有乔好能让陆南城这么豁出脸去求、去追、去惦记，你该死心了！"

自从陆南城宣布和乔好的婚约继续有效，周蓉蓉连着两天都醉酒回家，周敬深对此忍无可忍。

被周敬深痛骂了一通，周蓉蓉坐在地上捂着脸号啕大哭起来。

周敬深没好气地开口道："你要是继续这样执拗的话，不如你重新出国吧。

"周蓉蓉，我选择的是仕途，由不得一丝一毫的污点，上次你故意抹黑乔好的事情我就不跟你计较了，你要是以后还不消停给我惹出什么是非来，别怪我对你不客气。"

周敬深撂下狠话就转身头也不回地上楼了，而周敬深的警告也让周蓉蓉的哭声慢慢消停下来。

她确实不敢再闹腾了，因为她现在拥有的名媛风光全部是靠她哥得来的，若是有一天她哥失去地位，那她就什么都不是了。

她心里再不甘心，也只能认命。

让她彻底死心的还有方慧君，上次方慧君车祸入院，她去探望过，方慧君明说她不会再反对陆南城跟乔好在一起了，因为她累了。

方慧君的放弃让周蓉蓉彻底失去了倚仗，之前她一直仗着方慧君喜欢她而想要跟乔好抢夺陆南城，她以为陆南城会很听方慧君的话。

直到现在她才发现，陆南城为了乔好可以背叛全世界。

当初她哥帮她分析，陆南城和乔妤之间隔着老爷子，隔着方慧君，隔着陆氏董事会，甚至隔着他们父母之间的恩怨，他们俩肯定不会长久。

其实她哥分析得没错，他只是忘了考虑陆南城的个人意愿，那个时候，也没有人会想到陆南城会如此执拗坚定。

只要陆南城不放弃，他跟乔妤又怎么能走不下去呢？

隔天早上，乔妤在自家餐厅里陪乔仁民吃早餐的时候，又接到了陆南城的电话，陆南城在电话里邀请她："中午一起吃饭？"

乔妤抱歉地说："不好意思啊，中午我要陪我爸爸。"

陆南城又说："那就晚上。"

乔妤再次抱歉地回道："晚上我还要去陪我妈和我爸。"

乔妤这次口中的爸爸则是指景元海，她现在已经改口喊景元海和顾惜时爸妈，对乔仁民的称呼也没有改，也不可能改，在她眼里，乔仁民跟生父没什么两样。

陆南城自然也知道这些，所以他也没有恼，又平静邀约道："那就后天中午一起吃饭。"

乔妤笑了起来，说："哎呀，后天我跟我妈就要回香港了。"

这下陆南城在电话那端沉默了下来，过了一会儿，他才开口问："你确定还要离开？"

还没等乔妤说什么，陆南城又说："离开也没关系，在走之前我们先把证领了，你爱去哪儿就去哪儿。"

乔妤吓得差点儿从椅子上掉下去，惹得餐桌上的乔荞跟乔仁民都关心地看向她，她赶紧重新坐直了身体，颤巍巍地对陆南城说："那、那就后天中午一起吃饭。"

她说完就赶紧挂电话了。

陆南城要不要这么吓人，上来就要领证？

其实乔妤跟顾惜时都没有回香港的打算，一个月之前乔妤果断离开南城是因为她需要静养，现在身体恢复了，心情也从那一连串的打击变故中平静下来，她没有再离开的必要。

南城终究是她从小长大的地方，她哪里舍得一走了之。

她刚刚说要回香港不过是故意气气陆南城，谁知非但没气到他，反而自己差点儿被他吓死。

晚上，乔妤跟景元海及顾惜时一起吃饭的时候，顾惜时对她说："方慧君今天给我打过电话。"

乔妤紧张地问："她说什么了？有没有欺负你？"

虽然乔妤已经从陆南城那里听说了方慧君不再反对他们在一起，可是，因为方慧君之前给她留的阴影太深，所以她很担心方慧君会对顾惜时不善。

顾惜时性格温柔内敛，要是真吵起来肯定不是方慧君的对手。

还没等说顾惜时什么，景元海先在一旁接了话霸气地说道："有我在你妈身边，还能让她被人欺负了？"

景元海又满脸嫌弃地说："方慧君那德行，我肯让你妈接她的电话就已经很给她面子了，她还敢欺负你妈？我不得让她脱三层皮！"

乔妤被自家父亲霸气护心爱女人的行为逗笑，虽然现在顾惜时还有些想躲景元海，但奈何景元海缠人得很，几乎寸步不离她身边，她躲也躲不掉。

顾惜时赧然地赶紧说："没有，她没有欺负我，反而她跟我道歉了。"

"道歉？"乔妤实在是难以置信。

顾惜时点了点头说："她说以前都是她的错，因为她的自私和狭隘伤害了我，也伤害了你，希望我能不计前嫌原谅她，不要因为她而反对你跟南城在一起。

“我看她态度也比较诚恳，所以想跟你说一说，如果你还爱南城的话，就好好跟他在一起，不要像妈妈一样，白白蹉跎了这么多年青春。”

顾惜时了解方慧君，方慧君向来骄傲自负，这次肯拉下脸来给她打电话道歉，说明是真的不想再揪着过去那些事不放了。

听说方慧君跟陆云涛还离婚了，方慧君连陆云涛都放弃了，那就更加证明她看开了。

既然方慧君能放下，她又有什么放不下的？

反正现在过得比较惨的也是方慧君，她有如日中天的事业，曾经失去的女儿也回到了她身边，还有景元海这样贴心的男人呵护。

反观方慧君，却一无所有。

如果再不及时修复跟儿子陆南城的关系，方慧君恐怕连这个儿子也要失去了。

本来乔妤表情还算平静，可听到顾惜时的最后一句话，她忽然一下子红了眼圈，胸口也又酸又疼了起来。

是啊，人生苦短，有几个年月可以蹉跎？

景元海见乔妤好一会儿都不说话，立刻蹙眉说道：“如果你不想跟他在一起就跟他明说，千万不要勉强自己，他要是还纠缠你，我就打断他的腿。”

乔妤一下子笑了出来，看着景元海很是感动地说道：“爸爸，谢谢你这么力挺我。”

乔妤能感受出来，景元海这位生父是真心疼爱她，甚至到了含在嘴里怕化了的宠溺地步，乔妤知足而又幸福。

景元海又说：“你还记得那个害你的乔玥吗？”

乔妤说道：“嗯，她不是被您弄进精神病医院了吗？”

说起这件事来，乔妤就觉得解气，当初乔玥将她推下楼梯，庄湛试图用乔玥精神有问题的理由来帮乔玥逃脱罪名。

景元海知道后，就真的将乔玥丢进了精神病医院，庄湛咬牙切齿，可也无可奈何。

景元海的势力又不是庄湛能对抗的，庄湛最初想出这个理由的时候可没想到景元海会将计就计地将乔玥送进精神病医院，美其名曰有病就要治。

精神病医院那是什么地方？整天被关在那里面，没病也要被整出病来，更何况乔玥还是那种不能安分待着的人。

乔妤听说乔玥在里面快疯了，可庄湛也不能将乔玥弄出来，总之乔玥的日子很难过。

景元海说道：“我最近又想了个招儿整她。”

乔妤忍不住笑了起来，说：“您这还不解气啊？”

景元海重重地哼道：“当然不解气，她害你吃了这么多苦，我怎么能轻易放过她？”

景元海又问：“我上次听你说那个乔玥整过容？”

乔妤点了点头说：“是啊，整过好几次了。”

什么开眼角、割双眼皮、隆鼻这些都是小的，乔妤这次回国发现乔玥整个脸形都变了，肯定是动过大手术了。

乔妤可是从小跟乔玥一起长大的，怎么可能不知道乔玥以前长什么样，说起来庄文如的颜值并不怎么高，而不幸的是乔玥的长相完全随了庄文如。

因为跟乔妤、乔荞比，乔玥实在是太丑了，而乔玥又不甘心被她们俩比下去，所以乔玥成年后就开始致力于整容提高自己的颜值。

景元海笑眯眯地说："你说我要是把她整容之前的那些丑照公之于众，她会不会气死？"

几乎每一个整过容的人都不愿意曝光自己过去的照片，尤其像乔玥这种整了很多年又整了很多次的，人们早就忘了以前的乔玥是什么样子了，都只知道现在的乔玥容貌姣好，在南城一众名媛里算得上姿色出众的。

如果她过去的那些丑照被曝光的话，乔玥怕是真的能气得一口血吐出来。

乔好看着景元海说："可是我们这样做，会不会有些幼稚啊？"

景元海哼道："什么幼稚不幼稚的，能让她痛苦就行。"

景元海说做就做，一个命令吩咐下去，没多久在精神病医院里饱受折磨的乔玥就看到了自己整容之前的照片被大量曝光。

这么多年她整容都是一点儿一点儿地整，努力不让外人看出来。前前后后花了这么多年的功夫，她才成了现在这个乔玥，加上化妆技术，她在颜值上总算跟乔好还有乔荞没有那么大差距了。

可这则新闻一出来，一夕将她打回原形。

经营了这么多年的心血白费了，整容时遭的那些罪都白受了，乔玥不被气昏就怪了。

乔玥生不如死，乔好却甜甜蜜蜜地跟陆南城约会。

因为之前约好了中午一起吃饭，所以陆南城提前给乔好打电话询问她想吃什么。

乔好想了想，选了陆南城公司附近的一家餐厅。他是大忙人，中午跟她吃完饭肯定还要回去工作，选个离他公司近的餐厅能在路上给他省不少时间。

谁知她刚说完餐厅的名字，陆南城就在那端笑道："这么体贴？"

乔妤翻了个大大的白眼，毫不客气地吐槽他：“陆大总裁，你也太没有情趣了吧？”

她确实是为他着想了一下，但他没必要直接说出来吧？这种小暧昧明明是只可意会而不可言传的。

陆南城一本正经地回道：“我是故意的。”

他故意揭穿她对他的关心和体贴，省得她不承认，他用这样的方式逼她面对跟他的感情。

乔妤表示极其无语，果然一个人只要脸皮够厚就赢了，只不过她没想过陆南城也有这样厚脸皮的一天。

“待会儿见。”不想再跟他斗嘴，乔妤连忙说了一句就挂电话了。

吃饭的时候陆南城迟到了五分钟，匆匆进了包间后，他解释道：“抱歉，会议拖了几分钟。”

乔妤笑道：“没事，反正我也大闲人一个，有的是时间。”

陆南城在她对面坐下，正色问道：“对未来有什么打算？”

乔妤单手托腮说：“我想开个工作室，还做回我自己的老本行。”

她本身是设计出身，被庄湛他们踢出乔氏也挺好的，她可以做自己喜欢的事了。

陆南城点头说：“不错。”

他又挑眉意味深长地问她：“需要投资吗？”

还没等乔妤回答，他又笑着自嘲道：“你现在已经不缺投资人了。”

她现在可是景元海跟顾惜时的女儿，景元海和顾惜时随便一个人就能给她一笔不菲的资金，她再也不需要费尽心机地接近他了。

乔妤听出了他话里的失落，轻声笑着说：“你想给我投资？你不怕赔得你底朝天吗？”

陆南城看了她一眼说：“我看过你的设计，很有灵气和创意。”

乔妤惊讶地问：“你还懂设计？”

“略知皮毛而已。”陆南城回答得很是谦逊。

乔妤撇了撇嘴，哼了一声道：“别以为我不知道你的老奸巨猾。”

投资她的工作室，她就被他绑得牢牢的了。

“我们合作，必将双赢。”陆南城不疾不徐地提议，“你有设计才华，我有经营能力，不妨试试？”

乔妤盯着他淡定自若的黑眸，再次轻声笑了出来，不得不承认他还真是有耐心。

陆南城见她一个劲儿笑，再次声明一遍：“我是认真的。”

乔妤点了点头说：“好，我会认真考虑你的提议，不过现在我们可以点菜了吗？”

“你来点。”陆南城将点菜权交给乔妤。乔妤翻着菜单认真点了几样菜。

一开始乔妤没觉得有什么，点完对上陆南城意味深长的眼神才猛然惊觉，她刚刚点的几样菜都是他爱吃的。

她忍不住咬牙，他还真是处处给她挖坑啊，他就那么想看到她关心他、惦记他、心里有他？

陆南城见她察觉到自己的用意，低声笑着又点了几样菜，都是她爱吃的。

趁着等菜的间隙，陆南城又问乔妤：“晚上有时间吗？”

乔妤喝了口水，说：“不会又要跟你一起吃饭吧？”

陆南城眉宇间多了几分郑重，开口道：“我妈让我找时间带你回家吃个饭。”

乔妤一不小心差点儿被口中的水呛到。陆南城帮她递了纸巾，又没好气地说：“你就这么点儿出息？”

乔妤一边擦嘴，一边重重地哼了一声，他妈有多恐怖，他自己又不是不知道。

乔妤本想拒绝的，可想到顾惜时说方慧君都给她打电话低声下气地道歉了，又看着对面陆南城眼底隐隐的期待和紧张，她最终答应道："好。"

女人何苦为难女人，见就见吧。

两人一顿午饭吃得很是平静，但是吃完饭要走的时候不平静了。

因为前脚刚要迈步出包厢的乔妤被陆南城一把拽了回来，男人将她按在身后的门上狠狠吻了过来，眼底是浓到化不开的情意。

昨天一整天陆南城都没见到她，想她想得浑身的骨头都疼。

乔妤挣扎了一下根本挣不开，于是就由着他了。

可心里又恼火着他这样孟浪，虽然这是单独的包间，但也是公共场合，他竟然说亲就亲，不是孟浪是什么？

一气之下，她搂住他的脖子同样狠狠回吻起他来，她原意是想用这样的方式抗议陆南城的孟浪，可谁知她一回应、一粗鲁，反而激得他越发情动起来。

两人越吻越深，男人的手差点儿把她的腰勒断。

等两人分开的时候，各自的气息都乱得不像话。

乔妤气得很想踹陆南城一脚，她瞪着男人深邃的黑眸没好气地骂："有些人啊，真是越老脸皮越厚。"

陆南城低笑了一声，没跟她进行所谓的口舌之争，他占了便宜一亲芳泽就让她骂几句好了，再说了，他到底老不老，她深有体会，无须为自己辩驳。

整理好衣衫，平复好失控的情绪，乔妤一把拉开包间的门，头也不回地离去了，连个眼神都没给陆南城。

陆南城倒也不恼，慢悠悠地踱步出了餐厅回公司，心里盘算着晚上带她跟方慧君吃完饭，要不要将她拐到他们的婚房去。

虽然他考虑到她的身体状况暂时不会碰她，但只要能跟她待在一起，那也是极满足的。

第十六章
领证结婚

晚上，陆南城在去接乔妤的路上接到了她的电话。

乔妤在电话里有些苦恼地问："我穿什么风格的衣服去见你妈啊？"

陆南城闻言失笑道："你穿什么都好看，随便穿。"

乔妤哼道："你这话跟没说一样。"

虽然他夸她穿什么都好看，但现在她需要的不是他的情话，而是他给出具体的意见，要知道此刻她床上已经堆满了各种风格的衣服。

既然决定抛却之前的恩怨，那么这次就算是陆南城正式带她见家长，她总要重视一下，希望自己的妆容和衣服都能得体。

陆南城说："如果你实在选不出来的话，我可以给你建议一下，那就选穿裙装。"

乔妤懒洋洋地问道："为什么啊？"

陆南城一本正经地说："还能为什么？当然是因为我喜欢。"

乔妤因为他的厚颜无耻而笑了起来，她道："我是穿给你妈看的，你喜欢有什么用？"

陆南城诚恳地说道：“要不是我喜欢，你以为我们俩能有今天？

“所以讨我欢心最有用，不要本末倒置。

“乔妤，只要我在你身边，无论任何时候你都不需要去讨别人欢心。”陆南城的话让乔妤在电话里沉默了下来，半晌，她轻轻地应了一声：“好。”

陆南城又说：“我很快就到了，你换衣服吧。”

挂了电话，乔妤靠在衣柜上发了一会儿呆。

原本只是想问问陆南城她穿什么，没想到他最后说了那番话，乔妤心里温暖又甜蜜。

她能感受到陆南城满满的诚意，从她失去孩子他依然选择娶她的时候就感受到了。她之所以一直不做正面回应，是想留给他更多的时间思考，进而重新做出选择。

她并不是传统意义上的大家闺秀，以后也未必会是一个合格的太太，所以，她希望陆南城在他们两个人的事情上，冷静、慎重地做出选择。

陆南城十分钟后到达乔家，接了乔妤便驱车直奔方慧君的住处。离婚后方慧君从原本的陆家别墅搬了出来，自己单独在外面住。

路上陆南城跟乔妤说陆云涛也会来。陆南城解释道：“抛却过去那些恩怨，那么这次算是我第一次正式带你见父母，所以把他也叫来了。”

乔妤点了点头表示理解。陆南城又说：“他们离婚了，以后能跟他们坐在一起吃饭的机会少之又少。”

“而且我妈的身体每况愈下，医生私下里跟我说过，这次车祸对她身体造成的损伤很大。”陆南城说这些话的时候语气带着一丝伤感。

车子遇到红灯停下，陆南城转头看向乔妤，艰涩地说：“乔妤，你知道吗？他们离婚后，我就再也没有家了。”

乔妤看着他黯然的面容，眼眶酸得差点儿哭出来。

是啊，他跟父母再也没有共同拥有的家了。

虽然陆云涛跟方慧君感情很淡，可两个人在一起的时候，那终究也是陆南城的家，至少在心理上是一个安慰。

乔妤很是心疼他，她伸出手来轻轻地握住他的右手，喃喃地说：“没关系的没关系的，以后你会有属于你自己的小家。”

虽然乔妤知道，父母给予的原生家庭跟孩子成年后独立组成的家庭并不是一回事，但她也只能这样安慰陆南城。

等待红灯的时间很长。陆南城看着她，满脸认真地说：“因为原生家庭的不幸，所以我对自己的家庭要求很高，我希望那个人是我爱的，而她也爱我，我更希望我的婚姻能够长长久久，特别不希望伤害到以后的孩子。”

陆南城这番话等于在向乔妤宣告他对婚姻和家庭的态度，这是乔妤以前从来不了解的。

他说完便紧紧盯着乔妤，似乎在等乔妤一个答案。

乔妤有些无奈，他还真是不分场合、时间和地点就逼婚啊，等等，他这是在变相地表达他爱她吗？

没办法，她看着他，笑盈盈地说：“好巧，我们对爱情和婚姻的理念相同。”

陆南城对她的回答并不是很满意，他不仅要她对待婚姻的态度，更要她亲口答应跟他组成一个小家，一个属于他的小家。

不过他也没强求她立刻回应什么，来日方长，他有大把的时间等她对他完全交心。

两人到方慧君住处的时候，陆云涛也刚到，方慧君竟然在厨房里准备晚饭，这让乔妤小小吃惊了一下。

方慧君还真是诚意十足，竟然亲自下厨。

方慧君听到动静，从厨房出来主动跟乔好打招呼，态度虽然没有多热情，但已经比之前的冷脸刻薄好了很多。

她们之间终究隔了很多过去，乔好也能理解方慧君的心情，如果方慧君忽然一下子变得对她很热情那才奇怪。

乔好落落大方地跟方慧君和陆云涛寒暄了一下，方慧君则是又返回厨房忙活了。

乔好小声地对陆南城说："你妈身体不好还下厨做饭，会不会太辛苦了？"

陆南城看了一眼厨房，解释道："她觉得亲自下厨能表现出她的诚意来。"

乔好是那种蕙质兰心的女孩子，想了想便说："那我去厨房帮她，还能快一点儿。"

陆南城想要说些什么，乔好给了他一个宽心的笑容，说："没事。"

乔好选择进厨房帮方慧君自然也有她自己的道理，首先，方慧君这样的身体还亲自下厨招待她，她挺感动的。既然方慧君愿意以诚相待，她自然也回以自己的诚意。

其次，乔好也想让方慧君了解一下她，她并不是那种空有美貌却什么都不会做的女孩子。

方慧君看到乔好跟着进了厨房很惊讶。乔好主动说："我来帮您吧，这样还能快一些。"

方慧君看了她一眼，有些不太相信地问："你还会做饭？"

乔好利落地卷起袖子，说："是啊，在国外留学的时候都是自己做。"

从方慧君这番话里乔好就能感受出来，方慧君以前没少看低她。

其实也不怪方慧君有这样的想法，毕竟她的外貌和性格，怎么看都不像传统意义上的贤妻良母。

方慧君看着她熟练洗菜的模样，神情恍惚了一下，不过随后就回过神来，说："那你先帮我把这个菜洗一洗，我去做别的。"

这顿饭方慧君准备得很丰盛，她的拿手菜都备上了。

在乔妤的帮忙下，这顿饭方慧君做得没有想象中那样艰难，有好几个菜都是乔妤虚心地跟她求教，她在一旁指导乔妤掌勺做的。

乔妤跟她请教的时候语气很诚恳，她说："您做的饭，南城吃了这么多年，肯定是他最喜欢的，我跟您学会了以后做给他吃，让他永远记得妈妈的味道。"

那一瞬间，方慧君差点儿落下泪来。

她不得不承认，乔妤这个女孩儿是聪明的，这番话很好地将她捧到了至高处，给足了她面子。

平生第一次，方慧君觉得自己有些看不上周蓉蓉了，因为细细想来，周蓉蓉在她面前除了会搬弄是非装好人，一无是处。

随着方慧君对乔妤态度的转变，又因为方慧君对陆云涛也没那么多怨了，所以这顿饭氛围还挺融洽。

席间，方慧君主动问起顾惜时和景元海的近况。

乔妤如实相告："我爸现在在猛烈追求我妈，估计我妈答应他也是早晚的事情。"

方慧君笑了起来，语气真诚地说："挺好的，你妈早就应该得到属于她的幸福。"

一旁的陆云涛吃着饭，什么都没说，但他心底除了黯然还是黯然。

无论怎样，他今生都跟顾惜时无缘了，从当初他没抵得过家里的压力放弃了她开始，他就只能做她生命里的过客了。

还好他的儿子比他勇敢坚定，没有让上一代的悲剧重演，他打心眼里祝福他的儿子跟她的女儿能幸福长久。

晚饭后，方慧君精神明显不济，乔好主动起身告辞，陆南城送她回家。

两个年轻人离开后，方慧君也兀自从餐桌前起身离开，陆云涛喊住了她。

方慧君没有回头，语气淡淡地说：“我知道你想说什么，但是我不需要，我们之间没有谁对不起谁，一切都是我们咎由自取的。”

“你回去吧，我累了。”方慧君丢给陆云涛最后一句话，便迈步上楼了。

方慧君知道陆云涛想跟她说对不起，但是她已经不需要了。

就像她自己说的那样，没有谁对不起谁，一切都是彼此咎由自取的。

如果有来生，她也想做顾惜时和乔好母女俩那样拿得起放得下的通透女人。

当初陆云涛被她硬生生抢走，顾惜时没有要死要活，也没有一蹶不振。可是她没有顾惜时那样的心态，那个时候她只知道自己要是得不到陆云涛的话就会死，所以拼了命用尽了手段让陆云涛跟自己结了婚。

然而到头来，依旧是竹篮打水一场空。

和乔好一起坐进车里后，陆南城转头对乔好说：“要不要去我们的婚房坐坐？”

乔好促狭地笑了，看着他揶揄道：“你不是说等我的身体再恢复一些吗？”

陆南城一本正经地解释道：“我说的是去坐坐。”

乔好被噎到，敢情是她思想不纯洁了？

陆南城又说：“我明天要去国外出差。”

乔好吃惊不已地说：“啊？”

这几天她正沉浸在他的步步紧逼中，他忽然说要出差，她还真被惊了一下。

陆南城又加了一句："最少半个月。"

乔妤看了他一眼，所以他这是要在出差之前跟她浓情蜜意一番？

"去不去？"陆南城心急地又问了她一句。

夜已经深了，男人的嗓音沾染了丝丝沙哑，听起来越发蛊惑人心。

抬眼看向那双深邃的眸子，乔妤的一颗心骤然加速跳动，嘴上不由自主地就答应下来："好。"

没办法，被他渲染得沦陷了，她真的是有些舍不得他了。

陆南城驱车载着她朝婚房驶去，路上，乔妤给乔荞发信息，说自己晚上不回去了。他都要出差了，她哪里还舍得大半夜地跟他分开。

一进门，乔妤就被陆南城吻住了。乔妤好心地提醒他："不用收拾行李吗？"

"来得及。"男人说完继续刚才的亲吻。

待他再次松了自己，乔妤贴在他胸口，小声地说："之前复查的时候医生说过，一个月后就可以了。"

陆南城喑哑着嗓音拒绝道："不行，再等等。"

乔妤在他怀里笑了起来，抬手戳了戳他结实的胸口，说："你可别嫌我不体贴啊，是你自己不要的。"

陆南城握住她的手，将她葱白的指尖放在唇边亲吻了一番，这才说道："乔妤，今晚谢谢你。"

谢谢她愿意这样快地敞开心扉，原谅他母亲曾经对她的那些刻薄，不至于让他夹在中间太难做。

她看似对他漫不经心，实则处处为他着想。

乔妤抬手打了个哈欠，说："时间不早了，赶紧洗洗睡吧，你不是还要出差吗？"

陆南城见她主动关心自己，眼底瞬间溢满笑意，伸手将人抱起来就往楼上走。乔妤在他怀里惊呼了一声，不过随后便搂着他的脖子娇俏地笑了起来。

乔妤可算发现了，陆南城这人平日里看起来闷骚得很，实际上浪漫的花样还挺多，挺有情趣。

两人一起洗了澡，陆南城缠着乔妤帮他收拾了行李，两人又一起相拥入睡，好一番浓情蜜意。

时隔一个多月，乔妤再次睡在陆南城的怀里，一夜好眠。

乔妤早上醒来的时候，陆南城已经走了，她躺在床上看着头顶的天花板有些怅然若失，陆南城这人真的很会拿捏人心，在她重新返回南城后好一番纠缠她，热烈到让她差点儿喘不上气来。

现在他适时抽身出差去，将她一颗心紧紧地握在了掌心里。

这不，他刚走，她就开始想他了。

陆南城出差前几天，乔妤和顾惜时一起去给自己的工作室选了地址，又确定了装修风格，忙忙碌碌的，倒也没觉得有什么不适。

可等忙完闲下来她才发现，她很想陆南城。

两人每天都会打电话，陆南城每天都问她想不想他，她每次都嘴硬地说不想，实际上心里想他想得快要发疯了。

在又一次夜里辗转反侧后，乔妤做了个疯狂的决定：买机票去找陆南城。

给陆南城一个惊喜，也给自己的思念一个慰藉。

乔妤偷偷联系了郑远川，询问了他们出差的城市和入住的酒店，便动身出发了，辗转到达后又在郑远川的安排下，趁陆南城白天外出工作的时候进了他的房间。

陆南城晚上结束工作回到自己的房间，一开门看到朝思暮想的人儿站在自己面前，可想而知他是多么欢喜兴奋。

他将乔妤搂在怀里先狠狠地亲了一通，这才低声问道：“怎么突然来了？”

乔妤仰着俏脸，坦白地说：“想你了。”

陆南城盯着她，哼了一声，道：“不是说不想我吗？”

“我想你我想你我想你，陆南城，我好想你啊。”乔妤一口气说了好几遍。

她边说边凑过来吻他的唇，热情而又主动。

经过这几天的分别，她再也不想压抑自己的情感了。

她真的离不开陆南城，忘不了也放不下。

“我也想你。”陆南城回应了她一句，便箍着她的腰继续吻了过来。

因为思念成疾，所以虽然之前说暂时先不碰她，但还是没忍住，上半夜两人几乎是入骨地销魂缠绵。

乔妤一开始还因为对陆南城的想念而热情地配合着他，后来就只剩下求饶的份儿了。

到最后，乔妤掐着男人精瘦的腰，抗议道：“陆南城，以后你自己独守空房去吧！”

浑蛋！她就不该自己送上门来。

倦极了的她后来是枕着男人的胳膊入睡的，再醒来时完全不知今夕是何夕，酒店厚重的窗帘阻挡了外面的一切。

陆南城跟她一样在睡，她醒来的同时，他也睁开了眼。

乔妤的意识还没彻底归位，他已经俯身过来给了她一记深吻，男人性感的嗓音随后在她耳边响起：“早……”

乔妤只好轻声地问道：“早，几点了？”

“我也不知道几点了，昨晚我把我们的手机都关机了。”陆南城黑眸灼灼地盯着她，眼底是餍足而又愉悦的笑意。

难得两人能这样尽情尽兴地在一起一晚，陆南城不想任何一个电话扰乱了他们的兴致。

乔妤有些无语，想要起身去寻自己的手机看时间，然而浑身的酸疼让她忍不住蹙眉。

她转头瞪向旁边的罪魁祸首，陆南城满脸笑意地迎着她恼火的视线，一副任打任骂的姿态。

还没等乔妤控诉他什么，陆南城伸手再次将她搂进了怀里，亲昵地说道：“再躺会儿。”

乔妤也确实不想起，于是重新躺回陆南城怀里。

管他几点了呢，只要跟陆南城在一起，她不在乎今夕是何夕。

陆南城开了自己的手机想看下时间，结果刚开机，一连串的信息提示音就蹦了进来，全是国内陆氏公关部经理打来的未接电话提示音。

陆南城搂着乔妤，给公关部经理回拨了电话，问：“怎么了？”

公关部经理在那端有些迟疑地问：“陆总，您、您昨晚跟谁在一起？”

陆南城看了一眼怀里娇艳的女孩，又问：“出什么事了？”

公关部经理欲言又止了半天，才说：“我给您发几张国内的新闻图片，您先看看再说。”

公关部经理说完就挂断了电话，陆南城的手机上随后收到几张新闻图片。

乔妤也凑了过来，两人的视线一起落在那新闻的标题上，同时无言以对。

新闻标题是：“陆南城国外密会神秘女郎，与乔妤复合无望。”

下面配了郑远川恭敬地带着乔妤步入酒店并将她送入陆南城房间的

图片，并刻意强调了陆南城回了房间后两人一夜未出这个事实。

乔妤昨天到的时候戴着帽子和墨镜，确实看不出她的样貌来，于是就有了陆南城国外密会神秘女郎这一出。

要知道陆南城前几天刚对外宣布跟乔妤的婚约还作数，现在就被爆出跟神秘女人酒店过夜，不引爆娱乐版新闻就怪了。

下面一堆人在评论着这次事件，有人说陆南城一直以来高冷的形象全都是装的，其实他和那些玩弄女人的纨绔子弟一样，私生活要多混乱就有多混乱。

也有人说没想到陆南城竟然会做出带女人酒店过夜这种事情来，这实在是让人大跌眼镜。

当然评论里更多的是嘲讽乔妤，说陆南城前几天还宣布他们的婚约有效，现在就背着她找女人，还有人刻薄地说乔妤头顶绿成了一片草原。

乔妤看完评论后“扑哧”一声笑了出来，她幸灾乐祸地戳了戳男人的胳膊，说：“你完蛋了，形象全毁了。”

陆南城将手机随意丢在一旁，翻身就将温软的女孩子压在了身下。

他故意颇有几分头疼地感叹道：“红颜祸水。”

乔妤抬手攀着男人的肩，轻声地笑着说：“现在要怎么办？”

“还能怎么办？当然是公开那个神秘女人是谁。”陆南城说完低头用力亲了她一下。

乔妤“咯咯”笑了起来，道：“你说那些骂我头上绿成草原的人，脸会不会被他们自己打肿啊？”

她最喜欢看打脸的戏码了，有些人就是见不得她好，可她偏偏要活得好好的。

陆南城低低地说：“说起来我得感谢那些无良媒体，正好给了我秀恩爱的机会。”

乔妤哼了一声。

之前他公开婚约还作数，她一直没公开给出回应，现在好了，她大老远地跑来国外找他，什么都不用回应就坐实他们的关系了。

两人在床上又腻歪了一会儿，陆氏公关部经理的电话重新打了过来。

这下陆南城没接电话，换成了乔妤接听。

公关部经理语气郑重地问："陆总，这事您打算怎么处理？"

乔妤忍俊不禁道："王经理，在你眼中，你老板是那种寻花问柳的男人？"

陆氏这位公关部经理姓王，乔妤认识，她之前因为旧城改造那个项目的事跟陆氏高层打过几回交道。

这位公关部经理对乔妤也熟悉得很，当初陆南城和乔妤的婚讯，就是他们公关部负责发的通知。

公关部经理听出乔妤的声音，顿时松了一口气，他连忙解释说："我知道陆总不是那种人，可是我也没想到您大老远地去国外陪陆总了。"

天知道他看到陆南城密会神秘女郎这样的绯闻时有多崩溃，现在知道那个女人是乔妤，一切就都简单起来了，不然他还真头疼要怎么应对这场公关危机。

这样想着，他又对乔妤说："既然跟陆总在一起的人是您，那我就知道这件事该怎么处理了，不过还要麻烦您给我提供几张照片用以证明您的身份。"

乔妤痛快答应下来，随后发了一张她昨天落地后的自拍照给那位公关部经理。

从自拍照里可以看出，她戴的帽子、墨镜还有上衣都和被拍到的那个女人一样，这样就什么都明了了。

陆南城刚挂断跟公关部经理的电话，陆云涛给他打来了电话。

这回电话是陆南城自己接的。陆云涛在电话里语气有些沉重地问："新闻是怎么回事？"

陆南城瞬间就明白了，陆云涛指的是现在媒体大肆报道的他跟女人在国外酒店过夜的事情。

他有些无奈地解释道："我跟乔妤在一起。"

陆南城的解释让陆云涛松了口气，他淡淡地说道："那就好。"

陆云涛没再说什么便挂了电话，没人知道，其实陆南城跟乔妤在一起，陆云涛的心理压力也很大。

他已经负了顾惜时一次，如果陆南城再负了乔妤的话，他恐怕只能以死谢罪了。

陆南城刚收起手机，陆老爷子的电话打了过来。

陆南城看着屏幕的号码，有些头疼地将手机递给乔妤，说："爷爷的电话，你来接。"

刚刚陆云涛打电话给陆南城，乔妤已经挺惊讶的了，没想到陆老爷子也打了过来。

乔妤知道，这足以看出陆云涛还有陆老爷子对她跟陆南城这段关系的重视，这让她有些受宠若惊，她还记得当初陆老爷子对她的嫌弃。

乔妤边接过陆南城的手机，边幸灾乐祸地对他说："听听老爷子怎么骂你的。"

乔妤说着便接通了电话，老爷子中气十足的声音劈头盖脸地传了过来："陆南城，新闻里你跟那女人怎么回事？你不是刚宣布跟乔妤的婚约还作数吗？当初自己跪着求着要跟她在一起，现在得到了就不知道珍惜了？"

乔妤听着陆南城被骂，抿唇笑得很是幸灾乐祸。

陆南城很是无奈地瞪着她，她就闹腾吧，待会儿床上要她好看。

趁着陆老爷子骂累了休息的工夫，乔妤故意捏着嗓子娇滴滴地说：“爷爷，您好。”

陆南城一听她这声音，嘴角抽了抽，不过他瞬间就明白了她的恶作剧心思，一时间都不知道自己是该劝阻她，还是该让她继续逗老爷子。

只不过他还没做出反应，那边老爷子已经警惕地问：“你是谁？你怎么接南城的电话？你是昨晚跟南城在一起的女人？”

“嗯哼。”乔妤继续逗着陆老爷子，故意又软又媚地说，“昨晚我跟南城相处得很是愉快，甚至可以说快乐似神仙。对了，爷爷，您找南城有什么事吗？”

陆老爷子这下是真的火冒三丈了，咆哮道：“别叫我爷爷，谁是你爷爷？”

陆老爷子虽然跟乔妤有过接触，但他完全没听出现在跟他说话的这个女人就是乔妤，只以为这女人真的是陆南城在外面认识的不三不四的女人。

尤其那句厚颜无耻的“快乐似神仙”，差点儿把他气昏过去。

老爷子不相信自家孙子是那种寻花问柳的男人，当初陆南城跪了一上午只为求娶乔妤的画面还历历在目，可现在……

陆老爷子想到乔妤，顿时心疼同情起她来，更觉得乔妤万般好。

首先，她的长相在南城一堆女人中算是数一数二的，明艳又张扬。其次，她的性格也很对他这个老头子的胃口，他喜欢这种敢说敢做又无法无天的性子。

想到这些，老爷子再次没好气地吼道：“陆南城呢？叫他来接电话！”

老爷子不想再跟这个女人说什么话，不然的话他怕自己会直接杀到国外去，用拐杖把陆南城和他身边这个女人敲一顿。

陆南城头疼地接话道：“爷爷，我在呢——”

后面的话还没等他继续说，就听老爷子没好气地吼道：“当初你在我家里跪了多久求娶乔好，后面你就自己到她面前跪多久求原谅吧。”

老爷子这是完全认定陆南城做了对不起乔好的事，乔好没忍住，“扑哧”一声笑出来声，直气得老爷子在那端胡子乱颤。

陆南城连忙解释说：“爷爷，刚刚是好儿的恶作剧。”

老爷子吼道：“什么？”

老爷子只觉得胸口疼得要命，这个乔好真是够能折腾他的，敢情刚刚他心疼了她半天，都是她故意捉弄他的。

乔好适时开口，换了正常的声音，说：“爷爷，您消消气啊，我这不是给您调剂调剂生活吗。”

老爷子哼道：“我看你分明是想气死我。”

不过他也不得不承认，知道那个女人是乔好的时候，他松了一口气。

他那孙子又是活不下去，又是打架斗殴、长跪不起，求来的这桩姻缘，如果不能好好走下去的话，他可就再也不相信什么爱情了。

老爷子也没再多说什么，简单跟陆南城聊了几句就挂了电话，省得打扰小两口的浓情时光。

结束通话后，乔好主动提议道：“等你忙完工作回国，我们去看看爷爷吧。”

乔好之前从陆南城口中得知，老爷子之所以一个人跑到郊区去住，嘴上说的是郊区清净、空气好，其实是不愿面对陆云涛和方慧君千疮百孔的婚姻，索性来了个眼不见、心不烦。

老爷子这个年纪的人，实际上心里很渴望亲情的包围，如果她和陆南城去看望他，那老爷子一定会很开心。

陆南城对乔好的提议表示赞同：“好。”

他看着她，温柔道谢："谢谢。"

谢谢她总是这样玲珑剔透，总是这样善解人意，总是能体贴周到地为他考虑。

乔妤摊了摊手，说："我可不爱听你总是跟我说谢谢，如果你非要谢的话，那就少折腾我一些。"

她到现在都腰酸得爬不起来，恐怕真的要下不了床了。

陆南城凑近她，低声笑着问："你不喜欢？"

乔妤竟无言以对。

这似乎是个送命题。

她要是回答喜欢，估计他会说：既然你喜欢，那我们就继续。

她要是回答不喜欢，估计他会说：是不是因为我不够卖力？

乔妤不得不承认，这男人算计人的功力简直一流。

于是，她只能没好气地横了他一眼，道："我说，陆大总裁，咱们什么事都有个度，好吗？"

等于间接提醒他不要纵欲过度，会伤身的。

然而，陆南城直接眉一挑，说："我觉得并没有过度。"

似乎觉得自己的表述不够确切，他又很是认真地加了一句："昨晚只是开胃小菜。"

乔妤这下不能忍了，愤愤地抗议道："在我这里是过度了好不好？我现在腰是酸的，腿是软的！"

陆南城笑得满脸揶揄："你这么累？明明没见你怎么动。"

乔妤一句话都不想跟他说了，这人脸皮真是越来越厚了。

她拉过被子来开始撵人，道："待会儿你赶紧去工作吧。"

乔妤可没忘了他出差的主要目的是工作。陆南城随她一起滑进被子里，将她整个都圈在了怀里，贴着她，呢喃道："不想去工作，也没打算去工作。”

“你大老远来看我，我当然要多陪陪你，待会儿我让远川把今天的工作安排取消。”陆南城边说，边又低头去吻女孩子柔软的唇。

乔妤忍不住戳着他的胸口控诉道：“你这样的，放在古代就是昏君一个。”

陆南城语气幽幽地抱怨道：“你要是每天都在我身边，我也不至于这样。”

之前她去了香港一个月，回来后两人也没好好待在一起，不怪他如此渴求跟她共处的时光。

乔妤贴着男人结实的胸膛又心疼又无奈，明明她是女人，应该她黏他黏得慌，怎么他们之间反过来了，他一个大男人是黏人的那一个？

可也正因他的黏人，所以才让她一颗心无比柔软。

她搂着陆南城的脖子，小声地提议道：“回去我们领证吧？”

陆南城马上答应道：“好。”

他没有一丝一毫的犹豫，似乎就在等她这句话。

陆南城盯着乔妤的眼睛，一字一句郑重地说：“乔妤，我以前跟你说过，在我眼里，感情这回事永远开不得玩笑。如果有一天我们的婚姻出了问题，我希望我们能一起去面对它、修复它，而不是直接就放弃它。”

乔妤也不知道自己怎么了，听完陆南城这番话，忽然一下子很想哭，而下一秒她鼻子一酸，眼泪直接掉下来。

陆南城一看乔妤掉眼泪，立刻慌了，赶紧搂着她问：“怎么忽然哭了？我哪里说得不对？”

“没有。”乔妤在他怀里用力摇了摇头，“我觉得你说的这番话，比说‘我爱你’这样的话更让我感动，也比任何的承诺都更有分量。”

他说，如果有一天他们的婚姻出了问题，希望他们能第一时间去面对它、修复它，乔妤觉得这是世界上最动听的情话，因为这代表了他对这段婚姻的郑重和认真。

她怎么能不感动？

陆南城搂紧她，说："你懂我的用意就好。"

这一生很长，一旦牵了手，他就不打算放开。

陆氏公关部发了一条官方声明，澄清陆南城密会的女人正是乔妤本人，附带的乔妤自拍照说明了一切。

也有人质疑，单单凭乔妤的穿戴就能判断那是乔妤本人？

顾惜时在这个时候晒出了自己的设计手稿，原来乔妤那一身衣物都是顾惜时专门为宝贝女儿量身设计的，是全世界独一无二的，别人就算想穿也买不到。

陆南城和乔妤的感情非但没有出问题，反而恩爱秀得赤裸裸，这下那些阴阳怪气讽刺陆南城还有嘲笑乔妤的人都消停下来，两人继续优哉游哉，在国外逍遥了几天。

因为陆南城之前说这次出差要半个月左右，所以乔妤打算待个两三天就走，不打扰陆南城工作。

谁知她临走前一晚收拾行李的时候，陆南城却说："我明天跟你一起走。"

乔妤惊讶地说："你不是还有工作没做完吗？"

陆南城眨眨眼，说："都交给远川善后就好。"

乔妤觉得有些过意不去，连忙劝他说："没关系的，你忙你的，我自己回去就好。"

乔妤以为陆南城是不放心她自己回去，谁知陆南城看着她幽幽地说："不是说要回去领证？"

乔妤这才想起来，她之前说等他回去就去领证，可她没想到陆南城会为了领证提前回国。

“我跟你一起回去，下飞机就先去领证，省得你反悔。”男人语气带着几分哀怨，乔妤都被气笑了。

陆南城又瞪着她哼道：“你笑什么？你又不是没有过反悔的不良记录？说要结婚的是你，后来跑了的也是你。”

自从她重新回到南城，陆南城还从未提过他们分手这件事，这会儿听他说话的语气，乔妤才发现他一肚子的怨气。

行李也不收拾了，她走过去搂着男人的脖子，哄着说：“好好好，我错了。”

自己深爱的女孩子软绵绵地撒娇，哪个男人能抵挡得住？陆南城被她一哄，一颗心当即就软了，哪里还怨得起来？

乔妤仰着脸看着他，认真道：“南城，其实我一直想跟你说声对不起。

“对不起，是我辜负了你的深情。

“那个时候我不懂你的情意，我对自己也没有信心，所以轻率又自私地结束了我们的感情，是我对不起你。”

这番话乔妤早就想跟陆南城说了，在她看清他对她的心意后。

陆南城低头狠狠咬了一下她柔软的唇，算是对她的惩罚。

“你知道你有多没良心就好。”他刚这样说了一句，乔妤就踮起脚来主动吻上了他的唇，用这样的方式表达着自己对他的歉疚。

两人吻在一起停不下来，原本要收拾行李的两人最后倒在了床上。

隔天早上乔妤醒来，发现她跟陆南城的行李已经收拾好了，不用想，肯定是陆南城早起收拾的，她有些佩服男人的好体力。

陆南城从外面套间进来，已经换好衣服，一身清爽了。

他走过来吻了吻乔妤的嘴角，低声笑着说：“起来吃点儿早餐，我们出发去机场。”

乔妤抵在他怀里，有气无力地说：“可不可以不吃早餐？让我再睡会儿。”

“早餐必须吃，上飞机后你有的是时间睡。”陆南城不容拒绝地这样宣布。乔妤哼了一声，不满地用手指戳了戳陆南城的胸口。

要不是昨晚他太折磨人，她至于现在爬不起来吗？

她实在是没力气起来洗漱，陆南城似是看穿了她的心思，弯腰将她抱起来直奔浴室。

乔妤有些脸红，可又很喜欢他对她这样体贴疼爱，脸上的笑容比桃花还要艳。

乔妤在飞机上睡得天昏地暗，陆南城始终将自己的肩膀给她靠着，哪怕一直保持着同一个姿势让他肩膀有些酸，他也只是微微调整了一下。

陆南城之前也一直以为自己薄凉寡情，现在他才发现自己其实热情得很，热情到恨不得将自己整颗心都给乔妤，热情到点点滴滴都想对她好。

飞机落地南城，两人坐上来接他们的车直奔民政局而去，陆南城已经提前安排好一切，就连她的户口本都派人去乔家取了。

等一连串的手续办完，两本通红的证书发放到他们各自手中，乔妤才回过神来。

她冲陆南城扬了扬手中的结婚证，故意笑着说：“陆先生，从今天开始，你可就是有妇之夫了，外面那些缠人的小妖精、老妖精，你可要注意喽。”

陆南城搂紧她的腰，说：“确实要注意了，不仅要注意我自己，还要注意时时刻刻给你掐断那些烂桃花，可真是够累的。”

乔妤咯咯地笑了起来，偎依着他，两人相拥着一起出了民政局。

兜兜转转后，不管有多少人不看好，也不管有多少人反对，她跟陆南城还是成了夫妻。

曾经乔好也不明白爱情是什么，现在她懂了。

爱情就是在最好的时间，最好的地点，遇上对的人。

早一分，晚一秒，都不是最正确的。

第十七章
婚后幸福片段

领证后，乔好和陆南城没有第一时间举行婚礼，因为乔好坚持要等乔沐，她希望所有亲近的人都不要错过自己结婚的好日子。

乔沐的案子经过乔好和乔荞这么长时间的努力，已经找到了足够的证据证明乔沐的清白，再开一次庭，乔沐就可以恢复自由身了。

乔好希望乔沐能参加她的婚礼，一家人整整齐齐的，她才会感到真正幸福。

陆南城支持乔好的决定，因为他知道她跟乔沐、乔荞感情很深厚，乔沐是一个很称职的哥哥，一路护着乔好快乐长大，可以说正因为有了乔仁民夫妇的疼爱，还有乔沐、乔荞的守护，乔好才得以成为现在明朗的乔好。

婚礼这样一生一次的大事，自然要她哥哥姐姐都到场，那样才完美。

半个月后，乔沐的案子落下帷幕，乔沐恢复自由身，乔好、乔荞，还有陆南城、纪杭一起去接乔沐。

纪杭最近在追求乔荞，并且已经取得了乔仁民的认可，因此是以乔荞男朋友的身份前来接未来的大舅哥。

至于陆南城，则是以名正言顺的妹夫身份现身。

看到瘦了一圈的乔沐走出来，乔妤和乔荞都红了眼，姐妹两人上前一起抱住了乔沐，兄妹三人纷纷落泪。

对他们来说，现在乔氏是否还在他们掌控中已经不重要了，重要的是他们一家人能平平安安、相守相伴。

至于乔氏，庄湛爱夺去就夺去好了。

庄湛那种心胸狭隘的人，就算他得到乔氏也未必会经营得长久。

听陆南城说，庄湛接管乔氏后，行事风格越发阴险狠毒，引起商界许多人的不满，所谓失道寡助，时间长了，庄湛早晚会自我毁灭。

乔妤回到南城倒是跟庄湛见过一面，此时的庄湛身上已经完全没有了温润的气息，乔妤从他的眼底看到了野心、欲望和狠厉。

乔妤并没有理会庄湛，庄湛主动拦住了她。

乔妤冷笑着说："庄总，我不认为我们有交谈的必要。"

无论乔仁生、庄文如，还是乔玥，抑或庄湛本人，他们一家四口于她来说个个都是不共戴天的仇人，此生她恨他们入骨。

庄湛神情复杂地看着她，自嘲地说道："我只是想跟你说一句，祝你幸福。"

乔妤冷冷地回道："祝福就不需要了，留给你自求多福吧。"

她说完就施施然而去，留给庄湛一个无情的背影。

庄湛咬了咬牙，带着自己的人迈步离去。

如今，乔妤和陆南城修成正果，他即便想破坏也为时已晚。

而且他现在还有一个致命的弱点，那就是他带领的乔氏远远不是陆南城的对手，他继续跟陆南城为敌，毁掉的只有他自己。

成了名正言顺的合法夫妻，陆南城和乔妤两人也面临着所有结了婚的男女都会面临的问题，那就是被催生。

陆老爷子催得最紧，某次又被陆老爷子电话催生，陆南城忍无可忍地抗议道：“爷爷，我们刚结婚，生孩子的事情并不着急，乔妤还年轻。”

陆老爷子没好气地说：“她确实是年轻，但你也不看看你多大年纪了？跟你同龄的，人家孩子都能打酱油了，你竟然还说不着急？难道你想四十岁才有孩子？”

陆南城被自家爷爷怼得一句话都说不出来，乔妤知道后笑到停不下来。陆南城将她搂到怀里，温柔地说：“你不用在乎这些，等你什么时候想生了再说。”

乔妤用额头蹭着他的下巴，亲昵地说：“我没有不想生啊，趁着现在年轻，赶紧生完了也没什么不好。”她和陆南城早点生孩子，一把年纪的老爷子能欢喜不说，方慧君心里也会好过许多。

方慧君的身体状况并不怎么好，如果在她有生之年能看到陆南城的孩子，对她应该是最大的安慰。

陆南城却是看着她欲言又止。乔妤不解地问道：“怎么了？”

陆南城别开眼，神色黯然地说道：“其实……是我不想生。”

乔妤很是惊讶地问：“为什么？”

陆南城搂紧她，低低地说道：“你上次失去孩子后，我就有心理阴影了，还去看过心理医生，我怕万一再不顺利——”

后面的话陆南城没说出来，可乔妤已经明白了他的心情。

说实话，同样的担忧乔妤也有，经历过一次失去孩子的痛，再次面对怀孕这件事，谁都会有担心和忧虑。

只是她没有陆南城这样严重，她不知道他竟然还去看过心理医生。

乔妤心疼极了，轻轻抚着他的脸颊，轻声地说：“你怎么这么傻啊，有什么大不了的？就当那个孩子跟我们没有缘分，再说了，我们都是这么好的人，上天怎么会忍心不给我们一个可爱的孩子？”

陆南城被乔妤的乐观逗笑了，他轻揉着她的头顶，说道：“早知道你的话这样有魔力，我还去看什么心理医生？”

乔妤搂着他说：“陆南城，只要我们在一起，无论遇到任何困难和麻烦，我们都会克服的。”

“嗯。”陆南城搂紧她，认真地点头。

其实，不是她的话有魔力，而是她有魔力，有治愈他、温暖他的魔力。

乔妤怀孕是个意外，考虑到陆南城有心理阴影，所以乔妤主动提议认真避孕，暂时不要孩子，给陆南城一个调节心情的时间。

只是计划不如变化快，乔妤竟然意外怀孕了。

那天是周末，一家人聚在乔家别墅吃饭。

乔家的氛围很热闹，除却乔家原有的人，现在景元海和顾惜时也每周加入了乔家的家庭聚餐，这样，陆南城和乔妤就不用分别看望他们了。

乔妤在乔荞端上一盘清蒸鱼的时候，胃里一阵翻江倒海，她难受地捂着嘴就冲进了卫生间，陆南城第一时间焦急起身跟了过去，无比担忧她的身体状况。

众人原本还没反应过来发生了什么，顾惜时的话提醒了他们。顾惜时惊喜地说：“妤儿她……不会是怀孕了吧？”

顾惜时之所以会这样说，是因为她怀乔妤的时候也有过这样激烈的孕吐反应，闻不得一点儿腥味、膻味。

乔妤在卫生间里吐得天昏地暗，陆南城心疼地轻抚着她的后背帮她顺气。乔妤吐完已经没什么力气了，陆南城将她搂在怀里，帮她倒水漱了漱口。

乔妤窝在陆南城怀里，叹气道：“陆南城，我感觉我可能怀孕了。”

她有过一次怀孕的经历，那次也有同样的孕吐反应，她又想了想自己的生理期，赫然发现已经迟到好多天了，因此有了这样的猜测。

陆南城其实心里也已经猜了个大概，当即说道：“我带你去医院检查一下。”

乔妤往他怀里靠了靠，有些懊恼地说：“这下可怎么办？”

陆南城蹙眉问道：“什么怎么办？”

乔妤抬眼看着他说：“你不是害怕有孩子吗？”

正因为考虑到他的这个心理障碍，所以两人一直采取避孕措施，谁知道这样也不是百分之百安全。

陆南城有些无奈地笑了起来，揉着她的脑袋，温柔地说：“再害怕我也是你跟孩子的守护者，只要有你们在，我什么都能克服。”

陆南城原本确实有心理阴影，可刚刚意识到乔妤有可能怀孕的那一刻，那些阴影好像一下子就被心底骤然涌上来的坚定驱散了。

那份坚定就是这一次他一定要守护乔妤和孩子安稳无恙，无论用什么样的办法。

两人从卫生间出来，跟众人说了一声便去医院做检查了。

一个小时后，大家收到陆南城传回来的好消息：乔妤确实怀孕了，目前一切正常。

顾惜时第一时间去了厨房，给乔妤重新做了一份适合孕妇吃的、清淡而又不失营养的饭菜，乔妤从医院返回家一口气吃了个精光。

陆南城也将乔妤怀孕的消息告诉了陆老爷子和陆云涛、方慧君，听得出来他们都很高兴，方慧君当晚便炖了一份鸡汤让人送了过来。

乔妤看着那份鸡汤一个劲儿地蹙眉。陆南城干脆将鸡汤端走了，重新坐回来对她说：“不想喝就不喝。”

乔妤很过意不去，说道：“可那是你妈妈的一片心意。”

“她的心意我们收下，但你也不用勉强自己非要喝。”陆南城帮她夹了一些青菜在碗里，说，“今天医生不是也说了吗？现阶段吃不下东西也不用勉强。”

乔妤哼道：“上次怀孕的时候你还逼我喝过鸡汤。”

陆南城面不改色地承认了自己的错误：“上次是我不懂事。”

上次乔妤怀孕，他见她吃不下饭，担心她身体受不了，因此有过逼着她吃饭的行为，但今天医生说了，孕初期因为孕吐而吃不下东西是正常的，刻意勉强反而会导致孕妇心情变差，他就释然了。

只要不影响她的身体，那就无所谓。

乔妤“扑哧”笑出声，听到陆南城这样的大人物说他自己不懂事，别提有多搞笑了。

陆南城正色对她说：“在我心里，你才是最重要的，我见不得你有一丝一毫的勉强。”

乔妤双手托腮看着他开心地笑了起来，他可真是越来越会说情话了。

乔妤成立自己的工作室后，接的第一个工作是给自家姐姐乔荞设计一款晚宴礼服，乔荞要以女朋友的身份陪纪杭去参加一个慈善晚宴，也算是乔荞跟纪杭在一起的第一次正式亮相。

乔妤接到乔荞的电话，忍不住打趣乔荞道：“姐，你就不怕我毁了你的形象吗？”

乔荞却是一点儿都不担心，她笑着对乔妤说：“我相信你的能力和眼光。”

乔妤从小就在服装搭配和设计上有着极高的天赋，从小到大每次参加活动，乔荞都会请乔妤帮自己搭配衣服，这么多年从来就没有出过错，所以这次乔荞依旧选择相信乔妤。

乔妤很感激乔荞对她的信任，信心满满地说："你放心吧，姐，我一定让你成为当天最美丽的女人。"

只是话虽然说得很有信心，但等乔荞真的穿着自己设计的礼服去参加晚宴的时候，乔妤还是紧张得不得了。

吃过晚饭，她让陆南城陪着她一起看网上的评论，原本这个慈善晚宴也邀请了陆南城和乔妤，但因为乔妤现在怀孕，陆南城便婉拒了邀请。

晚宴还没结束，乔荞就登上了热搜，网上一片好评，全都是赞叹乔荞这身装束美出天际。

评论一：原本之前完全不觉得乔荞美，但今天这身礼服将乔荞的美展现得淋漓尽致，果然衣服和造型很重要。

评论二：惊艳！太惊艳了！

评论三：美得大气，美得从容！

评论四：以前不明白男神纪杭为什么会钟情乔家大小姐，现在秒懂。

当然，这样夸赞乔荞的评论还有成千上万条，另外一波评论则是夸赞设计了这件礼服的乔妤。

评论一：没想到乔妤还是个设计师，而且品位还这么高。

评论二：果然是顾惜时的女儿！

评论三：还以为乔妤长得那么漂亮，只是个花瓶，没想到如此才华横溢。

乔妤看到说她是花瓶的这条评论，忍不住笑出声。

陆南城凑过来看了一眼那条评论，顿时蹙眉不悦地说："看到这样的评论你还能笑出来？"

虽然这话也等于夸了乔妤，但陆南城就是觉得这话难听极了。

什么叫以为乔妤“只是个花瓶”？

陆南城极其护短，接受不了别人说乔妤一点儿不好。乔妤倒是完全不介意的样子，反而歪着脑袋托着脸说：“原来我在外人眼中一直是这样的形象啊。”

她说完又眨着眼睛看向陆南城，认真地问道：“你当初是不是就看我长得漂亮，所以才跟我在一起？”

陆南城看了她一眼，默默地接下了这道送命题。

他如果回答“是”的话，那等于间接默认她没有才华；如果回答“不是”的话，那等于说她不够漂亮，她现在是孕妇，他说话必须注意，不能惹她不高兴。

最终，他看着她，平静地给出答案：“你的长相恰好是我喜欢的那一种，一见你就被迷住了，后来发现你不仅人美，心还善，在设计上更是才华横溢，就越发无法自拔了。”

乔妤一下子就笑了出来，笑声清脆甘甜。

半晌，她忍着笑打趣他说：“你这求生欲还真是够强的。”

陆南城惩罚似的抬手捏了捏她的脸颊，说：“不是求生欲强，是真情流露。”

时至今日，陆南城依旧清楚地记得，走廊拐角处不期然撞在他身上的那个女孩子。

她穿一袭黑色的晚礼服，眼底有狡黠俏皮的光芒，明明是在算计他，可他就是做不到对她全然厌恶。

他对她，分明是从第一眼就入了心，所以才会有后面的那些交集。

乔妤的脸在他掌心里笑得明媚欢喜，不管他是出于什么目的，反正她喜欢他的甜言蜜语，被哄得昏了头也无所谓。

怀孕后，陆南城安排了两个保镖给乔好，乔好有些哭笑不得。

她觉得有些兴师动众，但陆南城不容拒绝地说这件事必须听他的，庄湛虽然现在消停了，但那不代表庄湛就没有危险性了。

乔好懂得陆南城的谨慎和郑重，为了让他放心，她欣然接受了陆南城的安排。

于是，整个孕期，乔好走到哪里，身后都跟着两个戴着墨镜的彪形大汉，这回别说有人想害她了，就算有人想接近她都不可能。

那天晚上临睡前，陆南城搂着乔好，轻声地问："有没有想好孩子叫什么名字？"

乔好笑道："都还不知道男女，这么早就取名？"

乔好随后想起了之前她认回生父生母后，乔仁民曾经让她改姓，说既然她找到了生父生母，自然应该冠生父的姓氏。

当时景元海的回复是，没必要改。一来，她都叫了二十多年的乔好，骤然改了名字，她肯定很难适应；二来，乔仁民对她有极其厚重的养育之恩，这个姓不能改。

景元海是极其通情达理的人，见乔仁民有些过意不去，于是提议：日后若是乔好生了孩子，在孩子的名字里加一个"景"字就好。

乔好于是将这件事跟陆南城说了，陆南城听完很是认可景元海的磊落大度。

他想了想说："这么说来，我们孩子的名字，只有一个字我们能做主了？"

乔好说："既然只有一个字了，那我们俩得郑重一些。"

陆南城心里忽然闪过一个字，他在唇边默念了一遍后说给乔好听：

“‘琳’，你觉得怎么样？”

“陆景琳？”乔好念了一下这个名字，莫名觉得很是好听。

“嗯。”陆南城低声解释说，“‘琳’是美玉的意思，既然是我们的孩子，那就是我们的无价之宝。”

乔好原本就很喜欢这个名字，一听陆南城的解释，心都酥了，当即就眯着眼，满意地说：“那就叫‘陆景琳’好了，我也很喜欢这个名字。”

她更喜欢这个名字的寓意。

陆南城嘴角勾起，笑着说：“好，那就这样定了。”

乔好随后又说：“但‘琳’是女孩儿用的，万一生的是男孩儿，那就不能用了。”

陆南城说：“我回头再查一下男孩儿用哪个字比较合适，也取‘美玉’这个寓意。”

乔好有些不满地说：“为什么你脑海中只能一下子想到女孩儿的名字，却想不出来男孩儿的名字？”

陆南城轻咳了一声，他也不知道为什么，刚刚脑海中忽然就闪现出一个“琳”字，只适合女孩儿。

此时乔好让他想男孩儿的名字，他大脑一片空白，完全没有灵感。

乔好继续哼道：“陆南城，我算是看出来了，你从现在开始就重女轻男了！”

陆南城连忙哄着怀里的人儿，说：“不管是儿子还是女儿，你生的我都爱，我会一视同仁。”

嘴上虽然这样说着，可心里还是觉得自己会更爱女儿一点儿。

一想到如果生个女儿跟乔好小时候一样粉雕玉琢般可爱，他一颗心就软得不像话。

为了表示自己真的没有偏爱女儿的心思，陆南城随后就拿出手机来查，然后殷勤地对乔妤说：“儿子就叫‘琰’吧，也是美玉的意思。”

乔妤一听顿时弯起眉眼来，说：“好听。”

陆景琳，陆景琰。

这两个名字都又好听又大方，还这样寓意满满，乔妤喜欢得要命。

整个孕期，除却早期的一段孕吐，其他时间乔妤都过得比较舒服。

肚子里的宝宝很是乖巧安静，也不怎么折腾人，乔妤感觉这是一个天使宝宝。

陆南城坚定地认为会是一个女儿，一个像她小时候一样可爱乖巧又懂事的女儿。

乔妤笑着自黑道：“拜托啊，陆先生，我小时候虽然算得上可爱，但真的跟乖巧懂事这样的词完全沾不上边，我小时候是个小恶魔。”

乔妤说的是实话，小时候的她简直作天作地，调皮得要命，而且还总是凶巴巴的，小小年纪几乎没有人敢招惹她。

乔玥仗着比她大，经常欺负她，结果每次都被她狠狠地反击了回去，乔玥除了被气哭，还是被气哭。

陆南城搂着怀里的人，语气有些黯然地说：“我小时候很懂事。”

因为家庭环境，他从小就早熟，基本上从四岁开始就不哭不闹，像个小大人一样老成了。

别的孩子哭着闹着要糖吃要玩具，或者黏着父母要抱抱，这种行为在他身上几乎就没有过，跟乔妤这种从小被乔仁民夫妇用满满的爱养育长大的孩子相比，他从父母那里得到的爱实在是太贫瘠了。

他那样老成，说是懂事，长大后他才明白，那是绝望，因为知道从父母那里得不到什么温暖，索性就不期待了，也不闹腾了。

陆南城发誓，以后他和乔妤的孩子，他要从头到尾都陪伴着，无论大事小事都不错过，用满满的爱养育着。

乔好的性格明朗活泼，许多时候看似凶悍却又温和包容。

不像他，偏执的同时有些自私凉薄，毕竟大多数时间，他只为自己而活。

他希望他的孩子以后性格上能像乔好，温暖明媚，对这世界满满的都是热爱。

乔好听他一口一个女儿地说着，都不知道该说什么了。

她也不知道陆南城哪来的执念，觉得一定是个女孩儿，被他洗脑的次数多了，她自己也觉得是个女孩儿了。

有时候她也会忍不住在脑海里偷偷地幻想，小小的女孩子像陆南城一样乖巧懂事、成熟稳重，穿可爱的小裙子，一本正经地读书写字，这样的画面真是想想心都要化了。

十个月后，乔好顺利生下女儿陆景琳，女儿的性格果真随了陆南城，从小就安静省心、乖巧可爱。

两年后，乔好又生下儿子陆景琰，儿女双全，美满幸福。

陆南城待乔好还有一双儿女极好，无论前一晚应酬到多晚，第二天一早，他必定会出现在餐桌旁，陪乔好还有一双儿女共进早餐。

无论这一周工作有多繁忙，周六、周日两天，他必定会将所有的时间都留给家人，跟乔好一起陪伴一双儿女。

因为陆南城比任何人都知道原生家庭对孩子的重要性，他不求儿子和女儿日后多么有出息，只愿他们温暖明朗就好。

每当乔好看到陆南城眉目温柔地陪伴她跟两个孩子时，她心里总是无比温暖。

有好多女人都说自己生完孩子就得了产后抑郁症，可乔好孩子都生两个了，一点儿没觉得抑郁。

她觉得自己跟陆南城之间的关系越来越亲密了，常常早上各自上班刚分开就开始彼此想念，她知道她会有这样的状态，完全是陆南城对她百般疼爱的功劳。

其实，真正的爱情并不是一时的轰轰烈烈、刻骨铭心，而是两个人在一起，能抵得过平淡日子的消磨。